LA GUERRE DES CERVEAUX

Bernard Lentéric est né à Belleville il y a quarante-cinq ans. Danseur, démarcheur de TV, musicien de jazz, chorégraphe, producteur de films : « Le dernier amant romantique », « Plus ça va, moins ça va », « Le cœur à l'envers ». *Jusqu'au jour où il décide d'avoir la chance avec lui; il devient alors un des meilleurs joueurs de poker de France, puis auteur de best-sellers :* La Gagne, La Nuit des enfants-rois, Voyante, *et* La Guerre des cerveaux.

Les plus grands cerveaux scientifiques de notre temps sont soudain victimes de crises de folie meurtrières, aveugles et terrifiantes.
Hasard ? Stress ? Loi des séries ? Le monde entier s'interroge.
Seuls trois génies scientifiques titulaires d'un pouvoir et d'un savoir hors du commun sont capables de découvrir la vérité.
La guerre des cerveaux a commencé. Mais qui la dirige : un pays, une société secrète, un individu isolé ?
Un formidable combat s'engage à travers le monde, de New York à Zurich, de Moscou à Tokyo. Les trois n'ont pas une minute à perdre sous peine d'être eux-mêmes les prochaines victimes...

Paru dans Le Livre de Poche :

LA NUIT DES ENFANTS ROIS

LA GAGNE

BERNARD LENTERIC

La Guerre des cerveaux

ROMAN

ÉDITION N° 1/OLIVIER ORBAN

© Édition n° 1, Olivier Orban, 1985.

A Eva

Il n'existe, de par le monde, que quelques dizaines de neuroanatomistes confirmés, une race d'hommes souvent très maniaques, parfois même un peu paranoïaques.

DAVID HUBEL
*Prix Nobel de physiologie
et de médecine*

La fin du monde
est permanente.
LAURE KILLING

1

Rien ne pouvait l'arrêter maintenant. Les yeux grands ouverts, allongé sur le lit dans l'obscurité de la chambre, il survolait les étapes de ce qui avait été sa vie. Les images surgissaient du fond de sa mémoire, et il les regardait défiler avec la distance et la rigidité d'un spectateur indifférent. Son nom même lui semblait étranger, inutile, dépouillé de toute signification. Il se le répéta une fois encore, détachant chaque syllabe — Hans Buschmeyer — comme pour se convaincre que c'était bien là quelque chose qui le concernait. Mais les syllabes glissèrent, vides de sens.

Il bascula sur le côté. L'air était chaud, les draps moites. Il constata sans pourtant s'en étonner qu'il s'était couché tout habillé, avec ses chaussures, puis se désintéressa de la question. Son œil accrocha le petit cadran lumineux qui ressortait dans la pénombre, cernant les chiffres phosphorescents du minuscule réveil électronique. Il était minuit passé de quelques minutes.

Le plus étrange n'était pas ce qu'il allait accomplir, mais la logique implacable des gestes déjà accomplis. Au dessert il les avait convaincus, et tous avaient applaudi. Comme cela a été facile, pensa-t-il. Il avait lui-même été chercher la bouteille, avait préparé le plateau. L'image de l'étiquette flamboya un instant, précise : Dom Pérignon, inscrit en lettres rouges sur fond blanc, et, en plus petit, Épernay. Ses mains, si maladroites, avaient fait sauter le bouchon sans hésiter, rempli les flûtes au fond desquelles se dissolvait déjà dans le foisonnement des bulles la minuscule pastille de Médée. Sept en tout, plus la sienne légèrement à l'écart. Tous avaient accepté. Une gorgée, une simple gorgée, il n'en fallait pas plus pour les entraîner dans un profond sommeil. Le petit John avait avalé de travers, toussé, recommencé. Ils avaient ri de sa grimace.

Quel prétexte avait-il invoqué ? Il ne s'en souvenait plus. Dans trois jours, il aurait dû fêter son quatre-vingt-troisième anniversaire, ce devait être ça. A travers le réseau qui enserrait son cerveau comme les mailles d'un filet, flamboyaient, sporadiques, de vagues lueurs de lucidité. Peu importait, ils avaient bu. Quelques minutes s'étaient écoulées avant qu'ils ne basculent dans une torpeur béate. Lui seul était resté parfaitement éveillé, déterminé, conscient au-delà de toute conscience.

Minuit et seize minutes. Il avait encore le temps. Il se laissa emporter à l'écoute des bruits qui se déplaçaient dans le silence de la nuit, semblables à des mirages au milieu du désert : la respiration régulière d'Anna, le frissonnement imperceptible du rideau agité par le souffle du vent qui pénétrait par la fenêtre entrouverte, et le bruissement du vent lui-même, qui se coulait à travers les arbres, s'éloignait, jusqu'à se perdre et se confondre avec le rythme familier du ressac.

L'océan s'inscrivit devant son regard, l'enveloppa de son immensité. Quelque chose en lui s'insurgea tout à coup, réveillant un archaïque désir de vivre, de comprendre à quel moment il avait perdu pied pour la première fois. Mais cela s'estompa aussi, remplacé par l'image extrêmement précise du petit cahier bleu. Le samedi matin, il l'avait empaqueté et s'était fait conduire en taxi à Vineyard Haven. Lui qui ne se risquait jamais au-delà de Herring Creek ou de Butler Neck ! Et pourquoi Vineyard ? Il aurait aussi bien pu aller à pied jusqu'au bureau de poste d'Edgartown, ou demander à n'importe qui de le poster à sa place. Il en avait profité pour faire le tour de l'île en passant par Tisbury, Menemsha, Gay Head, puis à nouveau Tisbury jusqu'à la poste, en plein centre de Vineyard. A sa demande, le taxi s'était arrêté plusieurs fois sans qu'il descende pour regarder le paysage. Durant tout le trajet, il n'avait pas bougé, la tête vide, et le cahier enveloppé dans son papier kraft posé sur les genoux, vierge de toute adresse, comme s'il hésitait encore ou bien ignorait le nom et l'adresse du destinataire. Ce n'est qu'au dernier moment, devant le guichet, qu'il s'était mis à écrire les mots sans hésiter. *William Ashby, Potters Lane, Fleetwood, boîte postale 84, Angleterre.*

Pourquoi diable Ashby ? s'était-il demandé dans l'instant. Il n'avait plus de nouvelles de William depuis des lustres et ça faisait belle lurette qu'il avait oublié son adresse ! Et pourtant les lettres s'étaient enchaînées les unes après les autres sans que sa mémoire eût à produire le moindre effort, comme si les lettres se trouvaient déjà écrites devant lui, et qu'il n'eût plus qu'à les recopier. Et pourquoi en recommandé ? Et pourquoi ce petit dessin tracé au dos du bordereau d'expédition ? Lui qui ne savait pas placer deux traits l'un à la suite de l'autre, il avait dessiné d'un seul jet la silhouette d'un cerveau transpercé d'une flèche. L'image s'estompa, les questions s'évanouirent, vides de sens, et le regard de Hans Buschmeyer s'arrêta sur les chiffres phosphorescents du réveil électronique.

Zéro heure trente-trois minutes. Le moment était venu. Il rejeta le drap et la couverture et se redressa d'un coup de reins. Il fut surpris par tant de souplesse, son corps avait retrouvé sa jeunesse, ses mains ne tremblaient plus. Il ramassa sa veste de treillis, l'enfila par-dessus sa chemise avant de se diriger vers la porte, de l'ouvrir et de pousser à fond le rhéostat du couloir. La lumière, violente, modela brusquement le masque du visage. Il était dramatiquement figé, l'œil fixe, les pupilles légèrement dilatées et les cheveux, d'un blanc neigeux, ébouriffés en mèches folles. Se retournant, Hans Buschmeyer parcourut la chambre du regard. Anna dormait comme d'habitude, couchée à plat ventre au milieu du lit, le visage rejeté sur le côté et les deux bras étendus le long du corps. Il l'appela à voix haute, attendit, puis répéta, plus fort, criant presque : Anna ! avec, dans la voix, l'ombre d'une supplication. Mais rien ne bougea dans la chambre, Anna dormait. Ils dormaient tous. Rien ni personne ne pouvait l'empêcher d'accomplir sa mission. Chacun des gestes à venir s'imprima dans son cerveau, et ce que fit alors Hans Buschmeyer, ce noble vieillard, dépasse l'entendement. Il se déplaçait comme une mécanique, longeait le couloir une première fois, descendait l'escalier, traversait l'immense pièce de séjour, allumant les lumières sur son passage, s'arrêtait devant le râtelier des armes, l'ouvrait pour saisir sans hésiter un fusil de chasse dont il ne s'était jamais servi, l'armait et remplissait ses poches de chevrotines.

Il revint sur ses pas, se retrouva dans le couloir, croisa un instant dans le miroir ce vieillard au visage déformé par la folie criminelle. Il vit ses mains sclérosées qui tenaient fermement le fusil, sut qu'il allait ouvrir chaque porte, s'approcher du lit, poser froidement le canon sur le crâne de ceux qu'il aimait et décharger l'arme.

Et c'est ce qu'il fit. Il regarda chacun de ces visages endormis exploser, se transformer en une bouillie de chair et de sang, il sentit l'odeur pinçante de la poudre et la tiédeur de cette boucherie qui l'éclaboussait de débris d'os et de cervelle, et il accepta la jouissance irraisonnée qu'il retirait de ce spectacle, reconnaissant chacun des siens, Mary, Peter, June, Pearl, Allan, Anna. A chaque fois, plongeant ses mains dans la masse sanglante, il pétrissait de ses doigts la matière informe pour en saisir la vie encore palpitante. Il entendit les cris de terreur du petit John dans le couloir, se précipita, aperçut la frêle silhouette qui tentait de lui échapper, et la tira comme un lapin, emportant du premier coup la nuque et la moitié du dos.

Il s'arrêta enfin, debout devant le dernier corps abattu, et laissa s'apaiser le sifflement qui lui vrillait le crâne. Il eut alors une idée très précise de ce qui lui restait à faire. Il revint dans chacune des chambres, imprimant sur les murs la trace de ses mains rougies de sang, s'égara un moment dans la salle de bain, voulut se nettoyer, redescendit au rez-de-chaussée, traversa le séjour, pénétra dans le bureau.

Les dossiers se trouvaient sur la table, toutes ses notes accumulées depuis ces dernières années, parfaitement rangées. L'image de William Ashby lui revint en mémoire.

Non, il ne s'était pas trompé, il avait eu raison de lui faire confiance, seul William pouvait saisir l'importance du cahier bleu.

D'un geste décidé, il rassembla les dossiers. Il les jeta pêle-mêle dans la cheminée et se pencha pour y mettre le feu. Il resta un long moment immobile, fasciné par le spectacle des flammes qui détruisaient la trace de son travail. Puis, se tournant vers le bureau, il tira d'une poche de sa veste le petit rectangle de papier, le bordereau d'expédition au dos duquel il avait dessiné un cerveau transpercé d'une flèche. Il le posa devant lui sur la table, bien en évidence. Il perçut l'image de la mort qui se tenait à ses côtés et il en accepta l'inéluctabilité. Sa dernière vision fut celle de ses doigts maculés de sang qui rechargeaient le Verney-Caron dont l'acier lui parut brûlant. Il pensa que la deuxième cartouche ne servirait à rien, qu'un seul coup suffirait cette fois-ci. A l'instant où il appuya le canon sur sa tempe, il craignit de manquer de courage. Un vertige le saisit, dernier sursaut d'une effroyable lucidité. C'est alors qu'il pressa sur la détente. Le coup emporta la moitié de la tête, projetant le corps en arrière, contre la cheminée où finissait de se consumer le travail de toute une vie.

Un carillon sonna quelque part, un seul coup. A cet instant précis le chien Tolstoï se mit à hurler à la mort. Ses cris s'amplifièrent, s'élevant au-dessus de la maison d'Herring Creek, dans la nuit d'été, pour atteindre les premières maisons d'Edgartown, franchir les portes et les fenêtres, passer à travers les murs. Un mauvais rêveur téléphona au poste de police d'Oak Bluff, on alerta le sergent Calloway qui patrouillait en solitaire entre Chappaquiddick et Chilmark.

« Passionnant, chef, lança le sergent dans le micro, je suis ravi d'avoir autre chose à faire que regarder passer les baleines. Je vais aller calmer ce maudit clébard. Ça va faire la une du *Chronicle* demain matin. »

Il ne lui fallut pas plus d'un quart d'heure, tout humour envolé, pour constater qu'il avait mis en plein dans le mille. Sans le savoir.

2

TEL fut le premier signe. Ce même lundi 18 juin, quelques minutes avant six heures, un coup de téléphone intempestif retentissait dans une immense villa d'Indian Hill Road. Arnold Wellman lui-même décrocha.

« Allô, cria une voix au bout du fil, passez-moi le professeur Wellman.

— C'est moi, répliqua Wellman, qui êtes-vous ?

— C'est Patterson. Tenez-vous bien, Arn, il y a moins d'une heure, Franck, le shérif adjoint, a trouvé Hans Buschmeyer mort dans son bureau. Lui et toute sa famille. J'en viens, et j'ai tenu à vous mettre au courant tout de suite. Un vrai carnage, Arn, incroyable !...

— Continuez...

— Buschmeyer s'est suicidé d'une décharge de chevrotines. Avant, il a fait sauter le caisson à sa femme et à ses gosses, sans que personne n'ait apparemment cherché à réagir. »

Il y eut un silence pendant lequel l'attorney Patterson sembla attendre que quelque chose se passe. Comme Wellman restait de marbre, il reprit :

« Buschmeyer a perdu les pédales. C'est une boucherie comme j'en ai rarement vu, je vous passe les détails, Arn, sauf une chose. Avant de se flinguer, Buschmeyer a détruit toutes ses notes. Vous pouvez peut-être m'aider, Arn ? Vous étiez au courant de ses recherches.

— Il travaillait sur quelque chose qui semblait important pour lui, mais il s'agit de neurologie et ce n'est pas du tout mon domaine. Qu'est-ce qui a pu se passer, bon sang ! Je n'arrive pas à y croire. A coup de chevrotines ! C'est incroyable ! Hans était incapable de faire du mal à une mouche. Si vous avez besoin de moi, n'hésitez pas.

— Justement, Arn, ne bougez pas. Je vous envoie un gars avec une voiture. Juste le temps de faire un peu le ménage. Si je peux vous épargner ce spectacle, c'est pas plus mal.

— D'accord », soupira Wellman en reposant le combiné.

Il se leva. S'éloignant de sa table de travail, il fit quelques pas en direction de la fenêtre. Son regard d'oiseau de proie glissa sur les courbes des collines qui se déployaient harmonieusement jusqu'à l'océan. L'hiver avait été anormalement long, et le printemps s'était fait attendre. A trois jours de l'été et des feux de la Saint-Jean, les forêts d'érables et de bouleaux conservaient la transparence et la fragilité des premières feuilles.

Rien ne leur serait épargné, pensa Arnold Wellman. Avoir traversé toute une vie, échappé à tant de pièges et surmonté tant d'obstacles pour en arriver là !

Tout en continuant à regarder le paysage qui s'étendait devant lui, son esprit cherchait à comprendre ce qui s'était passé dans la villa de son ami Hans Buschmeyer mais il avait le sentiment de déboucher sur du vide. Arnold Wellman ne tolérait pas l'imprécision, pas plus qu'il ne supportait l'indécision et autres états d'âme qui, à ses yeux, faisaient de l'homme un être passif, incapable de maîtriser son destin. Bien qu'il s'en défendît, il avait des principes.

A quatre-vingts ans passés — grand, maigre, le corps non pas voûté mais comme incliné à la manière d'un tournesol, quand il se déplaçait à grandes enjambées, les bras ballants et son profil d'aigle tendu en avant —, il se dégageait de sa personne une énergie sauvage qui semblait vouloir tout emporter sur son passage. Ses idées étaient aussi définitives que nettes, jusqu'à la cruauté. Sa logique, sa rigueur intellectuelle, étaient celles d'un chercheur au regard duquel seules comptaient la réalité des faits, leurs conséquences. Appliquée aux hommes et à leurs passions, cette conception de l'univers débouchait sur un paysage à deux dimensions, mais qui offrait l'avantage d'être facilement compréhensible par le commun des mortels. Un monde sans nuance, où le Bien s'opposait au Mal, le Fort au Faible, et où la Vérité finissait toujours par triompher du Mensonge et de la Barbarie. Arnold Wellman avait depuis longtemps choisi son camp, il n'avait jamais douté qu'il fût le bon, pas plus qu'il n'avait hésité sur les moyens à employer pour le défendre contre ceux qui voulaient le détruire.

A sept heures et demie, une Chevrolet de la police du comté vint le chercher pour le conduire à la résidence de Hans Buschmeyer. Arnold Wellman ne se déplaçait que rarement. Depuis quelques années son corps commençait à lui jouer des tours. Une arthralgie chronique le faisait terriblement souffrir et l'obligeait à se ménager. En pénétrant dans le salon, il eut une contraction nauséeuse qu'il réprima aussitôt. Sept corps, enveloppés dans de la toile cirée, se trouvaient alignés côte à côte. Mais ce n'était pas tant la vue de ces formes rigides qui l'oppressait que l'odeur. L'odeur écœurante du sang attiédi, à laquelle s'ajoutait celle d'un désinfectant encore plus insupportable. Malgré leurs efforts, les hommes du shérif n'avaient pas réussi à effacer toutes les traces du carnage. L'attorney Patterson s'approcha.

« Ne restons pas ici », dit-il.

Arnold Wellman exigea de faire le tour de la maison. Il y avait du sang partout. Après la tuerie, Hans Buschmeyer avait apparemment erré à travers toutes les pièces, laissant derrière lui des traces rouge sombre. Ensuite, il s'était enfermé dans son bureau pour s'y suicider. Wellman s'arrêta. L'attorney lui fit face et dit :

« Ils ont tous absorbé un somnifère avant d'aller se coucher. Voilà pourquoi ils n'ont pas bougé. C'est dingue.

— Comment ça ! s'insurgea Wellman. Vous prétendez qu'ils se sont prêtés à cette macabre mise en scène ? De leur propre gré ?

— Non, jamais de la vie, répondit l'attorney sans conviction, mais les faits sont là : ils ont bu du champagne et avalé un narcotique. On aura les résultats du labo dans une heure. »

Hans Buschmeyer avait systématiquement maculé tous les murs. On pouvait le suivre à la trace. Avec ses mains, il avait zébré les tapisseries d'arabesques sanglantes. Il y en avait jusque dans la salle de bain et la cuvette des waters. Tandis qu'il avançait, Wellman cherchait désespérément à comprendre comment cet homme, ce vieillard, ce compagnon de route avait pu se livrer à un tel carnage. Pourquoi cette atroce mascarade, vulgaire et inutile ?

Arnold Wellman, familiarisé avec la mort violente n'était pas homme à s'émouvoir à la vue du sang ; mais en ce cas précis, il se sentait dépassé, irrité, par tout ce que cela avait d'inacceptable. Il pouvait à la rigueur comprendre qu'un vieux savant ait tout à coup décidé de se suicider ; il pouvait plus difficilement admettre que cet homme s'arroge le droit d'entraîner les siens dans cet ultime voyage. Il ne supportait pas qu'il se soit comporté comme un tueur d'abattoir, et moins encore que tout cela finisse par s'étaler en gros titres à la une des quotidiens. Les journalistes se rappelleraient que Hans Buschmeyer était un savant de grand renom, un Prix Nobel. Son portrait ferait la couverture des magazines à grands tirages, l'Amérique profonde s'interrogerait, puis très vite oublierait. Mais le mal serait fait. Arnold Wellman détestait la publicité, surtout lorsqu'elle s'employait à ternir l'image de la société américaine. Que lui importait la part de l'explicable ou de l'inexplicable. Même la thèse de la folie n'empêcherait pas les médias de remuer de la boue.

Bill Patterson le précéda vers le bureau. Wellman fut surpris par le calme qui régnait dans la pièce. C'est là qu'ils s'étaient vus pour la dernière fois, il y avait de cela une dizaine de jours. Un drap recouvrait le corps de Hans Buschmeyer. Dans la cheminée, un épais monceau de cendres, dont l'odeur de brûlé persistait, attestait la folie destructrice du vieux savant.

Arnold Wellman resta immobile, contemplant les cendres. Il était atterré.

« Il n'a rien laissé, demanda-t-il, pas le moindre mot ?

— Juste ça », répondit l'attorney en désignant un petit rectangle de papier posé sur le bureau.

Arnold Wellman s'approcha du bureau. L'attorney saisit le papier avec des pinces et le lui montra.

« On l'a trouvé là, sur la table, dit-il, précisant aussitôt : Un récépissé d'envoi recommandé enregistré au bureau de poste de Vineyard. Il y a la date, l'heure, et même le prix. On saura quel genre de paquet il a envoyé, mais le plus curieux, c'est le dessin au dos. Pour moi, c'est une cervelle avec un trait en travers. Pourquoi a-t-il fait ça, hein ? pourquoi a-t-il laissé ça là ? Rien que ça, hein ! Qu'est-ce que vous en pensez, Arn ? »

Wellman n'écoutait pas les interrogations de l'attorney. Il n'avait d'yeux que pour le nom et pour l'adresse et il se demandait comment, pourquoi, le nom de William Ashby se trouvait là, sur le bureau de Hans Buschmeyer, en un moment pareil. Trop de questions se présentaient en même temps, trop de souvenirs surgissaient, lointains, contradictoires, qu'il lui fallait mettre en ordre. L'idée que Buschmeyer ait envoyé un paquet, quel qu'en soit le contenu, à William Ashby, excitait son imagination au plus haut point.

« Il n'y avait rien d'autre ?

— Que ce bout de papier, Arn. Pourquoi ne l'a-t-il pas brûlé avec le reste ? »

Wellman voulut en savoir plus.

« Qui vous a prévenu ?

— Un coup de téléphone. Le chien hurlait à la mort. Il a réveillé tout Edgartown. Calloway est venu voir ce qui se passait. Il a sonné. Personne ne répondait. Il est entré. Buschmeyer ne fermait jamais sa porte à clef.

— Je sais, souffla Arnold Wellman. Vers quelle heure ?

— Trois heures à peu près, Calloway vous le confirmera. Il fignole son rapport en attendant l'arrivée des Fédéraux.

— Les Fédéraux ! s'étonna Wellman.

— Comme je vous le dis, Arn. Il paraît que Buschmeyer travaillait sur un dossier ultra-confidentiel. Vous le connaissiez bien, vous avez peut-être une idée de ce à quoi ressemblait ce dossier ? On a passé toute la maison au peigne fin. Rien ! Il l'a brûlé ou expédié au diable. »

L'attorney Patterson agitait le bordereau de la poste avec sa pince, comme si, en le secouant, il pouvait en tirer quelque révélation. Wellman pensa au petit cahier bleu, mais il préféra ne pas en parler. Buschmeyer le lui avait montré un jour en lui disant qu'il contenait de quoi troubler bien des consciences. « A ne pas mettre entre toutes les mains », avait précisé Buschmeyer.

Wellman décida de garder cette information.

« Je suis incapable de vous dire sur quoi il travaillait, je ne crois pas qu'il ait eu en main quoi que ce soit de confidentiel. Peut-être avait-il fait une nouvelle découverte, mais lorsque nous nous retrouvions, nous parlions de tout autre chose que de nos obsessions scientifiques. »

L'attorney hocha la tête :

« Nous finirons par trouver. Vous le connaissiez depuis longtemps, Arn ? Venez, ne restons pas ici, l'odeur est insupportable. »

Les deux hommes se dirigèrent vers la porte. Wellman répondit à la question de Patterson.

« J'ai connu Buschmeyer il y a plus de soixante ans, en 1921 ou 1922, nous avions presque le même âge. Nous étions tous les deux en première année à la faculté de Berlin.

— Ça fait une paie. Vous avez quel âge maintenant ?

— Quatre-vingts passés, je suis de 1903.

— Félicitations, Arn, vous êtes rudement bien. Et après Berlin ? »

Ils se trouvaient à nouveau dans l'entrée de la villa. Par la porte grande ouverte, ils pouvaient apercevoir le parc qui descendait en pente douce. Le soleil était déjà haut et la journée s'annonçait magnifique. Arnold Wellman et l'attorney Patterson restèrent quelques instants sans rien dire, saisis par la violence sensuelle de cette nature en pleine floraison.

« Que voulez-vous savoir exactement ?

— Vous avez fait le même parcours, non ?

— Pas exactement. Nous avons quitté l'Allemagne en même temps, et nous nous sommes installés ici. Par la suite nos routes ont divergé. Mes travaux en physique nucléaire m'ont amené à Palo Alto avec Oppenheimer, Teller, Bohr et les autres. Buschmeyer est resté à Boston, avec ses rats et ses singes, à ausculter leur cerveau de toutes les manières possibles. »

Il y eut à nouveau un silence gêné.

« Bon, dit brusquement Wellman, faites-moi raccompagner. Je n'ai aucune raison de m'éterniser ici.

— Comme vous voulez, Arn. »

Les deux hommes se serrèrent la main, Patterson ajouta :

« C'est absolument incroyable, hein ! Qu'est-ce qui a bien pu se passer dans sa tête ?

— Je n'ai pas la réponse, mais je souhaite que cela soit éclairci. »

Seul, Arnold Wellman dut reconnaître que ce qu'il venait de voir l'avait choqué bien au-delà de ce qu'il avait montré à Bill Patterson. Que Hans Buschmeyer ait agi sous l'emprise d'une crise de démence paraissait l'évidence même, sinon comment expliquer le carnage ? Mais il y avait là quelque chose d'inadmissible. Wellman se sentait en alerte. Les souvenirs ressurgirent brusquement. Toutes ces années qui, depuis Berlin, les avaient tour à tour séparés et rapprochés pour, finalement, les ramener tous deux dans cette petite île, à moins de dix miles l'un de l'autre. Depuis toujours il avait existé un fossé entre eux, un contentieux ancien jamais élucidé. La vie était ainsi faite, question de choix. En arrivant aux États-Unis, leurs idées politiques les avaient tout à coup éloignés. Il y avait eu la guerre, Los Alamos, le maccarthysme, la Corée, le Viêt-nam, la mort de son fils John et la séparation d'avec Karen, sa femme : autant d'événements qui l'avaient marqué dans sa chair. Hans Buschmeyer avait suivi une tout autre voie. Il était resté à Harvard et ce n'est que bien plus tard, à la fin des années 60, qu'ils s'étaient retrouvés à Boston, au Massachusetts Institute. Et voilà que Buschmeyer venait de disparaître définitivement.

Arnold Wellman était un homme d'ordre, quelque chose lui échappait dans cette affaire, trop d'inconnues subsistaient, à commencer par Hans Buschmeyer lui-même. Tout au long de sa vie, Buschmeyer s'était laissé séduire par les idéologies douteuses. A Berlin, Hans Buschmeyer était un jeune homme enthousiaste qui fréquentait les cercles anarchistes. Plus tard, l'organisation pratique de jeunesses communistes l'avait emporté sur les élans désordonnés des anarcho-syndicalistes. Par la suite, il s'était laissé entraîner dans des mouvements divers qui, tous, sous prétexte de défendre la veuve et l'orphelin, ne servaient qu'un seul maître : le communisme international. L'affaire Sacco et Vanzetti, le Front populaire, la guerre d'Espagne, Stalingrad, les Rosenberg, la guerre du Viêt-nam avaient été autant de causes pour lesquelles Hans Buschmeyer s'était dépensé sans compter. Cela les avait évidemment séparés, opposés, mais, avec les années, Hans Buschmeyer avait mis de l'eau dans son vin, et lorsqu'ils s'étaient retrouvés, il était devenu un vieil Américain libéral au discours désabusé, ne s'animant que lorsqu'il parlait de ses travaux. Wellman s'était quand même méfié de lui, au point de le faire surveiller. Mais cela n'avait rien donné, Hans Buschmeyer n'était qu'un doux rêveur et un génie scientifique.

Donc ils s'étaient revus. Et l'année où le Prix Nobel fut attribué à Buschmeyer pour ses travaux en neurophysiologie, ils avaient fait ensemble le pèlerinage qu'ils s'étaient l'un et l'autre promis depuis longtemps, à Berlin. Un retour aux sources en quelque sorte, trente ans après avoir fui le nazisme.

Arnold Wellman eut une soudaine illumination. Un relais venait de fonctionner dans sa mémoire, provoquant un rapprochement entre Buschmeyer, Ashby et lui-même. Il y avait moins de dix jours, Buschmeyer lui avait téléphoné pour le voir. Il lui avait alors révélé qu'il venait de mettre un point final à une série de recherches. Il s'agissait du cerveau, évidemment ; d'après Buschmeyer, rien n'était plus préoccupant que les conclusions auxquelles il était parvenu. Tout se trouvait consigné dans un petit cahier bleu qu'il lui avait montré. Arnold Wellman connaissait peu de chose en la matière. De quoi s'agissait-il ? avait-il demandé. De la prise de possession du cerveau par le biais de technologies avancées, avait répondu Buschmeyer. Un terrain dangereux, avait-il précisé, une arme à double tranchant qui pouvait s'avérer aussi néfaste que bénéfique. Sur le moment Wellman n'y avait guère attaché d'importance. Comme il le regrettait ! Buschmeyer avait-il emporté dans la mort quelque terrible secret ?

Le fameux cahier bleu avait apparemment disparu. Avait-il été brûlé ou bien expédié à l'adresse de William Ashby ? Là se situait un début de piste. Pendant trois ans, Ashby avait été l'assistant de Buschmeyer. Buschmeyer lui-même avait présenté à Wellman ce jeune Anglais, neurobiologiste plein d'avenir. Ashby l'avait intéressé sinon séduit. De cette époque dataient leurs relations.

Arnold Wellman pesta entre ses dents. William Ashby ! Il craignait que Buschmeyer lui ait envoyé ses notes. C'était un soupçon désagréable qui réveillait tout à coup une sourde jalousie à laquelle se mêlait un vague sentiment de menace. Ce rapprochement soudain entre son vieil ami Buschmeyer — ce père tranquille de la neurophysique, qui sans raison discernable s'était mué en tueur — et William Ashby soulevait en lui de sombres pressentiments. D'une certaine manière, Arnold Wellman croyait à la parapsychologie et aux prémonitions, et il lui était difficile de ne pas faire la connexion entre ce qui s'était passé dans la villa de Herring Creek et son poulain William Ashby. Pas seulement à cause du récépissé, ou du petit dessin, au dos, qui pouvait n'avoir aucune signification particulière, mais à cause des dernières informations reçues de Londres et qui ne manquaient pas d'être inquiétantes. Ashby avait toujours échappé à un quelconque classement dans l'univers relativement clos des savants de haut niveau. Il était un découvreur d'une intelligence exceptionnelle, mais son comportement quelque peu excentrique le plaçait en marge de ses pairs, et ses recherches, dans le domaine du génie génétique, le conduisaient à des expériences particulièrement risquées. Ce n'étaient là que les manies d'un chercheur parmi tant d'autres, sur lesquelles il n'y avait rien à redire. Le comportement d'Ashby dans sa vie privée était moins clair, et ces zones d'ombre préoccupaient Wellman. Et s'il était atteint, lui aussi ? pensa-t-il tout à coup. Et s'il s'agissait des premières manifestations d'une opération concertée visant à détruire certains savants ? Un réflexe quasi pavlovien attira son attention en direction des Soviétiques. Hans Buschmeyer n'avait-il pas effectué un voyage en Union soviétique, il y avait à peine un an de cela ? Voyage au cours duquel Buschmeyer avait été reçu par l'Académie des sciences de l'U.R.S.S. mais aussi durant lequel il avait été victime d'un malaise cardiaque et hospitalisé pendant quelques jours dans une clinique de Leningrad.

Arnold Wellman s'en voulut de se laisser entraîner aussi vite par son imagination. Des années de travail occulte et de luttes intestines, dans ce *no man's land* qui sépare et relie en même temps le monde de la recherche scientifique et celui du pouvoir politique, avaient fait de lui un homme qui voyait le mal partout. Cet excès de méfiance pouvait très bien lui jouer des tours.

A la fin de cette journée du lundi 18 juin, il ne doutait plus du bien-fondé de son appréhension : le drame survenu chez Hans Buschmeyer annonçait une menace, et il devait se tenir à l'affût, prêt à intervenir. Wellman avait depuis longtemps remplacé le dicton : « dans le doute, abstiens-toi », par un autre plus conforme à ses principes qui disait : « à la moindre alerte, tiens-toi prêt à agir ». Avant de se coucher, il nota deux choses dans le petit carnet qui ne le quittait jamais : « Premièrement, interroger Socrate. Deuxièmement, appeler T.E. Carlson. » Socrate était la phénoménale mémoire de l'ordinateur central de la Fondation servant de couverture au Collège Invisible. T.E. Carlson, un homme sûr, spécialiste des enquêtes délicates, dans lequel il avait une absolue confiance.

Ce serait là ses deux premières cartes. S'il avait vu juste, il lui faudrait s'engager plus encore. Fort heureusement, il n'était pas à bout de ressources. Il disposait d'un certain nombre d'atouts majeurs. Arnold Wellman était l'un des rares citoyens des États-Unis à pouvoir appeler le Président sur une ligne directe, le Président et pas mal d'autres personnes connues ou moins connues qui toutes détenaient un certain pouvoir.

3

Jessy Flanagan se rejeta brusquement en arrière. Elle retira ses lunettes à fine monture d'écaille et les laissa pendre à la chaîne qu'elle portait autour du cou.

« John, fit-elle, il se peut, comme vous ne cessez de le répéter, que toutes les mémoires de tous les ordinateurs de la planète tiennent un jour dans un demi-morceau de sucre, mais en attendant vous allez me tirer ça au clair. »

Désignant du doigt l'écran du terminal devant lequel ils se trouvaient assis, elle chercha un instant ses mots :

« Si ce Kaprinsky nous a refilé du vent je ne vais pas faire de détail, mais si c'est une erreur... Je vous tiens pour responsable. Cinq cent mille dollars pour sucer le cerveau de Kaprinsky et j'ai ça ! »

Le sourire de John Devaal lui parut des plus déconcertants.

« Qu'est-ce qui vous fait sourire, John ? Vous trouvez ça drôle ?

— Vous êtes magnifique ! s'exclama le jeune homme. Est-ce que nous travaillons en équipe dans ce bordel, ou bien est-ce que je dois être le seul à

porter le chapeau ? Vous êtes la patronne, mais cela fait pas mal d'années que l'esclavage a été aboli dans ce pays de liberté.
— John !
— Magnifique, répéta John, avec un plaisir évident. »

A quarante ans passés — personne dans le service n'avait jamais pu découvrir son âge exact — Jessy Flanagan en paraissait facilement dix de moins et, malgré son tailleur gris anthracite, d'une sobriété délibérée, elle faisait penser à quelque vamp d'Hollywood égarée dans l'univers informatique. Rita Hayworth peut-être.

John Devaal se redressa de toute sa hauteur. Elle était exceptionnelle, et son œil bleu, fureteur et sans cesse irisé d'une lueur ironique, semblait inaccessible.

« Jess, tout ça c'est du bidouillage digne de la guerre de Sécession. Je ne suis pas responsable de ce que ce vieux cerveau rouillé nous a laissé ou pas. Il faut avancer ! il faut des résultats ! On n'entend que ça à longueur de journée dans cette foutue baraque. O.K., on avance, on mélange allégrement l'expérimental et l'opérationnel, mais... qui a établi le contact ? qui a fait la sélection ? qui a procédé aux entretiens préliminaires, et qui a décidé du processus de transfert ? Je n'ai eu droit qu'à aller vous chercher du café, des cigarettes, et le reste du temps je pouvais m'exciter sur votre chute de reins pendant que vous passiez sur le gril la mémoire de ce vieux poireau ! La responsable des méthodes, c'est vous ! Je ne m'occupe que des boutons. Les fiches sont là, je les ai vérifiées cent fois, rien ne cloche. Si ça a foiré, c'est en amont qu'il faut chercher. »

Jessy Flanagan se leva à son tour. John Devaal lui tendit une Camel et son briquet déjà allumé. Son sourire était d'un charme dévastateur. Elle aspira les premières bouffées en évitant de le regarder dans les yeux.

« Très bien, John, recommencez encore une fois, demandez à Edward et à Mary Johnson de vous aider, je veux que l'affaire soit éclaircie avant demain soir. Kaprinsky n'a pas eu le culot de me jouer ce sale tour ! »

Elle souffla la fumée devant elle, immobile et pensive, appréciant la cigarette qui se consumait entre eux.

« Et allez donc, enchaîna John Devaal, vous ne le saviez pas ! les vieux routiers de la cervelle sont tous des filous ! » Et, se faisant tout à coup plus sérieux, il ajouta : « Croyez-moi, Jess, avec les bio-circuits on oubliera tout ça. Le cerveau ne sera plus qu'un vieux machin. Il suffira d'un implant, d'un seul implant et hop ! on ouvrira le robinet et on laissera couler. Pas de limite, et surtout pas d'intermédiaire — il eut un geste des bras pour embrasser les pupitres et les écrans qui les entouraient — tout ça, dit-il avec une moue méprisante, c'est déjà le passé !

— Ne plaisantez pas, John, et laissez de côté vos biotechniques, nous avons un programme ici. »

Une voix dans l'interphone interrompit leur passionnante conversation.

« Mademoiselle Flanagan, M. Kenneth Berger vient d'arriver. »

Jessy Flanagan jeta un regard sur l'horloge murale.

« J'arrive tout de suite, installez-le dans mon bureau. »

Se tournant vers son assistant elle voulut conclure :

« John, fit-elle — mais le sourire et l'œil narquois de John Devaal lui interdisaient tout sérieux —, John, je me demande quelquefois si vous êtes intelligent.

— Je suis terriblement intelligent, lui cria le jeune homme tandis qu'elle s'éloignait, beaucoup plus que toutes les vieilles barbes dont vous pompez la cervelle. J'ai des choses à dire moi aussi, mais pas dans votre bureau. Dans un lit, une vieille recette pour obtenir des confidences. »

Jessy Flanagan se retourna brusquement. Une main sur la poignée de la porte, avec son corsage prêt à éclater et sa jupe fendue largement au-dessus du genou, elle lui parut tout à fait provocante. Elle dessina avec ses doigts une pirouette près du front :

« Vous êtes complètement frappé, John, dit-elle en essayant d'être intimidante.

— Frappé, moi ? Qui ne l'est pas, ici ! A propos, vous avez regardé les news à midi ? Un de nos respectables Prix Nobel a complètement déraillé la nuit dernière ; Buschmeyer a carrément flingué toute sa famille. Qu'est-ce que vous dites de ça, Jessy Flanagan ? »

Un violent claquement de porte fut sa seule réponse.

Dans le couloir qui reliait les deux corps de bâtiment, le bruit de la porte résonnait encore à ses oreilles. Cet impertinent de John Devaal méritait une leçon, mais elle s'en voulait de s'être laissée aller à un geste aussi stupide. Jessy Flanagan ne supportait pas de se sentir emportée par ce qu'il lui fallait bien appeler sa passion des hommes. Mais elle choisissait et décidait. John était un séducteur-né. Il jouait avec elle comme le chat avec la souris en sachant pertinemment qu'elle ne se risquerait jamais à coucher avec lui. Il était en fait terriblement intelligent et insupportablement trop sûr de lui. Trop jeune aussi, trop beau et trop désirable pour qu'elle puisse facilement feindre l'indifférence.

Insensible à la beauté du paysage qui l'environnait, elle cherchait comment lui en vouloir en espérant le haïr ou bien le mépriser une fois pour toutes. Son allusion au drame survenu au vieux Hans Buschmeyer, bien que tout à fait déplacée, ne suffisait pas. Ces jeunes chercheurs, tout frais sortis de Stanford, ne respectaient plus aucune valeur. Ils se croyaient tous appelés à faire une découverte fondamentale et à gagner des millions de dollars, particulièrement dans la Silicone Valley où les jeunes cerveaux et les investisseurs faisaient si bon ménage.

Traversant l'immense hall au décor résolument futuriste, Jessy Flanagan ressentit la nécessité de s'accorder quelques minutes de répit. Elle avait besoin d'en terminer avec ses réflexions. Elle s'installa au bar et commanda un café. Décrochant le téléphone intérieur, elle appela sa secrétaire :

« Chérie, dit-elle, sois gentille, fais patienter mon candidat, offre-lui quelque chose à boire et... Oh ! d'accord, alors dis-lui que j'arrive dans quelques minutes. Comment est-il ?... oui, d'accord. Merci, mon chou. »

Elle aperçut son image, dans le miroir qui surmontait le comptoir et esquissa un clin d'œil complice à son intention. Jessy Flanagan n'était pas belle, elle était beaucoup plus que cela, fascinante, envoûtante, et son quotient intellectuel avait dérouté bien des spécialistes. *Chief Engineer of Knowledge* au Stanford Institute of Technology, elle considérait qu'accéder au savoir était la clef de tous les pouvoirs. Pour elle, la sagesse suprême consistait, puisque les chercheurs et les penseurs ne pouvaient plus appréhender la somme des connaissances qui leur était proposées, à savoir où et comment trouver ce dont on avait besoin le moment voulu.

Jessy Flanagan était née sous une bonne étoile. A quatorze ans elle était déjà une superbe plante, avec de magnifiques cheveux roux, qui s'épanouissait dans une des serres les plus enviées de l'aristocratie new-yorkaise. La fortune de son père était évaluée à plusieurs dizaines de millions de dollars. Sa mère, Emily Blackwood, une bostonienne à cent pour cent, était l'héritière de la plus grosse compagnie minière de la côte Est : la *Blackwood Mining Company*. Abondance de biens ne nuit pas, fille unique et enfant prodige, la jeune Jessy avait très vite bouleversé les pronostics les plus optimistes de ses professeurs. Elle avait brûlé les étapes. A vingt ans, elle avait brillamment obtenu son doctorat et publié un traité intitulé *Mémoire du moi et Mémoire collective* qui s'était très vite retrouvé en tête des best-sellers. La jeune Jessy Flanagan était destinée à gravir le plus naturellement du monde les marches du succès jusqu'aux plus hautes fonctions.

A l'époque, les universités faisaient feu de tout bois pour se constituer une réserve de matière grise. Elle fut remarquée, sélectionnée. Un homme qui n'était ni un chercheur ni un Américain se montra particulièrement intéressé par cette intelligence hors du commun ; il s'appelait Curzio Malaparte et cela se passait en 1956.

Curzio ! Jessy alluma une cigarette. Cet Italien, qui jouait au Lombard mais qui était né de père allemand et s'appelait de son vrai nom Kurt Erich Suckert, s'était mis en tête de séduire cette jeune Américaine surdouée. Il ne l'avait pas convoquée — déjà, on ne convoquait pas mademoiselle Flanagan — mais il l'avait rencontrée. En moins d'une heure, elle avait sans complexe démoli son essai *Technique du coup d'État* et séduit ce séducteur quinquagénaire. Mais Jessy ignorait qu'elle avait le sang chaud. Elle ne doutait de rien, surtout pas d'elle-même et rien ne semblait pouvoir enrayer sa marche triomphale, sinon ce vieux roc de Malaparte, contre lequel elle se heurta. Il l'invita en Italie. Elle accepta de le suivre.

Elle connut à Ferrare sa première nuit d'amour. Elle n'avait jusque-là jamais embrassé un garçon, et d'un seul coup, il y eut cette chose à laquelle elle était si peu préparée, nue, puissante, odorante, qui s'était saisie d'elle pour la happer, la faire basculer, l'incitant du bout des doigts, de la langue, du pénis, à s'ouvrir, à désirer, à délirer, à saisir à son tour, à caresser et à chercher encore jusqu'à l'extase. Malaparte l'avait initiée au plaisir, et elle était restée en Italie, oubliant le monde et ses obligations pour ne vivre que cet amour démesuré.

C'est alors que les événements s'étaient précipités, comme il arrive souvent en plein bonheur. Malaparte parti pour un lointain voyage en Extrême-Orient, elle se découvrit enceinte. Dans ses lettres, Curzio se plaignait de sa santé, un mois plus tard un télégramme annonçait son rapatriement sanitaire. Il était déjà condamné. Elle passa les quelques semaines qui lui restaient à vivre près de lui, dans une clinique du quartier San Bernardo. C'était le printemps, les murs étaient envahis par les glycines et la vie poussait de toute part. Elle allait d'une chambre à l'autre, recevant ses amis, veillant son amant qui s'affaiblissait jour après jour, tandis que son ventre grossissait. Malaparte était mort dans ses bras comme un enfant fatigué. Trois jours après l'enterrement, elle avait accouché d'une petite fille dans la chambre mortuaire. On l'avait baptisée, mais Livia n'avait pas survécu. Ainsi, en moins d'une semaine, Jessy Flanagan avait perdu son amant, son enfant et ses premières illusions.

Bon, se dit-elle, allons voir Kenneth Berger.

Elle le trouva qui l'attendait dans son bureau ; il se leva brusquement à son entrée

« Excusez-moi de vous avoir fait attendre, lui dit-elle, asseyez-vous, je vous en prie. »

Elle ne le connaissait qu'à travers des photographies. Il lui parut plus marqué, éprouvé lui sembla le terme approprié, et terriblement tendu. Sujet délicat, pensa-t-elle, à manier avec précaution. L'homme était grand, plutôt mince, et le dos légèrement voûté. Le visage, encore très beau, auréolé d'une folle crinière blanche, rappelait quelque peu celui d'Albert Einstein. La vieille école, un certain style qui affirmait à la fois un laisser-aller un peu bohème et un air de fatigue attristée. Elle lui trouva un regard de poète inquiet et remarqua qu'il s'aidait d'une canne pour se déplacer.

« Monsieur Berger, commença-t-elle, ceci est une première prise de contact. Je vais vous interroger, écouter vos réponses, et vous-même allez me poser pas mal de questions. Avant toute chose, il me paraît essentiel que vous sachiez exactement quel est mon rôle dans cette relation. Votre savoir nous intéresse, mais avant d'en arriver à un contrat définitif, il est nécessaire d'estimer ce savoir. Savez-vous ce que nous faisons ici, monsieur Berger ? »

Le vieillard eut un sourire ambigu. Elle enregistra la gêne qu'il essayait de lui cacher et le jugea sceptique.

« J'ai lu les documents que vous m'avez envoyés, et j'ai longuement parlé de tout ça avec le professeur Kern. Je crois avoir une idée assez exacte de ce que vous faites ici », répondit-il.

Jessy Flanagan fixa son interlocuteur, étonnée.

« Le professeur Kern, fit-elle, oui, bien sûr, je n'ai pas oublié. Comment va-t-il ? »

L'œil de Kenneth Berger se voila un instant, il devint plus froid.

« Vous l'ignorez ? s'étonna-t-il non sans ironie. Il va très mal ; maintenant que vous avez *recueilli* toutes ses connaissances, cela n'a plus beaucoup d'importance. »

Le ton était plus désespéré qu'agressif. Jessy Flanagan préféra ignorer le sous-entendu ; elle réagit cependant :

« Professeur Berger, n'essayez pas de nous faire d'entrée un procès d'intention. Vous êtes venu nous vendre votre savoir. Mon rôle consiste à en estimer la valeur et à me mettre d'accord avec vous sur un prix. Le professeur Kern nous a donné ce qu'il a bien voulu nous donner et nous l'avons payé pour ça. Je ne pense pas qu'il en ait été diminué pour autant.

— Je n'ai jamais voulu insinuer quoi que ce soit, mademoiselle Flanagan. Vous connaissez Harold depuis longtemps. Il a été l'un des premiers à s'intéresser à l'intelligence artificielle, mais il en est revenu.

— Vous voulez parler de son dernier bouquin, monsieur Berger ?

— Exactement, *Computer Power and Human Reason*. Vous avez eu la curiosité de le lire ?

— Évidemment (elle était d'un calme olympien, bien qu'irritée intérieurement), monsieur Berger, je prends toujours en compte les contradictions de chacun, elles sont inhérentes à la nature humaine, et je les intègre dans mes paramètres. Vous faites allusion, je pense, au chapitre où Harold Kern exprime ses réserves sur l'intelligence artificielle, en raison des conséquences d'ordre moral et humanitaire qu'elle risque d'entraîner. C'est son droit de se poser des questions, mais cela ne l'a pas empêché de venir ici et de nous transférer son savoir et quand je dis nous, il s'agit d'un ordinateur. Ce que nous faisons ici, au Stanford Institute, n'implique nullement la démission de l'homme. Je dirais même qu'il s'agit du contraire, et je souhaite que nous en discutions à fond de manière à ce que cela soit clair pour vous. Je n'ai pas l'intention de vous forcer la main ni de vous voler quoi que ce soit à votre insu. C'est un marché de gré à gré que nous allons passer... ou bien nous nous séparerons en restant, j'espère, bons amis. »

Kenneth Berger essaya de trouver une porte de sortie honorable.

« Mademoiselle Flanagan, Harold avait un avantage sur moi. Il travaillait dans votre discipline, sa relation avec vous était évidente. Je ne suis qu'un géophysicien qui ignore tout de vos méthodes, et il est normal que je me pose des questions.

— Je suis là pour y répondre, non pas pour vous convaincre à tout prix. Je connais les questions. Nous nous les posons tous. Vers quoi nous conduit cette évolution technologique ? Alors que nous avons déjà tant de mal à maîtriser nos propres circuits neuronaux ou tout simplement à communiquer avec autrui, est-il nécessaire de se lancer dans de nouvelles techniques d'amplification de nos capacités intellectuelles et sensorielles ? Monsieur Berger, vous avez consacré votre vie à la recherche, vous savez que la curiosité des scientifiques est insatiable, surtout lorsqu'ils pressentent de fantastiques territoires inconnus, qui ne demandent qu'à être explorés et conquis. Nous sommes condamnés à chercher les réponses et à expérimenter, c'est à ce risque-là que nous sommes confrontés, vous et moi. Voulez-vous que nous commencions tout de suite ? »

Le sourire de Kenneth Berger se fit plus détendu. Il exprima d'un geste son accord.

« Je vais m'efforcer de sonder vos connaissances et votre savoir-faire. Votre intérêt est de me donner le maximum de matériel, puisque c'est à partir de celui-ci que j'établirai la valeur de votre cerveau. Rien ne sera enregistré ou noté. Si vous me voyez griffonner, sachez que je me contente de coder et quantifier vos réponses et vous avez accès à ces notes à n'importe quel moment. Bien. A la fin, je vous ferai une proposition. Nous en discuterons, comme des marchands de tapis, et ce sera à vous de décider.

— De décider, oui, je vois. »

Kenneth Berger hésita.

« A combien peut se monter la somme ?

— Tout dépend du résultat de nos entretiens. Si je juge le contenu de votre cerveau suffisamment intéressant pour être passé en machine, le prix ne peut pas être inférieur à cinquante mille dollars. Cela peut grimper bien plus haut évidemment, jusqu'à cinq cent mille dollars pour certains sujets. »

Kenneth Berger ne répondit pas. Fermant les yeux, il resta un assez long moment immobile, comme retiré. Jessy Flanagan remarqua le tremblement de ses mains. Elle reprit :

« Pour commencer, je vais vous demander d'établir un curriculum vitae dans lequel vous allez résumer l'essentiel de vos recherches. C'est à vous de choisir ce qui vous paraît important. Pas plus de vingt à vingt-cinq lignes. Installez-vous là et prenez votre temps. J'en profiterai pour fumer une cigarette dans le couloir, à moins que vous ne préfériez que je reste ici ?

— Non, non, j'aime autant être seul. Une petite demi-heure suffira. »

Jessy Flanagan abandonna Kenneth Berger devant sa feuille blanche. Elle alla s'enfermer dans ce qu'ils appelaient tous le Cimetière. C'était là que se conservaient les mémoires des grands cerveaux, acquises par le *Department of Knowledge* du Stanford Institute et transmutées en intelligence artificielle. Elle s'y sentait vraiment chez elle. Un immense pupitre et son clavier lui permettaient de dialoguer avec tous ces hommes, disparus ou sur le point de disparaître, qui avaient légué leur immense savoir. Sur les documents officiels de l'Institut, ce patrimoine s'exprimait sous la forme de deux lettres : B.B., ce qui en clair signifiait *Brain's Bank*. Jessy Flanagan pouvait à juste titre s'enorgueillir d'en être l'unique génitrice et l'unique détentrice. Même John Devaal, qui était de très loin l'élément le plus brillant de son service, se moquait allégrement de ce réservoir de connaissance.

La proximité de ce fantastique potentiel intellectuel la ramena à Hans Buschmeyer et, par association, à Arnold Wellman et aux deux hommes avec lesquels elle collaborait en secret, William Ashby et Victor Pevsner. Elle s'étonnait de la disparité de leurs personnalités et, plus encore, de la fragilité de leur cohésion. A quoi cela tenait-il ? William Ashby, ce dandy qui semblait tout frais sorti de l'imagination d'Oscar Wilde, était un original dont les intérêts, avoués ou cachés, étaient trop loin des siens pour l'intéresser particulièrement. Elle le soupçonnait même de pouvoir être un homme dangereux, à cause peut-être de ses faiblesses. Qu'Ashby ait pu accéder aux plus hautes fonctions, et qu'en plus, cela soit le fait d'Arnold Wellman, lui était toujours apparu comme une énigme insurmontable. Quant à Victor Pevsner, il appartenait à la vieille école, celle de l'occulte et de la violence. Elle le considérait comme un homme prisonnier de ses passions, et chaque fois qu'elle pensait à lui elle se demandait pourquoi il n'avait jamais essayé de coucher avec elle. Vic était tout à fait capable de transgresser tous les interdits pour satisfaire ses appétits.

4

La Land Rover n'en finissait pas de grimper. A chaque virage en épingle à cheveux, le chauffeur s'ingéniait à faire hurler le moteur avant de rétrograder et de reprendre de la vitesse. Victor Pevsner avait renoncé à lui faire comprendre qu'il n'était pas pressé. La chaleur accablante, l'air irrespirable, et les trente kilomètres qu'ils venaient de parcourir à tombeau ouvert sur une route qui n'était plus qu'un souvenir de bitume, avaient transformé son corps en une masse percluse de douleur. Dieu merci, ce voyage épuisant touchait à son terme. Il apercevait maintenant la coupole de l'observatoire qui dominait le mont Altar. Dans quelques minutes, il retrouverait un semblant de confort et pourrait se reposer avant de se mettre au travail.

Parvenu sur le terre-plein qui ceinturait les bâtiments et l'impressionnante tour de l'observatoire, il sauta du véhicule et se dirigea vers l'entrée. Avant de pénétrer dans le hall poussiéreux, il se retourna pour contempler le panorama qui s'étendait à l'infini devant lui. Le soleil se couchait sur cette solitude désertique. La terre était rouge, sans végétation. Seule la vibration de l'air surchauffé donnait à cette splendide désolation un semblant de vie. Le désert d'Éthiopie s'offrait à son regard, ultime étape de ce voyage au bout du monde.

Indifférent à l'étrange beauté qui l'entourait, il

cherchait à saisir la mesure de ce pays. Son désarroi était tel qu'il ne pouvait s'empêcher de songer à la fuite. Ce n'était pas la peur, elle lui était depuis longtemps étrangère, mais plutôt une sorte d'angoisse devant cet univers sans vie et sans limite.

Dans la hiérarchie où il évoluait, Victor Pevsner était le plus ancien. Ses amis l'appelaient Vic, mais lorsqu'il se déplaçait, à New York, Londres, Sidney ou Ankara, il était toujours le professeur Pevsner, astrophysicien et mathématicien qui, en son temps, avait fait beaucoup parler de lui par ses travaux sur les quasars. Il avait abandonné la recherche depuis bien longtemps et ne s'intéressait plus que de très loin au monde scientifique. Une page avait été tournée le jour où Gregory Brezinsky était venu le voir. Ce moment restait à tout jamais gravé dans sa mémoire : « Te souviens-tu de moi, Victor Abramovitch ? Ton père était mon ami, et me voilà aujourd'hui devant toi parce que je t'ai choisi pour successeur. Assieds-toi et écoute-moi. »

Debout, face au désert, Victor Pevsner se surprit à faire le compte de toutes ces années qui s'étaient succédées depuis son entrevue avec le vieux savant. Mais les dates se dérobaient et sa mémoire l'entraînait plus loin encore, vers ce gouffre, cette insondable absurdité dont il se sentait en même temps l'unique responsable et l'impuissante victime. Dans son impeccable costume de coton écru, avec son mètre quatre-vingt-trois, ses tempes argentées et son visage d'Occidental « bon genre », il ressentait l'incongruité de sa présence parmi ces pierres rouges, devant cet observatoire, qui lui aussi appartenait à son passé. Jamais la solitude ne lui avait paru aussi palpable.

Je suis Victor Abraham Pevsner, se dit-il, petit-fils et fils d'Isaac et de Julius Pevsner, tous deux chasseurs, trappeurs et marchands de peaux devant l'Éternel et glorieux fondateurs de la non moins glorieuse *Pevsner Furs Illimited*. Une seule fois, il n'y avait pas si longtemps de cela, il s'était risqué jusqu'au petit cimetière de Tavastonoïk Selo à Novgorod. La plupart des tombes étaient à l'abandon, mais, tout au fond, accolé au mur de la chapelle, il avait retrouvé le mausolée familial parfaitement entretenu. Immobile, il avait regardé les noms et les dates, gravés dans le marbre. L'ancêtre Nikifor — 1812-1899 — et son épouse Anna, née Gouvna ; son arrière-grand-père Savva — 1840-1925 — qui avait préféré rester à Novgorod plutôt que s'exiler, et, surtout, cette petite chose qui avait nom Semion Pevsner, et qui avait tenté de vivre — 1920-1921 — sans y parvenir.

Un homme l'accompagnait à ce pèlerinage, un chauffeur caucasien qui répondait au prénom d'Illitch et qui n'était rien d'autre que l'inévitable agent de la sécurité. Pevsner l'avait pris à témoin, disant :

« C'est tout ce qui reste de mes racines. La plus sensible se trouve là, en bas. Semion, ce frère aîné que je n'ai pas connu, sinon au travers d'une vieille photo. Il n'avait pas vécu un an. »

Le chauffeur, gêné, s'était alors exclamé :

« Je m'en doutais, vous êtes d'ici ! Votre façon de parler m'avait déjà mis la puce à l'oreille, mais là, vous m'étonnez ! c'est une vraie famille de Novgorod que je découvre...

— C'est exact, Illitch, une très vieille famille de la très vieille Russie. Mais nous étions condamnés. Après la mort de Semion, mon grand-père et mon père ont pris la décision de s'expatrier. Peux-tu imaginer ce qu'était la vie pour des gens comme nous ? Intenable. Autrement, je serais certainement né ici et, qui sait, je serais peut-être devenu un bon communiste ?

— Mais, pourquoi êtes-vous parti ? La révolution vous faisait peur ?

— Non, Illitch, pas la révolution, seulement ses excès. Nous étions juifs et riches. Juifs, passe encore, mais riches, c'était inadmissible. Mon grand-père était le fournisseur attitré de la cour impériale. Pense donc, c'était un crime contre l'État ! Nous avons tout laissé hormis l'or et les bijoux, et nous avons traversé l'Europe dans la confusion. Ma mère était enceinte, je suis né quelque part entre Povsk et Varsovie, dans un village polonais. »

Ce voyage à Tavastonoïk avait marqué la limite extrême d'un territoire sur lequel il répugnait à s'engager. Son passé ne pouvait que raviver d'obscurs courants, dont il n'avait que faire. Une fois pour toutes, il avait choisi l'action, domaine qui s'accommode mal de ces brusques retours en arrière. Mais, en cet instant, avant de se replonger dans la réalité de sa mission, d'autres souvenirs s'imposaient encore.

Après, il y avait eu Paris, la rue de Paradis, l'entrepôt, avec sur le portail la plaque de cuivre sur laquelle était gravé, en lettres noires : ISSAC ET JULIUS PEVSNER FURS ILLIMITED. Un univers s'annonçait, qui lui était destiné ; une place vierge sur le métal n'attendait que le jour où son prénom serait à son tour gravé. Ce jour-là n'était jamais venu.

Il n'avait rien à regretter. Il ne pouvait rien reprocher à personne... Une phrase de Musil lui revint en mémoire : « Au fond, il est peu d'hommes qui sachent encore, dans le milieu de leur vie, comment ils ont bien pu en arriver à ce qu'ils sont, à leurs distractions, leur conception du monde, leur femme, leur caractère, leur profession ; mais ils ont le sentiment de n'y plus pouvoir changer grand-chose... »

Il avait joué sa vie en toute connaissance de cause, et il n'avait aucune raison de se remettre en question ; il ne pouvait que l'accepter et continuer jusqu'à ce que mort s'ensuive. Cette mort, il la souhaitait brutale et immédiate, plus utile qu'héroïque, et ce détachement lui conférait la marque du courage, ou de l'inconscience, qui le désignait tout naturellement pour les missions les plus périlleuses.

« Professur Pevsner ? »

Il se retourna, surpris par la voix qui venait de l'appeler. La silhouette de Kaldine Balatov se découpait dans l'encadrement de la porte. L'homme sortit de l'ombre pour s'avancer vers lui, souriant, la main tendue.

« Comment allez-vous ? Abramovitch ? Voilà cinq minutes que je vous observe, debout devant ce paysage ; je me demandais ce que vous faisiez. Vous rêviez, peut-être ? Rimbaud a traversé cette plaine avec sa caravane. »

Victor Pevsner eut un bref sourire désabusé. Il accepta la main tendue, la serra et répondit :

« Des lieux comme celui-là me tirent en arrière, je suis un homme de la ville, Balatov. Nous aurions très bien pu nous rencontrer à Addis-Abeba, mais cet observatoire, tout délabré qu'il soit, me sert encore de couverture. »

Il leva son regard vers l'immense coupole qui les dominait et ajouta :

« Il se peut que, cette nuit, je m'installe derrière l'oculaire. Regardez ce ciel, il est d'une transparence irrésistible. »

Kaldine Balatov promena son regard devant lui.

« Le choix est excellent, dit-il. Je suis ici en mission officielle, quoi de plus naturel que de passer la nuit dans ce refuge, c'est le seul endroit acceptable à cent kilomètres à la ronde, même pour un communiste. »

Kaldine Balatov était vêtu d'une chemise à poches et d'un jean. Il avait le visage avenant, les cheveux blonds, et son allure rappelait celle d'un jeune technocrate occidental fraîchement sorti de l'Université. Officiellement attaché commercial de l'U.R.S.S. dans les pays frères, Kaldine Balatov était en fait un envoyé très spécial auprès des forces armées éthiopiennes, ce rôle de commissaire politique n'étant lui-même qu'une sorte de poudre aux yeux, dans la mesure où Balatov n'avait de véritablement communiste que la carte du Parti et la fonction. Il appartenait à la génération de ces jeunes Soviétiques qui sont persuadés que leur pays devrait changer de cap, se moderniser, s'ouvrir sur le monde et participer au dialogue avec ceux qui, de l'autre côté du rideau de fer, voulaient aussi construire un monde meilleur. Il avait trente-huit ans.

Un grand rapace traversa le ciel d'est en ouest ; tout en bas, dans l'immensité rougeâtre du désert, une imperceptible traînée de poussière s'élevait au passage d'un camion. Le soleil, écarlate, se faisait énorme au-dessus de la ligne d'horizon.

« Entrons, dit Kaldine Balatov, ne restons pas là. »

Victor Pevsner sourit à nouveau.

« Ne soyez pas inquiet, lança-t-il, personne ne peut nous espionner ici, nous sommes au bout du monde. »

Kaldine Balatov esquissa un geste.

« La différence entre nous est colossale, dit-il d'une voix calme. Vous vous cachez pour pouvoir œuvrer plus confortablement, mais vous ne risquez jamais grand-chose. Moi, au contraire, si jamais je me fais ramasser, je suis bon pour le peloton d'exécution dans une cave du K.G.B. Nous n'avons pas la même conception de l'occulte, professeur. Venez, tout est prêt là-haut pour nous mettre au travail. »

Les deux hommes pénétrèrent sous l'immense

dôme de l'observatoire du mont Altar. Une table et quelques fauteuils constituaient tout le mobilier, et l'immense télescope à lui seul parvenait à meubler le vide de la voûte monumentale. Victor Pevsner enleva la housse qui protégeait l'oculaire, et mit l'appareil sous tension. Il redescendit les quelques marches qui le séparaient du sol, disant, comme pour s'excuser :

« Vieux réflexe, je supporte mal de voir une lunette comme celle-là dans cet état d'abandon. »

Il s'assit dans un des fauteuils, à côté du jeune technocrate soviétique. Un serviteur éthiopien s'approcha avec un plateau et des rafraîchissements.

« Eh bien, Kaldine, demanda Victor Pevsner, avez-vous des nouvelles intéressantes à me communiquer ? »

Kaldine Balatov s'éclaircit la voix.

« J'ai demandé à vous rencontrer parce que nous abordons en ce moment une période où les cartes vont être redistribuées. Depuis le mois de février, deux tendances au politburo s'observent et agissent avec la plus extrême prudence dans un climat d'instabilité et de méfiance. Les hommes que je représente se trouvent désormais dans une position très délicate. Pour l'heure, les partisans de la ligne Andropov tiennent encore le haut du pavé, mais ils n'en ont plus pour très longtemps, la contre-offensive des néo-brejneviens ne va pas tarder, en prenant l'armée pour première cible. Le maréchal Petrov a déjà été limogé, mais c'est Ogarkov, notre chef d'État-Major qui est visé.

— Nous savons tout cela, fit Pevsner. Dites-moi plutôt pourquoi vous avez décidé d'accélérer le mouvement.

— Le climat, professeur. Chaque jour, il se dégrade davantage. Sur le terrain, personne ne sait plus à qui se fier, personne ne bouge. J'ai préféré précipiter le mouvement pour ne pas me retrouver sur la touche. Depuis le mois d'avril, j'ai un nouveau patron, Vladimir Dolguikh. Un brejnevien, mais il se méfie de moi. Je peux être écarté du ministère du jour au lendemain. J'ai donc pris sur moi de dresser la liste des responsables que vous m'avez demandée. Elle est ici, et c'est sur quoi nous allons travailler. Je me sentirai plus tranquille lorsque vous l'aurez en votre possession, car je ne sais pas si nous nous reverrons de si tôt, mon cher Abramovitch.

— Désolé pour vous, Balatov. Je mesure le danger qui vous guette et vous remercie pour les services que vous nous rendez.

— Bah ! Je vais me retrouver sous-directeur sur un chantier d'État en Sibérie ou en Kirkizie. Sans parler de notre rencontre ici, professeur, ça c'est encore un autre risque.

— Vous avez la liste ?

— Non, professeur, je vais vous lire mes notes et vous allez transcrire, il n'est pas question que je vous passe le moindre document.

— O.K., allons-y. »

Victor Pevsner sortit son stylo et se tint prêt. Kaldine Balatov commença :

« D'abord un topo général. En gros, quelque quatre mille cinq cents responsables occupent un poste clef dans les différents secteurs de l'économie soviétique ; une fois retirés les carriéristes, les irréductibles du Parti, les opportunistes, les incapables et les indécis, il reste tout au plus trois cents chefs d'entreprise qui représentent l'élite compétente. C'est parmi eux que j'ai sélectionné ceux qui sont à la fois les meilleurs techniciens et les plus intègres. Cinquante hommes qui tous occupent des postes de haute responsabilité et qui sont en même temps ouverts au dialogue et à la concertation avec leurs homologues occidentaux. Qu'ils soient au

Parti ou non importe peu. Ils ont dépassé depuis longtemps le problème d'être, ou pas, membre du Parti. »

Le serviteur éthiopien revenait dans la salle avec un plateau surchargé de petits récipients et d'une bouteille de vodka.

« Zakouski ! s'écria Kaldine Balatov, qui donc y a pensé, c'est vous, Abramovitch ?

— Non, le directeur de l'observatoire est un vieil ami qui connaît mes habitudes.

— Santé !

— A la vôtre, Balatov. »

Ils vidèrent leur verre d'un trait. Kaldine Balatov s'écarta de la table. Il sortit un dossier volumineux de son attaché-case. Il le feuilleta pendant quelques instants avant de revenir à la première page.

« O.K. dit-il, on y va. »

De l'extérieur leur parvenaient un bruit de tambour et les modulations lancinantes d'une flûte à bec. La nuit était venue sans qu'ils s'en aperçoivent.

« Je vous écoute, mon vieux, fit Pevsner prêt à écrire.

— Bien, j'ai classé ces hommes par secteur d'activité : industrie lourde, industrie de transformation, recherche et technologies de pointe, agriculture, commerce, plus un secteur divers dans lequel sont regroupés des universitaires, des sociologues, des économistes et quelques intellectuels. En dehors des informations concrètes dont je dispose sur chacun d'eux, il me semble utile d'établir une sorte de classement de valeur. Je n'ai pas voulu le faire moi-même pour éviter de tomber dans la subjectivité, mais nous pourrons y revenir à la fin en revoyant chaque dossier cas par cas. »

Kaldine Balatov s'interrompit pour croquer un cornichon et se servir une rasade de vodka.

« Dites-moi, Balatov, demanda Victor Pevsner, cette liste, vous êtes le seul à la posséder ?

— Cela m'a demandé plus d'un an de travail, professeur, en dehors de mon temps de service, évidemment. Pas de copie, il n'y a que cet original et je le détruirai dès que nous aurons terminé.

— D'accord, approuva Pevsner, par qui commençons-nous ?

— Alexandrov Kartacheff, quarante-huit ans, directeur adjoint du département des Mines de l'Oural Formation : Institut d'État de l'industrie et du commerce de Moscou. Il est sorti major de sa promotion en 1963. Il a d'abord été nommé assistant au ministère de l'Industrie, mais il a très vite abandonné le sillon bureaucratique pour se coltiner avec la réalité de la production. Cinq ans en Ukraine dans la prospection des hydrocarbures, quatre ans directeur de la recherche pétrochimique à Bakou, cinq ans sous-directeur du complexe minier de Magnetogorsk, partout où Kartacheff est passé il a réussi à redresser une situation pour le moins catastrophique. Il est à la fois un super-technicien et un parfait gestionnaire, et sa promotion constante ne doit rien aux magouilles de l'appareil. Il a pris sa carte du Parti lorsqu'il était étudiant à l'Université et il a régulièrement renouvelé son adhésion, mais il y a longtemps qu'il en est revenu. Il ne croit plus aux plans et autres simagrées étatiques. C'est un esprit réaliste qui sait que si jamais il se détachait du Parti il serait mis sur la touche. C'est un homme très intelligent et un battant. Il travaille beaucoup, vit simplement sans abuser de sa position, et est un excellent meneur d'hommes. Il est marié avec une jeune femme de la nomenklatura, Irina Podgorny. Ils ont deux enfants, Youri et Natacha, qui vont certainement poursuivre leurs études à l'Université. Une voiture de fonction, une voiture personnelle, un appartement à Moscou,

Alexandrov Kartacheff n'a pas de résidence secondaire. Détail qui a son importance, il n'est jamais sorti du bloc soviétique, mais il est très bien informé. Signes particuliers : il aime la pêche, les échecs et la musique classique. Conduite absolument irréprochable à tous les points de vue. Son intégrité et ses compétences le tiennent à l'écart des remous de l'appareil. S'il est menacé, ce ne peut être que par les arrivistes et les profiteurs.

— Quelles sont ses idées sur la politique étrangère de l'U.R.S.S. ?

— Impossible à connaître. Nous supposons qu'il souhaite une redistribution des cartes au niveau des responsabilités. Quels que soient ses mérites et son énergie, il reste limité dans son action par l'inertie de l'appareil d'État. Trop de contrôles, trop de directives et pas assez de champ pour les initiatives personnelles. C'est là-dessus qu'il se bat, pour vaincre l'inertie et l'ineptie bureaucratiques. Kartacheff est très ouvert aux relations Est-Ouest. »

Kaldine Balatov s'arrêta, le temps de feuilleter quelques pages.

« O.K., ponctua Victor Pevsner, quoi d'autre encore ?

— Rien, j'ai une photographie de lui, vous pouvez la regarder, mais pas question de vous la laisser. »

Victor Pevsner prit le bromure que lui tendait Balatov. L'homme paraissait encore jeune, d'allure sportive, le visage avenant, il était habillé simplement en costume-cravate. Pevsner aligna quelques notes sur son bloc et rendit la photographie. Kaldine Balatov passa au dossier suivant :

« Andreï Milanovitch, trente-six ans. Il est actuellement conseiller auprès du secrétariat d'État à l'Industrie lourde. Milanovitch a un cursus universitaire des plus remarquables. Il a obtenu son diplôme de fin d'études secondaires à quinze ans, soit avec deux ans d'avance. Le reste a suivi : diplôme d'État de mathématiques supérieures, Institut d'État des technologies avancées, Institut d'État des sciences économiques, il parle couramment sept langues dont le français, l'anglais, l'allemand, l'espagnol et l'italien. C'est un Léningradien à cent pour cent, un homme raffiné et cultivé, il a effectué plusieurs séjours à l'étranger, notamment en France pendant un an, chez Framatome, et au Japon. Il a été conseiller au commerce extérieur auprès de Castro pendant dix-huit mois, a présidé la commission technique de l'U.R.S.S. à l'O.N.U., et maintenant il s'est installé à Moscou. Milanovitch est un véritable chef d'entreprise formé à l'occidentale. Depuis cinq ans, il s'est entièrement orienté vers le commercial, c'est lui qui chapeaute tout l'import-export des matières premières et... »

Tandis que Kaldine Balatov énonçait ses informations, Victor Pevsner s'appliquait à en noter le moindre détail. Il remplissait page après page de la même écriture large et rapide, conscient d'accumuler des renseignements d'une importance inestimable. Ils avaient allumé les lampes, le plateau d'amuse-gueule et la bouteille de vodka se vidaient insensiblement et, du dehors, la musique se faisait plus présente. Les tambours et les flûtes se mêlaient aux cris et aux battements de mains de ce qui semblait être une foule assemblée.

« Que se passe-t-il ? » demanda Pevsner au détour d'une page.

Le serviteur éthiopien essaya d'expliquer :

« C'est une fête ; le gardien-chef marie sa fille. M. le directeur a donné son accord, ils vont danser toute la nuit. »

L'homme s'était penché vers lui, pour ajouter comme en confidence :

« Vous êtes invité avec votre ami si vous voulez, cette nuit est ouverte à tous, monsieur. »

Les deux hommes avaient repris leur travail.

« Sergueï Lipansky, quarante-cinq ans, directeur de l'Institut d'État de l'énergie atomique... Youri Cherenko, cinquante-quatre ans... Nicolaï Balkine... »

Victor Pevsner allait posséder la liste des cinquante cerveaux qui détenaient les postes clefs de l'économie soviétique. Fantastique moisson dont son organisation ferait bon usage. Vers onze heures du soir, Kaldine Balatov parvint au terme de sa lecture. A minuit, les deux hommes avaient terminé. Ils burent un dernier verre, se serrèrent la main.

« Bonne chance, Balatov.

— A bientôt, j'espère, répondit l'attaché commercial. Finalement, vous avez renoncé à coller votre œil à cet oculaire. »

Victor Pevsner eut un geste fatigué :

« C'est une vieille histoire d'amour entre les astres et moi, dit-il, je préfère oublier. »

Sur le terre-plein, la Land Rover attendait pour le ramener vers Addis-Abeba. La fête atteignait maintenant son paroxysme et il dut attendre que s'écoule la procession tapageuse qui lui barrait le passage. C'était là le spectacle traditionnel d'un mariage musulman. Une tente avait été dressée, à l'intérieur de laquelle attendaient la jeune épousée et ses suivantes tandis que les hommes continuaient à danser et à chanter au rythme des tambours et des flûtes. Des lampions par centaines accompagnaient leur cortège, suspendus à des bâtons et tenus par des mains anonymes. Sous cet éclairage, les visages rudes et amaigris devenaient irréels. Victor Pevsner se sentit tout à coup envahi par une inquiétante nostalgie. L'image du consul de Malcolm Lowry divaguant parmi les masques d'une fête mexicaine s'imposa à son esprit. Un instant, il se sentit pareil à lui, abandonné de tous, et bien trop loin pour faire machine arrière. Que ne suis-je un de ces jeunes gens en haillons et crève-la-faim, invité à partager les miettes du banquet qui se prépare ? se dit-il.

La voie fut enfin libre. La Land Rover l'emporta en direction de la plaine. La voix chantante de Kaldine Balatov le poursuivait encore de ses petites phrases concises et explosives. Il ne se faisait aucune illusion. Des années s'écouleraient avant que les hommes dont il détenait le secret puissent exprimer leur volonté de changement. L'Union soviétique restait ce puits insondable où s'affrontaient des forces contradictoires qui échappaient à la logique occidentale. Victor Pevsner venait d'intervenir une fois encore pour essayer de préserver ce qui devait l'être au nom d'une certaine idée de l'équilibre de la planète. Une mission de routine et, pour cette fois, sans violence.

Il fut un moment tenté de faire le compte des interventions dramatiques où, pour les mêmes raisons, il lui avait fallu interrompre le cours d'une vie humaine. Mais ses pensées l'emportèrent plus loin encore, à la source même de ce qui avait été son destin. Quel âge avait-il en 1943 ? Vingt et un ans ! Il revit l'instant avec la précision de certains détails qui ne s'effacent jamais : la couleur de sa chemise, l'extrémité de ses doigts, avec ses ongles un peu sales, la fatigue dans les jambes pour avoir trop pédalé, et le visage de sa mère, le regard vidé de tout espoir. La suite était venue avec les mots : ils avaient emmené le père, seulement lui.

Pour ne pas pleurer, il avait serré les dents, quelque chose le quittait, comme si une main invisible le déshabillait de sa peau de jeune homme. Laissant les femmes gémir et tourner en rond, il était parti, certain qu'il ne reverrait plus son père. C'est de ce jour que datait sa décision. Il n'avait pas eu besoin de la formuler. Son chef de réseau l'avait tout de suite compris : il était prêt à tuer. Le reste avait suivi, presque trop simplement. Il était devenu un homme qui sait comment s'y prendre pour supprimer une vie, il ne l'avait jamais oublié depuis et, parfois, il lui était arrivé d'y prendre un certain plaisir.

5

WILLIAM ASHBY était un savant dont la vanité n'avait d'égale que l'ambition. Il était persuadé avoir choisi une voie difficile. Ce point de vue définitif lui faisait considérer ses pairs avec une supériorité condescendante. Ce trait dominant de son caractère se teintait, selon les cas, d'ironie, de scepticisme ou tout bonnement de mépris. La voie difficile c'était d'avoir tourné le dos à la séculaire tradition familiale d'oisiveté et de dilettantisme pour se consacrer à la recherche scientifique. Aristocrate jusqu'au bout des ongles, héritier d'une lignée de lords et de barons qui n'étaient jamais parvenus à épuiser une fortune qui remontait à la nuit des temps, William Ashby considérait le monde comme une chose à la fois fragile et imparfaite. Ce regard de propriétaire qu'il portait sur l'homme et sa planète le désignait pour tirer le monde du chaos, l'organiser et le conformer à ses convictions.

Il en avait non seulement l'intelligence, mais aussi les moyens, et son champ d'application était la génétique, ou plus précisément la biogénétique. A ses yeux, la génétique permettait de réaliser scientifiquement ce que les mélanges de races, contrôles de naissances, déplacements de populations, errements idéologiques, famines matérielles et spirituelles, et autres plans de régulation ne parvenaient pas à résoudre. L'arme parfaite, absolue.

Les interdits et les querelles qu'elle suscitait ne le concernaient pas. Il méprisait les empêcheurs de tourner en rond qui prêchaient la prudence et fixaient des limites à la liberté génétique. A les entendre, les manipulations et autres combinaisons génétiques menaient tout droit à la fin du monde. Pourtant, n'importe quel généticien pouvait désormais isoler et fixer des molécules d'A.D.N. et les insérer où il voulait pour les faire travailler. Il n'y avait là aucun secret, la seule question était de savoir, non pas comment, mais pourquoi, on s'engageait sur cette voie royale. William Ashby savait pourquoi, et il se plaisait a penser qu'il était le seul à le savoir. L'homme devait accéder à la perfection.

Au moment où, dans sa chambre d'hôtel de Moti Nagar, Victor Pevsner méditait sur les aléas de son existence, William Ashby se trouvait quelque part au-dessus de l'Atlantique. Dans moins d'une heure, le 747 de la T.W.A. qui le ramenait de Lima atterrirait au London Airport de Heathrow. Il lui restait encore le temps de terminer son rapport sur les pratiques chirurgicales du professeur Umberto Hinjosa. Une relecture, quelques corrections et une conclusion sans appel condamneraient formellement la cingulotomie.

Quarante-huit heures passées à l'hôpital Calledon, dans le service de neurochirurgie du professeur Hinjosa, avaient confirmé ses soupçons, Hinjosa, cet ancien colonel de l'armée péruvienne, n'était qu'un dangereux charcutier. Sous prétexte de traiter les anticonformistes, les asociaux et les drogués élégamment réunis sous l'étiquette de « malades nerveux », il avait mis au point une technique d'intervention chirurgicale des plus douteuses, pompeusement appelée cingulotomie. Méthode archaïque et criminelle, qui prétendait guérir et réintégrer dans la société les jeunes gens intoxiqués à la pâte de coca. La description clinique de l'opération était particulièrement éloquente. Cela paraissait à peine croyable. En plein XXe siècle de telles interventions, unanimement bannies par les médecins du monde entier, étaient pratiquées dans un pays dit civilisé.

« *La trépanation du crâne*, disait le texte, *produit une ouverture d'environ sept centimètres de long sur cinq de large. On pénètre dans la partie frontale au niveau d'une ligne imaginaire reliant les sinus. On traverse la dure-mère, les méninges, jusqu'à une profondeur de quatre centimètres. On attaque alors le cingulum, zone du cerveau contenant les canaux par où circulent les émotions et les impulsions, sorte de centre d'intercommunication entre le cortex cérébral et le reste du corps. On sectionne en deux endroits, de chaque côté des hémisphères cérébraux, pendant qu'un aide-opérateur aspire le sang et les déchets...* »

De sa large écriture, William Ashby traça au crayon rouge en travers de la page : « Retour à la barbarie. Seules les biotechnologies doivent être employées pour traiter la toxicomanie ! A faire cesser d'urgence. » Cela mettait un point final à sa conclusion. Victor Pevsner se chargerait de faire cesser le scandale.

A seize heures trente, heure locale, le 747 s'immobilisa sur l'aire de débarquement. Le fidèle Cavendish l'attendait avec la Bentley, la dernière édition du *Times* et une mauvaise nouvelle : Bertold, le dernier rat mâle, était mort le dimanche matin. Il n'avait pas résisté au traitement.

William Ashby ne fit aucun commentaire. Pour calmer l'impatience qui le talonnait à l'idée de retrouver son laboratoire et ses chers cobayes, il se plongea dans la lecture du *Times*. Une soudaine chaleur l'envahit en découvrant la page scientifique. Elle était entièrement consacrée à Hans Buschmeyer. Son beau visage de vieillard au regard débonnaire semblait vouloir contredire les titres qui l'entouraient et transformaient cette page respectable en une vulgaire feuille de faits divers.

Son émotion s'amplifia à la lecture de l'article. Avant de se suicider, le vieux savant avait assassiné sa femme, ses enfants, ses petits-enfants. Détail après détail, l'horreur s'ajoutant à l'horreur, William Ashby se sentait de plus en plus impressionné et concerné. Son vieux maître venait de lui donner une dernière leçon. Cet homme avait osé aller au bout de son voyage, réduisant à néant en quelques minutes le château de cartes qu'il avait mis toute une vie à construire. Il y avait là, au-delà du sordide, un dépassement qui confinait au chef-d'œuvre et forçait son admiration. Et c'était ce même homme, dont il avait été l'assistant pendant trois ans, qui l'avait présenté à Arnold Wellman. Il n'était à l'époque qu'un jeune généticien, alors que Wellman était un monument, et il se souvenait du charme qu'il avait déployé ce soir-là pour le séduire. Les années étaient passées, ils s'étaient revus à plusieurs reprises, tissant une complicité qui se situait bien au-delà des mots. Enfin Arnold Wellman l'avait initié et avait fait de lui son successeur.

Ses réflexions avaient naturellement éveillé sa vanité. Que son vieux maître lui ait permis de devenir l'un de ces êtres d'exception qui veillaient sur les destinées de la planète, l'obligea à lui accorder un court instant une pensée reconnaissante. Mais la surprise, en arrivant à Fleetwood, fut de trouver dans son courrier le petit cahier bleu expédié quatre jours plus tôt à son intention par Hans Buschmeyer. Il repoussa à plus tard l'envie d'en découvrir le contenu. Il avait un programme à respecter et rien au monde n'aurait pu l'empêcher de le suivre à la lettre. Bertold était mort, mais il constata avec satisfaction que Toody avait encore accompli d'énormes progrès. Elle était capable de différencier non plus trois, mais quatre couleurs et elle distinguait très nettement les premières notes de la *Petite Musique de nuit* de celles de la *Marche funèbre*. A l'intérieur de la boîte de Skinner où elle évoluait, elle se jouait des pièges les plus subtils qu'il avait imaginés pour tester son intelligence. Toody devenait un très grand cerveau dans le monde des rats ; si elle continuait sur sa lancée, elle avait de fortes chances d'accéder à la célébrité. William Ashby n'avait qu'un regret, Toody était une femelle. Pas un des mâles n'avait résisté à son programme, ils étaient tous morts. Certains s'étaient mutilés, d'autres avaient préféré se laisser mourir de faim, et seule Toody demeurait impériale, débordante de vitalité et terriblement futée. Ashby avait du mal à imaginer sa société sélective dominée par les femmes.

Lorsqu'il travaillait dans son laboratoire, William Ashby ne voyait pas le temps s'écouler. Il appréciait tout particulièrement cette solitude nocturne où il pouvait passer des heures à étudier le comportement de ses chers mutants loin de l'agitation du monde. Une horloge sonna, paisible, la nuit tombait déjà. L'envie de sortir lui traversa l'esprit, ces quelques jours passés en Amérique latine l'avaient privé du plaisir de retrouver des gens de son monde. William Ashby avait ses habitudes. Il lui arrivait assez souvent de dîner à son club de Regent Street pour finir la soirée chez Belmont ou au café des Arts où il était assuré de rencontrer ce que Londres proposait de plus fréquentable dans le domaine de l'esprit.

Ce soir-là, il y avait une vente chez Harold et Spencer. Il chercha le carton d'invitation pour s'assurer qu'il avait encore le temps d'arriver suffisamment tôt pour assister aux enchères les plus intéressantes. Ashby collectionnait les œuvres d'art. Il avait le goût sûr et, surtout, l'assurance que confère une fortune sans limite. Il appréciait tout particulièrement l'époque romantique, avec une préférence marquée pour le fantastique de Turner et de Barrimore. A neuf heures et demie, Cavendish le déposa devant le célèbre office d'Harold et Spencer situé au 6 Grosvenor Square, tout près de Marble Arch. Pour l'occasion, il avait choisi un costume gris anthracite qui l'habillait à la perfection, agrémenté de boots en chevreau noir et d'une canne en ébène avec un pommeau d'ivoire. La chemise à plis et le ruban négligemment noué autour du col affirmaient résolument la touche artiste fin de siècle, quelque peu désuète mais d'une parfaite justesse de ton. William Ashby se plaisait à se transformer selon les circonstances pour surprendre, et quelquefois choquer, la vieille aristocratie londonienne dans laquelle il évoluait.

Il se glissa parmi les hommes debout le long de la galerie latérale, répondant par un discret mouvement de la tête à ceux qui le saluaient. Il reconnut les habitués : Lady Name, Lord Bradford et sa sœur Nancy, Lord Montagu, Winston Wilmoore, le chancelier Graham, Terence Saint-Patrick et les indispensables intermédiaires qui se trouvaient là en service commandé.

Dédaignant de s'asseoir, il compulsa le catalogue, indifférent à l'enchère en cours. Une seule pièce l'intéressait vraiment, une psyché baroque signée de White, mais ce qu'il appréciait avant tout était de perturber l'ordre pour ainsi dire préétabli qui présidait à la cérémonie. Subtile perversion, il pouvait se permettre d'intervenir quand bon lui semblait pour faire monter les enchères au moment où elles parvenaient à leur terme. Avec un plaisir sadique il se réjouissait de la fureur de ces marchands et collectionneurs qui se voyaient frustrés de la bonne affaire. Ashby se souciait fort peu des regards et des murmures réprobateurs qui ponctuaient ses interventions. Il se voulait invincible, et le plaisir de ridiculiser ces aristocrates plus ou moins authentiques se teintait de mépris.

La psyché, une Diane chasseresse entourée de ses chiens, lui revint de droit pour la modique somme de douze mille livres. Bien que d'un goût fort discutable, cette pièce était un petit chef-d'œuvre de l'art maniéré et décadent du XVIIIe siècle. Mais le plus étrange, ce soir-là, survint un peu plus tard. Au moment où il s'apprêtait à s'en aller, lassé par cette vente un peu terne, les assesseurs présentèrent une estampe japonaise du XVIe siècle attribuée à Sanjuro Yorimoto. Dès qu'il vit le dessin, il s'arrêta, saisi soudain par un sentiment d'attirance d'autant plus inexplicable qu'il dédaignait depuis toujours l'art oriental. Il était trop loin pour saisir l'œuvre dans ses détails. Il s'avança vers l'estrade pour l'examiner. Il resta cloué sur place, bouleversé au-delà de toute raison.

L'estampe représentait un *shogun* se préparant à accomplir le *sepuku*. L'image n'avait en soi rien de remarquable, mais il eut l'impression qu'elle le concernait. Son trouble s'amplifia, prolongé par la certitude qu'il y avait là, quelque part, un détail qui lui était familier. Il voulut s'en assurer, oubliant le lieu et les gens qui l'entouraient, il fouilla l'image du regard pour y trouver la cause de son émoi. Le *shogun*, agenouillé, tenait son *katana* des deux mains. Les bras tendus, il pointait l'arme vers lui. Un pas en arrière, debout, un servant s'apprêtait à lever son sabre pour lui trancher la tête. Il y avait, dans l'attitude hiératique des deux hommes, toute la tension retenue du drame qui était sur le point de se conclure. William Ashby essaya de rompre la fascination qui le paralysait et, dans la seconde où il crut y parvenir, il fut tout à coup frappé par ce qui jusque-là lui avait échappé. Le visage du jeune seigneur lui rappelait à s'y méprendre un autre visage, un visage qui n'existait que dans son imagination mais qu'il portait gravé au plus profond de sa mémoire, et dont il n'avait jamais pu se débarrasser, celui de son frère Jonathan.

Rien ne pouvait le désorienter autant que la résurgence de cette vieille et maladive obsession. Il avait grandi, accablé par l'idée de ce jumeau dont il avait si fort souhaité la mort pour ne plus avoir à supporter la présence de cet être qui lui ressemblait trop et l'écrasait de tous ses dons. Et Jonathan était mort. La ressemblance était frappante. L'artiste s'était appliqué à saisir la froide sérénité du jeune seigneur à l'instant où, tout comme Jonathan, il se préparait à franchir cet espace incertain qui sépare la vie de la mort. Cette image lui était insupportable. Il devait la détruire, tout comme un criminel s'efforce d'effacer ou d'oublier tout ce qui peut lui rappeler sa culpabilité.

L'acquisition lui fut facile et, contrairement à l'usage il emporta avec lui l'empreinte de ce visage qui ne cessait de le poursuivre depuis l'enfance. Lorsqu'il se retrouva seul, dans son salon de Potters Lane, William Ashby alluma un feu dans la cheminée, et il resta un long moment assis en face des flammes, tenant devant lui l'image de ce double que le destin venait de faire ressurgir sur sa route. Il se laissa gagner par une sorte de torpeur qui anéantissait ses facultés de raisonner et de comprendre. D'où lui venait cette culpabilité ? Jonathan avait succombé à une fièvre maligne. Il n'avait rien à se reprocher, sinon d'avoir un moment souhaité qu'il disparût. Le visage de Hans Buschmeyer l'obséda à son tour. Que s'était-il passé dans la tête du vieux professeur pour qu'il en vienne à massacrer sa femme et ses petits-enfants ? Et pourquoi lui avait-il envoyé ce petit cahier bleu avant de se suicider ? Il y avait là comme un terrible vide, où la mort triomphait de la raison et de l'intelligence. Un vague pressentiment l'avertit d'un danger imminent, mais William Ashby était un homme trop sûr de lui pour se laisser entraîner sur une telle pente. Ce n'étaient là que rêveries de vieilles femmes.

Il se leva brusquement et jeta l'estampe dans les flammes. Debout devant la cheminée, il regarda le feu dévorer la mince feuille de papier. Cela ne dura qu'un instant, mais au dernier moment, il lui sembla que le visage du *shogun* venait de s'animer pour, dans un dernier sursaut, le fixer dans les yeux de son regard impénétrable. Ce ne pouvait être qu'une illusion. Le passé était mort. Seul comptait le combat qui était engagé et qu'il fallait poursuivre, pour que l'Homme accède enfin à la suprême connaissance.

6

TROIS jours plus tard survint le second signe. Mais hormis Arnold Wellman, personne ne s'en alarma. L'affaire, que les médias devaient désigner sous le titre de « la tragédie du Manhattan State », commença par un banal accident de la circulation. Le jeudi matin, peu après cinq heures, une fort belle jeune femme de la *high society* new-yorkaise, Magally Burnett, eut la malencontreuse idée de transgresser les règles les plus élémentaires de la prudence. Sur l'échangeur du Washington Bridge, sa Spitfire à double carburateur et six cylindres en lignes s'était envolée par-dessus le rail de protection, pour aller s'encastrer dans les fers à béton d'un immeuble en construction. Le sergent Johnson, arrivé sur les lieux avec les premiers secours, avait constaté un enfoncement de la boîte crânienne. La jeune femme fut transportée vers l'hôpital le plus proche : le Presbyterian Medical Center situé sur Fort Washington Avenue. Avant de reprendre sa route, Johnson avait pris le temps d'établir son rapport et de prévenir son supérieur hiérarchique, le capitaine Dimeola, qui se chargea d'avertir la famille.

Le vieux Burnett avait alors joué de son influence

pour que sa fille soit opérée par le meilleur spécialiste de la ville, et c'est ainsi que Magally Burnett s'était retrouvée au quatorzième étage du Manhattan State Hospital, dans le service du professeur David Backmann. David Backmann était l'un des plus célèbres neurochirurgiens des États-Unis. Titulaire de la chaire de microchirurgie vasculaire à la faculté de médecine de Philadelphie, membre de l'équipe chirurgicale de la Maison Blanche et grand patron du service de neurochirurgie au Manhattan State, il était une sommité internationale. Marié, père de trois enfants, Backmann était âgé de cinquante et un ans et en possession de tous ses moyens.

Lorsque le téléphone sonna, David Backmann terminait son petit déjeuner en parcourant en diagonale la première édition du *New York Times*. Il était à peine sept heures et demie du matin. Au début de l'été, il aimait se lever tôt et s'installer sur la terrasse. Il habitait en plein centre de Manhattan, au vingt-septième étage du Carmen Building, situé à l'angle de la 5e Avenue et de la 68e Rue. Il dominait Central Park et, lorsqu'il faisait beau, il ne se lassait pas d'admirer la naissance du soleil sur les hauteurs de Turnpike, de l'autre côté de l'Hudson.

Il préféra ne pas réveiller sa femme. Pour gagner du temps, il appela un taxi et il arriva au Manhattan State Hospital quelques minutes avant huit heures. En pénétrant dans son service, il perçut une tension inhabituelle parmi les membres de son personnel. Mildred, sa secrétaire l'attendait.

« Qu'est-ce qu'il se passe ? lui demanda-t-il sans autre préambule, c'est la femme du gouverneur ou la speakerine d'A.B.C. que l'on opère ce matin ?

— Vous ne pouviez pas tomber plus juste, professeur, lui répondit-elle. Il s'agit d'une de nos perles du Tout-New York, Magally Burnett, la fille de

Gerald Burnett, et c'est le gouverneur en personne qui est intervenu pour qu'elle soit transférée ici.

— Le poids du dollar, hein ! railla David Backmann, je n'aime pas beaucoup ça. Qu'est-ce qu'il lui est arrivé ?

— Un accident de voiture, une fracture ouverte avec un enfoncement de la boîte.

— Dites à Peter que je viens tout de suite. »

Lorsqu'il pénétra dans la salle de préparation, l'équipe d'intervention était déjà en plein travail. Peter Cornfield son assistant, vint au-devant de lui.

« Alors, Peter, lança David Backmann, vous avez eu le temps de faire le tour du problème ? En arrivant, j'ai cru que l'on nous avait amené le Président en personne.

— C'est beaucoup mieux que ça, professeur, je peux vous l'assurer. Vingt-quatre ans, un mètre soixante-dix-huit et tout ce qu'il faut pour tenter le diable. Malheureusement elle en a pris un sérieux coup.

— Comment ça se présente ?

— Délicat, professeur, éclatement de la paroi osseuse au niveau du frontal gauche avec une plaie ouverte, plus un tassement de la masse cérébrale qui s'est répercuté sur la région temporale interne. Tout est là, professeur, si vous voulez voir. »

David Backmann préféra examiner la jeune femme avant d'étudier le dossier. Le corps de Magally Burnett avait déjà été préparé. Nue, allongée sur la table du chariot, avec son crâne rasé et son visage tuméfié, elle faisait penser à quelque momie en mauvais état, égarée dans un atelier de restauration. La plaie formait un ovale inquiétant au-dessus de l'arcade sourcilière gauche. David Backmann se pencha pour en examiner les détails. Une partie de la boîte, sous l'effet d'un coup violent, avait éclaté et s'était enfoncée, comprimant l'encéphale. Sous la pression, une protubérance de matière grise affleurait à la surface de la plaie boursouflée, noircie par le sang coagulé de centaines de petits vaisseaux éclatés. Mais le plus inquiétant était le trou d'un demi-centimètre de diamètre qui s'enfonçait dans la masse en forme de cratère, criblé d'esquilles osseuses et de minuscules éclats de verre.

« Qu'est-ce qui lui a fait ça ? demanda-t-il.

— Le rétroviseur, lui répondit Peter Cornfield. Le miroir et le support ont éclaté. La patte de fixation a enfoncé la boîte et endommagé la zone frontale. C'est un miracle qu'il n'y ait pas eu hémorragie.

— Hem ! fit Backmann, comment expliquez-vous qu'elle ait été atteinte sur la gauche ?

— Elle conduisait une voiture anglaise, professeur, avec la conduite à droite. »

David Backmann scrutait avec minutie la partie endommagée pour en apprécier les conséquences profondes. Il connaissait trop bien le cerveau pour ne pas mesurer la part d'inconnu qui subsistait. La jeune femme survivrait très certainement à sa blessure, mais au-delà, il lui était difficile d'estimer les dommages causés par un traumatisme aussi violent. Il se redressa et demanda :

« Les tomographies ?

— Elles sont là, professeur. »

David Backmann s'installa devant l'écran de lecture. Il fit défiler les clichés du scanner, les examinant attentivement l'un après l'autre pour déceler l'importance des ravages causés par l'impact, et décider de la méthode opératoire. Il jugea l'état de l'artère cérébrale antérieure inquiétant. Elle avait résisté, mais son opacité indiquait qu'elle avait supporté tout le choc, et l'on pouvait craindre la formation d'un caillot qui risquait de grandir et d'obstruer l'artère. C'était là le champ d'intervention le plus délicat ; il lui faudrait l'inciser, la nettoyer du thrombus naissant et suturer. Le travail au niveau d'un vaisseau dont le diamètre était inférieur à deux millimètres nécessitait qu'il opère en s'aidant du microscope binoculaire. Ce n'était pas un problème, David Backmann était un spécialiste des interventions sur les microvaisseaux ; il avait mis au point des techniques opératoires très personnelles, mais, dans ce domaine de la microchirurgie du cerveau, l'erreur la plus infime pouvait être fatale et il ne devait rien laisser au hasard. Il visionna une seconde fois les clichés, nota les phases successives de l'intervention et donna ses premiers ordres. L'opération se déroulerait en deux temps, d'abord à vue, pour dégager la boîte et nettoyer la zone du cerveau lésée, ensuite, il travaillerait en se servant du microscope sous un grossissement de six à huit. Il estima qu'il lui faudrait à peu près trois heures pour sauver ce qui pouvait l'être ; il parcourut rapidement le dossier établi par le service de réanimation, puis demanda à son assistant :

« Tout le reste a l'air normal ? Elle l'a échappé belle ! »

Peter Cornfield eut une moue dubitative. Il appartenait à cette nouvelle génération de praticiens qui considèrent le monde et la vie en général comme un perpétuel jeu d'équilibre, entre des forces contradictoires, dont il faut savoir accepter les heurts. Au-delà de sa nonchalance naturelle et de son humour tonique, il était en fait un chirurgien d'une incroyable efficacité. Il ne visait qu'à une chose, sauver les gens quelles que soient leurs origines, leur croyance ou la couleur de leur peau. Bien qu'il ne fréquentât pas tout à fait les mêmes milieux et ne partageât pas les mêmes idées, il vouait à son patron une admiration sans borne et avait en lui une confiance illimitée.

« C'est vrai, on peut dire qu'elle a de la chance,

dit-il. Mis à part ce coup sur le crâne, elle n'a que les deux poignets fracturés et une côte ou deux enfoncées. Des broutilles. Cela dit, il ne nous reste plus qu'à espérer qu'elle ne se retrouve pas handicapée. Un de ces défauts moteurs qui vous suivent toute la vie. Ce serait dommage, vous avez vu le châssis ! »

David Backmann s'abstint de tout commentaire, il maugréa simplement :

« Bon, on va y aller. »

Il sortit pour prendre sa douche et revêtir sa tenue opératoire.

Jamais Peter Cornfield ne l'avait senti aussi maître de lui que ce matin-là. Lorsqu'il pénétra dans le bloc, sous la tente vert tendre qui délimitait le champ parfaitement aseptisé à l'abri duquel devait se dérouler l'intervention, anticipant le regard du maître, il s'assura d'un coup d'œil que tout était parfaitement en ordre.

David Backmann arriva à son tour. Il salua son équipe d'un geste amical et dit :

« Tout est prêt ?

— Tout est O.K., professeur, répondit Peter Cornfield.

— La caméra ?

— Elle tourne, professeur, on commence quand vous voulez. »

David Backmann se pencha une fois encore sur le corps de Magally Burnett. La jeune femme respirait normalement. A l'exception du front et de la boîte crânienne, elle était entièrement recouverte de tissus aseptisés de la même couleur vert tendre que la tente de protection. Le neurochirurgien se tint debout, très droit, les yeux fermés et les bras ballant le long du corps pour se décontracter pendant quelques instants. Lorsqu'il rouvrit les yeux, il n'eut pas à donner d'ordre, le trépan était déjà dans sa main. Machinalement, Peter Cornfield regarda l'heure : il était exactement neuf heures et trente-huit minutes.

Une heure et demie plus tard, David Backmann était parvenu au terme de la première phase de l'opération. La calotte avait été en partie enlevée et l'encéphale mis à nu, nettoyé des débris d'os et autres corps étrangers qui s'étaient répandus autour du point d'impact. Penché au-dessus de la table, il avait travaillé sans s'interrompre un seul instant, ponctuant de temps à autre le silence d'un ordre bref, sûr d'être entendu par une équipe qui ne le quittait pas des yeux. Peter Cornfield, les deux infirmières, Betty et Laura, l'anesthésiste Sean Guillam et son assistante Nikky Brown, formaient autour de lui un corps compact qui le soutenait, le prolongeait, anticipant le moindre de ses désirs. Il ne faisait aucun doute que ce serait une réussite parfaite, une de plus à l'actif du professeur David Backmann.

A onze heures et quart, le microscope opératoire se trouvait en place et le neurochirurgien se prépara à procéder à la deuxième phase de l'intervention. Il s'assit sur le siège, vérifia la position du faisceau lumineux qui éclairait le champ maintenant réduit sur lequel il allait travailler, et il colla ses yeux sur les oculaires. Il ajusta précisément les dioptries, choisit le grossissement le mieux adapté et observa attentivement la matière, grise et contournée, sous laquelle était enfouie, à quelques millimètres de profondeur, l'artère qu'il allait devoir dégager, inciser, nettoyer et recoudre. Peter Cornfield se tenait à ses côtés les yeux rivés sur ses binoculaires.

« Scalpel », ordonna David Backmann.

Betty Scrambell le lui tendit. Il s'agissait d'un micro-instrument à la lame minuscule, affûtée au centième de millimètre et conçue pour trancher les tissus avec une précision diabolique. David Backmann s'en saisit et l'approcha de la masse cervicale. Il eut un instant d'hésitation, et puis, soudain, il se passa quelque chose d'effroyable. C'est Peter Cornfield qui en fut le premier le témoin horrifié, mais c'est la petite Nikky Brown qui en perçut ou pressentit la terrible et définitive dimension. Lorsqu'elle cria, il était déjà trop tard. D'un geste irrémédiable, David Backmann venait d'enfoncer d'un seul coup son outil dans l'épaisseur du cerveau, incisant la matière grise et les vaisseaux vitaux sous-jacents.

« Professeur, hurla Betty Scrambell, professeur ! »

Avant qu'il ait eu le temps d'esquisser le moindre geste, Peter Cornfield aperçut le sang jaillir comme un geyser au-dessus du champ opératoire, mais ce ne fut pas la vue de ce jet écarlate éclaboussant les draps qui le figea d'horreur, ce qu'il voyait se dérouler sous ses yeux dépassait en monstruosité tout ce qu'il avait jamais pu imaginer. De ses mains gantées de caoutchouc, David Backmann continuait à lacérer le cerveau de Magally Burnett à grands coups de scalpel en rugissant comme une bête sauvage.

« Mais il est devenu fou, cria une voix, arrêtez-le ! »

Quand Peter Cornfield se précipita enfin pour tenter de le maîtriser, les dommages causés par la folie subite du neurochirurgien étaient irréparables. Il l'enserra dans ses bras et le tira violemment en arrière, décidé à ne pas se laisser gagner par la panique. Nikky Brown, prostrée dans un coin, luttait contre la crise de nerfs, tandis que Betty Scrambell se tenait debout, comme tétanisée, incapable de détacher son regard du cerveau lacéré de Magally Burnett.

« Sortez tous, cria Peter Cornfield en s'efforçant de maintenir le professeur Backmann. Qu'est-ce que tu fous, Guillam ? Fais-lui une piqûre, et appelle les infirmiers, je ne vais pas pouvoir le tenir longtemps. »

Guillam se précipitait avec la seringue quand celui qui avait été le professeur Backmann se dégagea de l'emprise de Cornfield d'une ruade imprévisible. Il lui fit face. Il était méconnaissable. Son beau visage aux tempes argentées s'était transformé en un masque démentiel. Le regard exorbité, couvert de sang, il ahanait en le menaçant de son scalpel qu'il agitait en tous sens.

« Nom de Dieu ! laissa échapper Sean Guillam avec sa seringue inutile à la main, qu'est-ce qu'il nous arrive ? »

Peter Cornfield croisa son regard désemparé.

« Restons calmes, dit-il d'une voix qui lui parut étrangement lointaine. Le pire est passé, il s'agit maintenant de limiter les dégâts.

— Attention », cria Sean Guillam.

David Backmann s'élançait vers la porte à double battant. Il la percuta, la traversa en poussant un rugissement terrifiant. Ils entendirent les cris et les bruits confus qui s'élevaient dans la salle de stérilisation et ils se précipitèrent à sa suite. Ils virent le professeur bondir sur une table et se jeter avec une violence inouïe contre l'immense baie qui dominait le vide. Mais la paroi de verre résista au choc, et le corps du professeur rebondit comme une vulgaire balle de tennis avant de s'écraser parmi les fioles et les instruments, à moitié assommé.

Sean Guillam put enfin injecter les vingt centimètres cubes de Droleptan dans le bras du forcené. La pendule électrique encastrée dans le mur indiquait onze heures vingt-cinq. Dix minutes avaient suffi pour faire basculer le service du professeur Backmann, réputé pour tirer de la mort les cas les plus désespérés, en un lieu maudit où un chirurgien, jusque-là irréprochable, s'était transformé en un fou criminel. Abattu, Peter Cornfield regardait d'un œil indifférent les infirmiers empaqueter dans une camisole celui qui avait été son maître à penser. David Backmann n'était plus que cette loque humaine, bavante et sifflante, que l'on emmenait sur un chariot. C'était révoltant, incompréhensible, inacceptable. Le jeune assistant se rendit compte que désormais il lui serait difficile de ne pas douter de bien des choses, à commencer de lui-même, et il eut tout à coup très peur.

7

La nouvelle surprit Arnold Wellman dans l'isolement de son cabinet de travail. Un flash sur la radio locale annonça brutalement les faits : « Crise de démence au Manhattan State Hospital. Le professeur David Backmann lacère le cerveau de sa patiente à coups de bistouri. »

David Backmann ! Arnold Wellman se sentit instantanément concerné : il connaissait Backman. Deux ans auparavant il avait dû se faire enlever une tumeur bénigne dans la région occipitale, et c'est lui qui l'avait opéré. La coïncidence était pour le moins surprenante.

Wellman se mit à marcher de long en large à travers l'immense bureau. Il ne pouvait pas ne pas faire le rapprochement entre la démence soudaine du professeur Backmann et le drame survenu chez Hans Buschmeyer trois jours plus tôt. Depuis le lundi matin, il avait consacré l'essentiel de son temps à essayer de comprendre. Dans leur rapport, les spécialistes qui avaient examiné le corps du vieux professeur parlaient d'une crise de démence sénile. Cela semblait tout expliquer. Arnold Wellman n'espérait rien de ce côté-là. Il se souciait fort peu de l'enquête dont les conclusions ne pouvaient que confirmer la thèse de la folie. Il n'y croyait pas, il y avait autre chose, mais son intuition ne le menait sur aucune piste. Il aurait eu le besoin de disposer d'un point d'appui solide, un détail, une confirmation qui lui permît de s'engager et d'agir. Avec sa ténacité de vieux chercheur, il avait commencé par examiner les éléments qui se trouvaient immédiatement à sa portée. Il avait passé la journée du mardi à interroger la mémoire centrale de la fondation. Peter Grall, l'opérateur, avait pendant des heures sollicité le clavier à la recherche des savants ou des cerveaux qui, à un moment donné, avaient soudainement perdu la raison. Le résultat s'était matérialisé sur l'imprimante par une liste d'invraisemblables « coups de lune ». A Sydney, en 1976, Michael Woodworth, un biogénéticien de quarante ans, était un soir rentré chez lui obsédé par ses rats, au point de prendre sa jeune femme pour un cobaye. Il lui avait inoculé une dose mortelle du virus de la rage avant de se suicider dans sa baignoire par hydrocution. La même année, David Barnett, un neurophysicien d'une cinquantaine d'années qui travaillait au centre épistémologique d'Atlanta, s'était précipité dans le vide du troisième étage de son immeuble, attaché sur une bicyclette, entièrement nu et le corps bariolé de peinture comme un Iroquois. L'homme avait survécu, mais n'avait jamais retrouvé la raison.

En 1979, en Angleterre, un astrophysicien qui enseignait à Oxford, Barry Callender, lors d'un cours magistral filmé en direct par la télévision et quelques jours seulement avant de se rendre à Stockholm pour y recevoir son Prix Nobel, s'était tout à coup frappé sur la tête comme touché par une illumination. Il s'était alors jeté sur le tableau noir pour dessiner d'un trait un magnifique phallus agrémenté d'une non moins remarquable paire de testicules en s'écriant : « Sa Majesté la reine d'Angleterre n'est plus une étoile de première grandeur, c'est une putain. »

Plus dramatique avait été le cas de Robert Simpson, un savant atomiste de valeur, nobellisable lui aussi. En pleine nuit, il s'était précipité à l'intérieur du commissariat de Nashville en brandissant un revolver. Les sept policiers qui se trouvaient dans la salle l'avaient truffé de plomb comme un vulgaire lapin sans que l'homme ait tiré un seul projectile : son arme n'était qu'un inoffensif jouet d'enfant. L'enquête avait conclu à une crise de folie suicidaire et l'affaire avait été classée. La liste continuait, alignant des noms dont Wellman se souvenait parfois, tous savants et chercheurs, et tous remarquables dans leur spécialité, qui avaient un jour franchi le mur de la folie. Firk en Autriche, Budweiser et Spencer en Californie, Donovan en Angleterre, Althusser en France, Spinelli en Italie, Groek en Allemagne Fédérale, mais tous ces hommes n'avaient été pour la plupart frappés que de folie douce. Mis à part ce marxiste d'Althusser, il ne s'agissait que de banales excentricités de savants séniles.

« Et les Soviétiques, avait alors suggéré Peter Grall, vous ne voulez pas qu'on regarde de ce côté-là ? »

Wellman avait grogné. Ces gens avaient une façon si particulière de considérer la folie et d'alimenter leurs hôpitaux psychiatriques que cette recherche ne pouvait que les induire en erreur.

« Les normes à partir desquelles un individu, fût-il prix Nobel, est déclaré bon pour l'asile n'a rien à voir avec ce qui se passe ici, avait-il répliqué. Nous avons plutôt tendance à laisser les fous en liberté, dans ce pays... Vous vous souvenez de Bob Hampton, Peter ? A Harvard, il se baladait en sarong et il avait toujours, accroché à la taille avec un morceau de ficelle, un vieux réveil qu'il faisait sonner toutes les heures. Il n'avait pas son pareil pour enseigner la mécanique ondulatoire, mais il était complètement frappé. »

Peter Grall s'en souvenait, le vieil Hampton ne se déplaçait qu'en vélo et pratiquait le *taï-chi* dans la rue.

« Des cinoques comme lui sont légion, lança-t-il, il paraît qu'à Stanford ils battent tous les records. »

C'était exact. Arnold Wellman avait en mémoire d'autres cas et non des moindres. Einstein ne se conduisait-il pas comme un fantaisiste, lorsqu'il sortait de chez lui, à Princeton, en pantoufles, attifé d'un vieux pantalon et d'une chemise au col douteux, pour aller s'acheter une glace à la fraise ! Et Oppenheimer ! Lui aussi avait copieusement déraillé le jour où il avait déclaré devant les médias qu'il avait fait le travail du diable et qu'il ne se salirait plus les mains avec le thermonucléaire !

Finalement, cette recherche s'était avérée stérile. Elle ne débouchait sur rien sinon sur une pénible réalité où tous ces chercheurs, biologistes, physiciens, futurologues, anthropologues et autres humanistes semblaient plus disposés que la plupart à des écarts de comportement. Comme si leur cerveau surchauffé devait à un moment ou à un autre payer le prix de la raison excessive. Wellman les considérait comme de pitoyables pantins au regard de ceux qui, au contraire, n'avaient nul besoin d'extérioriser leur petit grain de folie. Hans Buschmeyer appartenait à cette race-là : mise à part la tentation marxiste qui l'avait travaillé pendant quelques années, il s'était comporté comme un homme responsable, éloigné de la moindre originalité.

Il lui fallait des faits. Le mercredi matin, vers onze heures, l'attorney Patterson l'avait appelé au téléphone.

« Alors, avait demandé Wellman, vous avez du nouveau ?

— Nous en sommes toujours au même point, Arn. A l'institut médico-légal ils ont passé au crible ce qui restait de la cervelle de Buschmeyer, mais ils n'ont pas trouvé la moindre trace de tumeur ou de lésion.

— Et le cahier bleu ? demanda Wellman. Avez-vous retrouvé sa trace ?

— Top secret, Arn. Les Fédéraux ont pris les choses en main, ils ne sont pas très loquaces. Il paraît qu'ils ont essayé de récupérer le paquet en Angleterre, un de leurs agents s'est pointé mardi soir au bureau de poste de Fleetwood, mais il a raté le coche à cause du décalage horaire. Quand j'ai posé la question, ils m'ont fait gentiment remarquer que tout citoyen a le droit d'envoyer un paquet à qui il veut ! Ils nous prennent pour des figurants. »

Il y eut un silence exaspérant.

« Quoi d'autre ? lança Wellman assez sèchement.

— Écoutez, Arn — le ton devint confidentiel. Les Fédéraux ont déniché un mini-coffre dans un mur du bureau... Il était vide, Arn, nettoyé, sauf la page d'un magazine scientifique et, tenez-vous bien... une simple page arrachée, avec une magnifique photo en couleurs d'un cerveau, et piquée dedans, une épingle à chapeau ! »

Arnold Wellman sursauta.

« Une vulgaire épingle de bonne femme. Qu'est-ce que vous en dites, Arn ? On est dans la cervelle jusqu'aux épaules, non ? »

Arnold Wellman s'était abstenu de tout commentaire. Son expérience de titulaire lui avait appris à ne jamais s'étonner de rien, mais l'intrusion d'un détail aussi rocambolesque qu'une épingle à chapeau plantée en travers d'un cerveau, fût-il imprimé sur la page d'une revue, donnait une dimension déconcertante à l'affaire. Cette conversation téléphonique le confortait dans son sentiment. La folie de Hans Buschmeyer n'était qu'un rideau de fumée derrière lequel se cachait la véritable racine du mal.

Comment et pourquoi étaient les deux questions auxquelles il lui fallait trouver une réponse. Hans Buschmeyer plus David Backmann, et les siens... neuf personnes détruites au niveau de ce que l'homme considère comme le siège de sa pensée et de son intelligence. Impossible de dissocier les deux affaires. Plus qu'un symbole, Wellman y découvrait la manifestation d'une volonté. Tout confluait vers le même point, souligné par ce message cabalistique sciemment abandonné dans un coffre-fort, et portant la marque des pratiques anciennes de la magie noire.

Arnold Wellman décida que le moment était venu de s'engager dans ce qu'il pressentait comme une bataille décisive. Il s'installa à son bureau, appela Dan Morris son secrétaire, et lui communiqua la liste des personnes à contacter de toute urgence, à commencer par T.E. Carlson. Lorsqu'il eut l'ancien agent du F.B.I. au bout du fil, il lui fixa un rendez-vous pour le soir même au Manhattan State Hospital. Puis il consulta sa montre, une heure cinquante-deux minutes très exactement. Il prévint son chauffeur de se tenir prêt avec la Chrysler. Ils partiraient à quatre heures pour New York. Wellman serait sur place bien avant Carlson et disposerait de suffisamment de temps pour vérifier quelques points essentiels avant de se lancer dans l'action.

Un malaise l'habitait.

Le vieux lutteur n'avait jusqu'à ce jour connu que la victoire.

Pour la première fois de sa vie, il entreprenait une mission, mortelle peut-être, sans en détenir le moindre paramètre...

8

Le Grumman F 14 gris métallisé de l'U.S. Air Force s'annonça à la tour de contrôle à 7 h 20 p.m. Quelques minutes plus tard, le chasseur bombardier, spécialement aménagé pour transporter des personnes très importantes, s'immobilisa à l'extrémité nord de la piste C de l'aéroport de La Guardia, dans la zone dite *Confidential Zone*. Bien qu'il ne fût pas des plus récents, le F 14 avait franchi en moins de trois heures les quatre mille cinq cents kilomètres qui séparent Los Angeles de New York. Une vitesse de croisière pour un appareil qui pouvait se déplacer à Mach 2,2.

Lorsqu'il descendit, T.E. Carlson n'eut pas à marcher beaucoup, une Commodore noire l'attendait à moins de vingt mètres de la piste. Décidément, pensa-t-il, ce vieux renard de Wellman n'a rien laissé au hasard.

En se laissant tomber sur la banquette arrière, son regard croisa celui de la jeune femme qui se tenait au volant. Elle lui souriait.

« J'espère que vous avez fait un bon voyage, monsieur Carlson, lui dit-elle. M. Wellman vous souhaite la bienvenue, il vous attend au Manhattan State. »

Ils roulaient déjà en direction de l'autoroute lorsqu'elle ajouta :

« Pendant votre séjour à New York, je suis chargée de m'occuper de vous. Je vous ai réservé une chambre au Pierre, mon nom est Vanessa, Vanessa Burlington, mais vous pouvez m'appeler Van. Votre prénom est *Ti*, je crois ?

— T.E. Carlson, oui, répondit-il, T et E, tout simplement. »

Il se rencogna. Théodore Edison Carlson avait toujours eu des difficultés à assumer le double prénom dont ses parents l'avaient affublé à sa naissance. Théodore, c'était en souvenir de son grand-père paternel, Edison en souvenir de l'autre, le père de sa mère. Dès l'école primaire, il avait dû en supporter les inconvénients ; avec l'âge, plutôt que d'en changer ou d'en supprimer un pour se faire appeler Théo ou Eddy, ce qui l'aurait obligé à trahir la moitié de ses origines, il avait préféré garder les initiales et se prénommer « Ti ». T.E. Carlson, cela sonnait bien. Il avait fini par tirer une certaine vanité de ce qui, tout compte fait, ne manquait pas d'originalité.

T.E. Carlson était un homme d'une corpulence hors du commun. Il mesurait un mètre quatre-vingt-sept, pesait cent trois kilos, et son énorme carcasse claudicante passait difficilement inaperçue. Avec sa canne, indispensable, et son chapeau sans forme qu'il ne quittait que pour se mettre au lit, son impressionnante silhouette rappelait celle d'Orson Welles dans *La Soif du mal*. A quarante ans passés, T.E. Carlson pouvait se vanter d'avoir raté un certain nombre de rendez-vous importants au cours de sa vie. Son mariage avait été une vraie catastrophe, et sa fille unique était devenue une de ces marginales stéréotypées de la côte Ouest. Quant à sa carrière d'agent fédéral, elle avait été brutalement interrompue par une rafale de pistolet mitrailleur qui l'avait fauché en diagonale de l'épaule droite à la hanche gauche. Il s'en était tiré, mais non sans dommage. Le corps de T.E. Carlson était agrémenté de quelques prothèses ultra-sophistiquées qui lui permettaient de se conduire à peu près comme un homme normal, mais l'Agence l'avait déclaré inapte pour le service actif. Il avait préféré prendre sa retraite plutôt que de terminer sa carrière derrière un bureau. Le jour de son départ, il avait eu droit à un discours du sous-directeur, à un verre de champagne californien et à une médaille pour ses douze ans de bons et loyaux services.

Depuis, il s'était installé à Los Angeles. Ayant peu de goût pour la pêche ou le golf, il avait monté un bureau d'enquêtes privées, pour rester « en action ». Spécialisé dans les affaires d'espionnage économique, les clients ne lui manquaient pas. La Silicone Valley, cette nouvelle terre promise, était devenue le terrain de chasse des pirates en secrets informatiques. La moindre avance technologique pouvait rapporter des millions de dollars.

T.E. Carlson était un homme discret mais terriblement efficace. Il avait été à l'origine du stratagème qui avait permis au F.B.I. de prendre la main dans le sac l'ingénieur japonais Hayashi et ses comparses. Ces hommes opéraient à grande échelle pour le compte d'importantes sociétés nippones et T.E. Carlson n'était pas peu fier de les avoir neutralisés, même si les Fédéraux s'étaient approprié tout le bénéfice de la prise.

Quatre ans auparavant, Frédéric Terman, le visionnaire de Stanford et de la Silicone Valley, l'avait convoqué pour lui présenter Arnold Wellman. Il s'agissait d'une affaire particulièrement délicate dont Carlson s'était tiré avec brio. Malgré de confortables honoraires, le client estimait être son débiteur. Une amitié était née de cette première rencontre, et les deux hommes avaient gardé le contact. Bien des choses les séparaient. Leurs origines et leur milieu en particulier. Mais ils avaient en commun un patriotisme exacerbé et un même besoin de se battre pour défendre les valeurs traditionnelles de la nation américaine. Peu de mots leur suffisaient pour se comprendre ; T.E. Carlson appréciait cette sobriété, de même qu'il aimait l'idée de travailler pour l'homme qui avait été l'un des pères de la bombe H. Il était prêt à accepter n'importe quelle mission, à condition que Arnold Wellman le lui demande en le regardant dans les yeux.

Il pénétra dans le salon de réception du Manhattan State, au dix-septième étage. Il était à peine neuf heures du soir. Arnold Wellman, debout, contemplait la ville. A travers l'immense baie, les derniers rayons rougeoyants du soleil illuminaient les gratte-ciel dont la perspective se perdait à l'infini. Dans cette lumière irréelle, Manhattan resplendissait de tous ses feux, fascinante comme un fruit vénéneux.

Wellman était plongé dans son passé. Il était jeune professeur à Berlin, durant ces années où l'Allemagne basculait dans l'ordre national-socialiste. Il pensait déjà à s'expatrier. Certains de ses amis disaient, en évoquant New York : « Lorsqu'on arrive, le soir, la ville resplendit au soleil couchant comme de l'or ! » Depuis, New York s'était révélé sous son vrai visage et l'or de ses tours n'était qu'un mirage.

Quand il se retourna enfin, T.E. Carlson vint à lui. Les deux hommes se serrèrent la main sans un mot, échangeant un regard qui suffit à les rassurer sur l'opportunité de leur rencontre. T.E. Carlson alluma une cigarette, attendant que Wellman se décide à parler.

« Contempler cette ville au moment du coucher

du soleil est toujours un spectacle fascinant, dit enfin le physicien. Vous êtes un vieux New-Yorkais, T.E., vous connaissez cette émotion. Asseyons-nous là, prenez un verre, il y a tout ce qu'il faut là-bas. »

T.E. Carlson se servit une rasade de Kentucky Shark et revint s'asseoir près de Wellman.

« T.E., reprit le vieil homme, je vais vous charger d'une affaire qui comporte beaucoup de risques. Jamais je ne me suis senti aussi dépourvu d'atouts, d'informations, mais il se prépare des événements terribles contre lesquels je dois intervenir. »

Il s'interrompit, toussota pour s'éclaircir la voix :

« Je tiens à vous montrer deux choses avant de quitter New York. Vous vous rendrez compte par vous-même de la gravité des faits. Ce matin, le professeur Backmann, le plus éminent spécialiste en matière de microchirurgie cérébrale, a lacéré sauvagement le cerveau d'une jeune femme dont il venait de sauver la vie. Ceci, ici même. Lundi dernier, on a retrouvé dans sa villa un vieil ami à moi, la tête emportée par une décharge de chevrotines. Il s'appelait Hans Buschmeyer, il était l'un des plus grands neurophysiciens de la planète et n'avait jamais montré le moindre signe de déséquilibre. Vous savez ce qu'il a fait ? Dans la nuit du dimanche au lundi, il a liquidé toute sa famille avec un fusil de chasse, après quoi il s'est tiré une cartouche dans la tête. J'ai vu le résultat, inutile de vous donner les détails. La crise de démence ? C'est effectivement la seule explication, mais pour moi ça ne colle pas. Je cherche à comprendre.

— Il y aurait un lien entre ces deux affaires ? demanda T.E. Carlson.

— Comment répondre avec si peu d'informations... Je ne peux pas accepter la destruction violente de ces cerveaux sans réagir, mais ce n'est pas tout... Il est un homme auquel je suis attaché pour des tas de raisons. Il n'est pas de ma génération, il vit loin d'ici. Nous nous voyons très peu. Il n'est pas impossible qu'il y ait un rapport entre lui et la tragédie de la famille Buschmeyer. Ce n'est qu'une intuition. Je veux en savoir plus.

— Qui est cet homme, demanda T.E. Carlson. Qu'est-ce qui vous fait penser à un lien possible entre lui et ces deux affaires ?

— Il s'appelle William Ashby, c'est un Anglais, un biogénéticien, et... je compléterai votre dossier, T.E. Je ne peux pas tout vous dire, il y a des choses qui doivent rester dans l'ombre impérativement. Il faudra vous en accommoder, comme à Stanford. Vous vous en étiez bien tiré.

— Qu'est-ce que vous attendez de moi ?

— Nous serons tenus au courant du déroulement des enquêtes. Pour Buschmeyer, c'est le F.B.I. qui est sur le coup. Buschmeyer était à la retraite depuis pas mal de temps, mais il continuait à travailler et il notait dans un cahier le résultat de ses recherches. Le cahier a disparu. Du coup, le F.B.I. récupère l'affaire. Je souhaite que vous vous occupiez d'Ashby, mais je vous envoie à la pêche sans savoir si vous ramènerez le moindre poisson.

— Vous avez tout de même une petite idée derrière la tête, professeur ?

— Exact. Voici comment je vois les choses. N'ayant rien de concret à me mettre sous la dent, j'ai raisonné par l'absurde en supposant le problème résolu ! Ce n'est pas par hasard que deux éminents spécialistes en neurologie détruisent des cerveaux. C'est plus qu'une coïncidence. Buschmeyer et Backmann étaient des hommes responsables, sains de corps et d'esprit. Et, tout d'un coup, cette violence de boucher ! Cela ne leur ressemble pas. Ils n'ont pas pu faire d'eux-mêmes une chose pareille. Une volonté extérieure les a manipulés. Je dois vérifier cette hypothèse.

— Hum, fit Carlson pour exprimer son scepticisme le plus discrètement possible.

— Je sais que tout ça n'est pas cohérent. Une succession de suppositions à partir d'une intuition, rien de plus. Mais je ne crois pas à la crise de folie. Si je me trompe, tant mieux ! et tant pis pour moi : peut-être suis-je à mon tour atteint de démence sénile... »

Les deux hommes rirent un instant, puis T.E. Carlson demanda :

« Qu'est-ce que je fais ?

— Vous allez à Londres, ensuite à Zurich, retour à Londres, puis Paris. Vous filez le train à William Ashby. Je veux savoir ce qu'il trafique.

— Mais pourquoi lui, insista Carlson, alors qu'apparemment tout se passe ici ?

— Je suis mon idée, T.E. Hier, j'ai reçu une information, les hommes du F.B.I. n'ont pas retrouvé la trace du fameux cahier de Buschmeyer, mais ils ont découvert chez lui, dans son coffre, la photographie d'un cerveau transpercé par une épingle à chapeau ! Il n'y avait que ça dans le coffre, et sur son bureau, un simple bout de papier avec une fois de plus le dessin d'un cerveau barré d'un trait ! Au dos d'un récépissé d'un envoi recommandé adressé à William Ashby. »

T.E. Carlson vida son verre de whisky.

« O.K., monsieur Wellman, je vous suis », répondit-il.

Mais le ton manquait de conviction. Le vieux physicien chercha ses mots pour emporter son adhésion.

« Carlson, dit-il, je ne peux rien vous dire de plus. J'ajouterai simplement que William Ashby comme les deux autres, est un grand cerveau. J'en reviens à ma première hypothèse : un homme, ou une organisation, s'attaque aux grands cerveaux.

— Le début d'une épidémie soigneusement programmée ?

— C'est ce qu'il faut chercher à savoir.

— Les Russes ?

— Non, ils sont capables de tout, mais évitons de les soupçonner de toutes les vilenies. Cette situation peut se précipiter. Essayons de maîtriser ce danger ! »

Les deux hommes restèrent quelques instants silencieux. Derrière eux, les lumières de la ville se découpaient sur le ciel maintenant assombri. Wellman se leva :

« Suivez-moi, T.E., il faut que je vous montre ce qu'est un cerveau mutilé. Après, nous irons voir Backmann. »

Dans le hall du Manhattan State Hospital l'horloge indiquait 10 h 25 p.m. Dix minutes plus tard, les deux hommes arrivaient à l'institut médico-légal. Un préposé les conduisit jusqu'à la chambre froide où le corps de Magally Burnett reposait sur une table.

« Je tenais à ce que vous voyiez ça », dit Arnold Wellman.

Se tournant vers l'employé, il ordonna :

« Enlevez-moi ce drap.

— Complètement ? demanda l'homme.

— Oui, allez ! »

Le corps de la jeune femme apparut, entièrement nu. Carlson serra les poings en se forçant à ne pas détourner le regard. Il ne supportait pas ce genre d'endroit. Il remarqua d'abord les ongles des pieds, parfaitement manucurés et peints. Son regard glissa lentement vers les jambes, remonta. Les cuisses et les hanches étaient magnifiques, le mont de Vénus, d'un blond roux, et les seins, fermes et droits, ponctuaient un corps bruni, sensuel, fait pour l'amour et d'une incroyable fraîcheur. Carlson frissonna. Il détaillait le visage bleui d'ecchymoses et le crâne ouvert, découvrant un magma informe et violacé. Le contraste entre ce crâne ouvert et ce corps offert était insupportable.

« Approchez, T.E. »

Carlson voulut refuser. Il se demanda à quoi voulait en venir Wellman avec cette macabre mise en scène, mais il se retint de tout commentaire et obéit. Tandis qu'il se penchait sur la plaie, enregistrant chaque détail, le physicien reprit ses explications, répondant en partie à sa question non formulée.

« Je vous ai demandé de venir pour que vous touchiez de près cette réalité, résultat d'une folie criminelle inexplicable. Non seulement David Backmann n'avait aucune raison de détruire le cerveau de cette jeune femme, mais je suis sûr qu'il n'en a jamais eu l'intention, même au moment où il l'a fait. Vous comprenez ce que cela signifie ? »

Se détournant du cadavre, T.E. Carlson s'étonna.

« Que voulez-vous dire ?

— C'est pourtant clair, Backmann n'a jamais su ce qu'il faisait, on s'est servi de lui. Il a agi sur ordre !

— Il aurait été influencé ou téléguidé ? Ce n'est pas croyable !

— C'est ce que je crois. *Idem* pour Hans Buschmeyer. Je prends l'entière responsabilité de ce que j'avance. Tout ce que je vous demande, T.E., c'est de faire un certain nombre de choses que je ne peux pas faire moi-même. Venez, nous allons voir dans quel état il se trouve maintenant. »

David Backmann avait été transféré à l'hôpital central de la police criminelle. Il était enfermé dans une chambre du troisième étage, surveillé de près par une infirmière et un policier en uniforme.

Lorsqu'ils arrivèrent, l'infirmière racontait sa vie par le menu au policier qui l'écoutait distraitement en manipulant un Rubicube. Une ampoule de forte puissance éclairait la chambre où se tenait David Backmann. Il était allongé sur le lit en fer, recroquevillé en chien de fusil, le dos contre le mur. Il semblait dormir. On avait relâché les sangles de la camisole pour qu'il soit plus à l'aise, mais il restait bel et bien entravé, incapable de faire un mouvement.

« Rien de nouveau ? demanda Wellman.

— Rien, monsieur, répondit l'infirmière.

— On peut entrer un moment ?

— Allez-y, monsieur Wellman, n'oubliez pas de signer le registre avant de vous en aller. »

Ils pénétrèrent dans la chambre. Wellman saisit l'unique chaise et s'installa contre le lit. Il resta un moment sans rien dire.

« Il ne dort pas, dit-il, il est encore groggy, mais il ne dort pas !

— Backmann, cria-t-il, je sais que tu ne dors pas. Backmann, ouvre les yeux et regarde-moi. »

Le tutoiement et le ton agressif de Wellman troublèrent T.E. Carlson. Il y avait là quelque chose de déplacé ou d'indécent, mais il se tut. L'homme bougea, très légèrement. Ses paupières se soulevèrent avec difficulté. Ses yeux vides de toute expression se figèrent en direction de la voix qui venait de l'interpeller. Wellmann cria à nouveau :

« David Backmann, tu m'entends ? Réponds-moi ! »

L'homme resta inerte. Son regard continuait à fixer un point, droit devant lui, bien au-delà de Wellman.

« Backmann ! »

On frappa à petits coups pressés derrière eux, contre la vitre. T.E. Carlson se retourna et aperçut l'infirmière qui leur faisait des signes. A cet instant,

David Backmann sembla prendre conscience de leur présence. Il se redressa tout à coup, son œil s'éclaira, l'espace d'une seconde et, regardant Arnold Wellman, il émit entre ses lèvres en cul de poule un long sifflement qui se prolongea en un interminable crescendo. Il se recroquevilla aussitôt, ses paupières se refermèrent et le corps se replia en position fœtale.

« Cet homme est complètement déconnecté, laissa échapper T.E. Carlson.

— Exact, approuva Wellman en se levant, il a été déconnecté. Venez, nous perdons notre temps. »

Dans la voiture qui les attendait devant l'hôpital municipal, Wellman prit aussitôt la parole.

« Voilà comment nous allons procéder, T.E. Il est inutile de rester à New York, nous allons rentrer chez moi, nous y serons d'ici quatre à cinq heures. Là-bas vous aurez le temps de vous reposer et de vous préparer, demain nous referons le point de la situation. Je vous donnerai toutes les informations dont je dispose. Dimanche, vous partirez pour Zurich. Après ce sera à vous de jouer. »

T.E. Carlson eut une pensée pour Vanessa Burlington et la chambre qu'elle lui avait réservée au Pierre. Il se demanda si la jeune femme avait choisi un lit à deux places puis il l'oublia. Ce n'était pas dans sa manière de regretter ce genre de rendez-vous manqué. Il demanda :

« Je commence par Zurich ? Je file votre Anglais ?

— Il y sera mardi, lui et deux autres personnes avec lesquelles il doit travailler. Un simple travail d'observation, T.E., mais du précis et du fignolé. Vous aurez le temps de vous organiser d'ici là ?

— Je pense, professeur. »

Arnold Wellman toqua sur la glace fumée qui les séparait du chauffeur et la Chrysler s'ébranla en silence.

« Nous n'aurons pas à nous arrêter en route. Nous avons des repas froids, du bordeaux et du Chivas. »

La voiture se faufilait en douceur à travers le trafic encore dense sur Broadway, en direction de l'interstate 84.

« Peut-être Backmann avait-il une bonne raison pour trucider cette bonne femme ? Et Buschmeyer aussi... suggéra T.E. Carlson.

— Laissez tomber, T.E., les flics d'ici sont suffisamment accrocheurs pour ne rien laisser au hasard. Mais ils ne trouveront rien. Occupez-vous de Ashby. Lui aussi pourrait être déconnecté ou sur le point de l'être.

— Vous pensez qu'il fait partie de la même charrette ?

— Exact, T.E., je fais même plus qu'y penser, et je ne serai tranquille que lorsqu'on aura éclairci la situation.

— Une prémonition ?

— Plus que ça, T.E., une conviction. »

Il se tut et reprit d'une voix lasse :

« Ne m'en veuillez pas, T.E., je vais essayer de dormir une heure ou deux. »

T.E. Carlson ouvrit la porte du coffret qui se trouvait devant lui. C'était un petit Frigidaire, le chauffeur avait pensé à tout. Il se servit un verre de Chivas et se cala confortablement pour le déguster. Y avait-il un dingue qui supprimait les « grosses têtes », ou bien Wellman commençait-il à dérailler ? Il ferma les yeux. Le whisky dissolvait lentement son malaise.

Ils avaient déjà quitté le Bronx et roulaient en direction de New Haven.

9

Au cours des jours suivants, Arnold Wellman se demanda à plusieurs reprises si son imagination ne l'avait pas entraîné un peu trop loin, car durant ces quelques jours, rien ne se passa de remarquable. Le drame de Hans Buschmeyer n'était plus qu'un mauvais souvenir, celui de David Backmann un fait divers à sensation, et les deux enquêtes s'orientaient irrémédiablement vers une même conclusion : une crise de démence. Il était bien le seul à ce moment-là à les inclure dans la même équation qui englobait également William Ashby et lui-même. En dépit de ses doutes, il s'en tint à sa décision. Le vendredi soir, T.E. Carlson s'embarqua sur un courrier d'Air France en direction de Zurich, via Paris et Genève.

A Los Angeles, Jessy Flanagan consacra le week-end à la préparation de son intervention sur l'intelligence artificielle. A Fleetwood, outre les longues heures d'observation patiente passées avec Toody, William Ashby se prit d'un certain intérêt pour le dossier du candidat Oda Sukumi et, à Paris, Victor Pevsner s'accorda un temps de repos après son dernier périple. Il fut le premier des trois à partir pour Zurich.

Victor Pevsner menait une vie en marge du commun des mortels. Son pouvoir occulte le condamnait à une étrange solitude. Il s'en accommodait à sa façon. Où qu'il se trouvât de par le monde, Victor Pevsner assumait librement ses pulsions de jouisseur impénitent. Particulièrement lorsqu'il se retrouvait dans une ville comme Zurich, où l'ennui et la solitude semblaient se saisir de toute chose à la manière d'un vieil atavisme dont on accepte l'héritage. Mais ce soir-là, Victor Pevsner ne se sentait pas d'humeur à meubler l'immense ennui qui quelquefois se saisissait de lui. Il n'irait pas à Bangharst, chez Ma Wintergheist. Il ne contournerait pas le lac pour atteindre la rive Dorée et se hisser au-dessus de la ville, jusqu'à la villa discrètement masquée par un rideau d'arbres. Il n'entendrait pas la matrone l'accueillir, avec son accent de sa lointaine Prusse-Orientale et son sourire de poupée. La maison de Ma Wintergheist était un établissement des plus discrets, où les bourgeois de l'autre rive étaient sûrs de trouver à n'importe quelle heure du jour ou de la nuit des petites mains expertes dans l'art du massage.

Au diable Ma Wintergheist, se dit-il. Et Victor Pevsner rêva, déambulant d'un salon à l'autre à travers l'hôtel de France, fumant des cigarettes orientales et dégustant verre après verre une fine Napoléon qu'il avait apportée dans ses bagages. Il passa le reste de la nuit à lire et annoter les dossiers qui étaient à l'ordre du jour. Il ne les avait encore pas ouverts. Il avait gardé de ses années de collège l'habitude d'attendre le dernier moment pour s'y plonger furieusement et prendre les décisions qui s'imposaient. Vers cinq heures du matin, les premières lueurs du jour le surprirent en plein travail. Il n'avait pas sommeil. Il se fit monter du café et se replongea dans sa lecture. Il lui restait cinq heures avant de retrouver Jessy Flanagan et

William Ashby au troisième sous-sol de la Banque Zurichoise.

La Banque Zurichoise d'Investissements Privés était un établissement bancaire tout aussi discret que l'était dans son genre la maison de Ma Wintergheist. Situé en plein centre de la vieille ville, le siège social ne se distinguait en rien des immeubles qui l'entouraient, sinon par une plaque d'une sobriété toute helvétique. A dix heures moins cinq minutes de ce lundi 25 juin, Victor Pevsner franchit la porte à tambour de l'entrée principale réservée à la clientèle de la banque. Il portait un élégant costume en shantung gris, une écharpe de soie grège négligemment enroulée autour du cou et des mocassins à pompons de chez Loeb. Il n'avait pour tout bagage qu'un banal attaché-case en cuir usé par les voyages.

Négligeant le bureau d'accueil et les comptoirs, il traversa l'immense hall pour disparaître derrière une porte sur laquelle une plaque indiquait : *Transactions Internationales*. Il prit un escalier jusqu'au deuxième étage, s'engagea dans un couloir à l'extrémité duquel se trouvait une porte métallique sans serrure. Il sortit d'une poche de sa veste une carte magnétique qu'il introduisit dans une fente indécelable. La porte coulissa en silence, découvrant la cabine d'un minuscule ascenseur. Lorsqu'il ressortit, cinq étages plus bas, Victor Pevsner se trouvait dans le troisième et dernier sous-sol de la Banque Zurichoise d'Investissements Privés.

Il appuya sur le petit bouton rouge qui affleurait sur la paroi de marbre, et se tint immobile en face de la porte blindée. Il pensa à Carl-Hermann qui devait l'identifier sur l'écran de contrôle. C'était un homme de Wellman. En 1945, Wellman l'avait arraché aux services de renseignements de l'U.S. Army. Carl-Hermann Streicher avait présidé pendant quatre ans aux destinées du camp de Treblinka, il était bon pour la corde, mais Arnold Wellman, qui le tenait et ne l'avait jamais lâché, en avait fait un homme à lui. Avec le temps, Carl-Hermann aurait pu prendre sa retraite, peut-être même retourner dans sa Bavière natale, mais il avait choisi de servir son « maître » jusqu'au bout. Il était devenu le gardien du temple de Zurich.

La porte s'ouvrit, Carl-Hermann Streicher s'était levé pour accueillir Victor Pevsner. Bien qu'il eût dépassé les soixante-dix ans, l'homme avait encore beaucoup d'allure. Grand, mince, très droit, il avait un visage de vieux guerrier teutonique, avec un regard d'un bleu profond et une merveilleuse chevelure blanc argenté entretenue avec soin. Il salua Victor Pevsner sans affectation.

« Tout le monde est là ? demanda Pevsner.

— Non, il n'y a que l'Anglais. Il est ici depuis une heure à peu près. »

Quand il entra dans la salle de réunion, William Ashby était en train de visionner un curieux document, de magnifiques images abstraites dans lesquelles Pevsner reconnut la trace d'impulsions électriques au niveau de l'encéphale. En l'entendant arriver, William Ashby arrêta la projection et se tourna vers lui sans bouger de son fauteuil.

« Bonjour, dit-il. Comment va notre Numéro Un ?

— Il va, répondit Pevsner d'une voix nonchalante. Et vous, Ashby, avez-vous accompli de nouveaux miracles dans votre laboratoire de Fleetwood ? »

William Ashby eut un sourire satisfait.

« Toody, mon cher Pevsner. Est-ce que je vous ai déjà parlé de Toody ? C'est mon cobaye de choc, une rate de Birmanie, un spécimen remarquable qui me donne beaucoup de satisfaction. Elle est la vedette de ma prochaine publication. »

Il y eut une courte interruption durant laquelle

Ashby désigna l'image qui se trouvait sur l'un des écrans.

« Mais j'ai trouvé mieux pendant ce week-end, je me suis intéressé à ces images, et je crois que nous tenons un candidat sérieux. Avez-vous étudié son dossier ?

— Le Japonais qui est en tête de liste ?

— Exactement, mon cher Pevsner, Oda Sukumi.

— Qu'a-t-il de si remarquable ?

— Ces images, Pevsner. Il réalise d'extraordinaires images mentales. Il est le neuro-informaticien qui tire le portrait de nos grands cerveaux ! Vous ne le saviez pas ? C'est absolument passionnant. »

A chaque fois qu'il retrouvait William Ashby, Victor Pevsner ressentait un malaise indéfinissable. Il n'aimait pas ce Dorian Gray à l'esprit tortueux. Il se dirigea vers sa place, fit pivoter le fauteuil et s'assit devant sa table de travail. D'un coup d'œil, il s'assura que la machine était prête à fonctionner. La pièce, immense et sphérique, était occupée en son centre par une énorme table ronde avec sept sièges. Ils n'étaient que trois à s'y réunir et semblaient séparés par des espaces infinis. Face à la table, une gigantesque mappemonde occupait toute la surface du mur. Cette carte, électronique, reproduisait à la demande jusqu'au plus petit village africain. Il suffisait d'en formuler le code et d'appuyer sur un bouton. Au-dessous, plus près des tables, une batterie d'écrans leur permettait d'accéder à la Connaissance. Une partie d'entre eux était reliée à différents ordinateurs spécialisés, les autres se trouvaient connectés à des sources réputées inviolables.

Au centre de cette technologie hautement avancée se trouvait un écran de dimension plus importante. Le *S.M.*, abréviation de *Super Memory*, était l'aboutissement de la ligne directe qui les reliait à la mémoire centrale par le biais d'un satellite de la N.A.S.A. Constamment sous tension, le *Super Memory* était en mesure de les informer sur la dernière révolution de palais en Centre-Afrique, aussi bien que de l'humeur du colonel Kadhafi, des prévisions sur les cotes de l'once d'or fin, de la vitesse de croisière du cyclone Josiane ou des rendez-vous galants du troisième secrétaire d'ambassade de Cuba à Paris avec une étudiante de la faculté des sciences. Pour l'heure, l'écran renvoyait uniquement l'image d'un sigle : une sphère jaune, subtilement ombrée, se détachait sur un fond bleu, avec, en lettres rouges, la maxime : *Felix qui potuit rerum cognoscere causas*[1].

Jessy Flanagan arriva à dix heures quinze. Elle n'avait qu'un quart d'heure de retard et était habillée d'un tailleur en tissu moiré vert pâle, de coupe classique mais dont le décolleté et la jupe entravée ne faisaient qu'accentuer la sensualité de son corps généreux. Elle est vraiment bandante, pensa Pevsner en se levant pour l'accueillir. Il l'imagina nue sous le tissu, ou simplement parée d'une ceinture et de ses bas. Jessy Flanagan avait ce matin-là les jambes gainées de gris.

Ils bavardèrent tous les trois de choses et d'autres comme de vieux amis heureux de se retrouver. Ils ne s'étaient pas vus depuis plus de trois mois, c'était là une manière de briser la glace et de s'observer avant d'entrer dans le vif du sujet. Car ces trois êtres, si différents, et qui se trouvaient réunis, par un jeu de circonstances assez extraordinaire, pour influer sur l'histoire du monde au nom d'une morale supérieure, avaient en commun l'humaine nécessité de se sentir à la hauteur et de ne pas se laisser distancer. Ils étaient intelligents, très intelligents, et ils savaient beaucoup de choses.

---

1. « Heureux celui qui a pu pénétrer les causes secrètes des choses. »

Mais, tout compte fait, ils en ignoraient tout autant, et cette part d'inconnu les préoccupait bien plus que ne les rassuraient les secrets dont ils étaient les détenteurs.

Victor Pevsner se décida à ouvrir la séance :

« Si vous le voulez bien, dit-il en consultant ses notes, nous examinerons un dossier extrêmement brûlant. Il s'agit du cerveau, des possibilités effectives actuellement offertes par les toutes dernières technologies et qui permettent l'exploration de l'encéphale et certains types d'intervention au niveau du système nerveux central. Il devient urgent de confesser les chercheurs qui travaillent si nous ne voulons pas être dépassés ! »

Jessy Flanagan manifesta d'un geste son intention d'intervenir.

« Vic, commença-t-elle, compte tenu des progrès de nos connaissances en neurobiologie, en génétique moléculaire et en bio-informatique, les dimensions des phénomènes humains sont en train de prendre des proportions inattendues. Partout dans le monde, il se passe quelque chose à ce niveau-là. Qu'il s'agisse de recherche expérimentale ou appliquée, en chirurgie, en biologie, en chimie ou en électronique, la cellule nerveuse est devenue le champ d'expérience privilégié des chercheurs. La médecine ouvre la voie tous azimuts. En Californie, on traite maintenant la sclérose amyotrophique par injection de T.R.H. ; à Stockholm, on s'attaque à la maladie de Parkinson en se servant de ce que l'on appelle des précurseurs qui se transforment en dopamine à l'intérieur du cerveau ; ailleurs, dans les laboratoires de recherche de l'université de Berkeley, on annonce que la maladie d'Alzheimer, forme la plus répandue de la démence sénile, est tout simplement d'origine infectieuse. Le gâtisme n'est plus une fatalité, ni une infirmité due au grand âge, c'est une maladie du cerveau qu'il importe d'étudier et de traiter comme telle. Tout nous ramène au cerveau... Une équipe médicale du Massachusetts pourra bientôt reconstituer les circuits lésés où s'élabore la pensée. Pour l'instant, ils travaillent encore sur des rats, greffent des cellules nerveuses prélevées sur les embryons ! A cela, il faut ajouter tout ce qui se fait ou se prépare en ce qui concerne l'homme-machine. A Salt Lake City, on branche des électrodes directement sur le cortex pour permettre à des aveugles de lire l'alphabet, en bio-informatique, on expérimente des implants biologiques pour des mises en mémoires et... tout va dans le même sens. »

Elle s'arrêta un court instant, sourit aux deux hommes et reprit :

« Mais vous savez tout cela... L'homme est en train de s'apercevoir qu'en définitive tout se joue au niveau de la cellule nerveuse ! Que le système nerveux, cerveau compris, est un tissu comme les autres. Le cerveau a cessé d'être un territoire interdit, il obéit aux mêmes lois et se prête aux mêmes interventions que le reste de l'organisme. Je n'exagère pas, avec le génie génétique et la biologie moléculaire, les chercheurs, non contents d'avoir enfin percé le secret de la vie, se sentent maintenant en mesure de s'attaquer aux racines de la pensée. »

William Ashby intervint.

« Êtes-vous contre cette démarche ? A vous entendre on pourrait croire qu'il y a le feu à la maison !

— Mais il y a le feu, William. La révolution qui se prépare promet d'être aussi radicale et aussi lourde de conséquences que le fut la découverte des microbes par Pasteur. Or, pour l'heure, que se passe-t-il ? Personne n'est préparé semble-t-il à maîtriser les applications qui s'annoncent. N'importe qui peut faire n'importe quoi et, à ma connaissance, aucun organisme ou comité d'éthique médicale ne se préoccupe sérieusement du problème ! »

William Ashby voulut répliquer, mais Victor Pevsner lui coupa la parole :

« Avant d'approfondir ce débat, voyons d'abord les dossiers ponctuels : l'affaire Balatov ; William doit nous résumer l'essentiel de son voyage en Amérique latine, et notamment au Pérou, et nous avons à prendre une décision en ce qui concerne ce jeune candidat japonais. Je vous propose de nous débarrasser en premier de tous ces sujets annexes et de consacrer le reste du temps au dossier Cerveau. On commence par quoi ? Ashby, vous voulez bien nous parler du candidat ?

— Volontiers. Nous restons d'ailleurs en plein dans notre sujet. Oda Sukumi est un spécialiste du cerveau. Il est né à Nagoya en 1955, il n'a donc pas trente ans et il est déjà « nobellisable » ! A la fois neurologiste et cybernéticien, il est entré chez Mitsubishi en janvier 1980 comme chef du laboratoire de recherche, il a été promu depuis directeur du service. »

William Ashby s'interrompit pour se verser un verre d'eau. Il en but une gorgée et reprit :

« Ce candidat a été placé sur notre fichier en mars 1979 ; il n'a jamais cessé de progresser et il se trouve actuellement tête de liste avec un coefficient qui oscille entre 18 et 19. Il serait une excellente recrue. Je me propose de le rencontrer très bientôt. J'ai apporté un document assez extraordinaire sur le cerveau réalisé par lui ; regardez attentivement ces images, c'est un spectacle de premier choix. »

Tandis qu'il vérifiait la remise à zéro de la bande, William Ashby précisa encore :

« Il s'agit d'images mentales enregistrées par une caméra à positrons sous différents agents révélateurs. Sukumi est parvenu à une maîtrise absolument parfaite en ce domaine. »

Il appuya sur ses touches, la lumière de la salle s'atténua et les premières images apparurent sur l'écran. On reconnaissait très nettement la silhouette d'un encéphale vu en coupe, se détachant sur un fond sombre et traversé de magnifiques impulsions colorées sans cesse en mouvement. William Ashby les commenta :

« Ces images, à la frontière de l'informatique et de la neurologie, véhiculent de nouvelles informations. Ces expériences conduisent à maîtriser notre intelligence et à l'orienter. Regardez ! »

L'intensité des impulsions éclata violemment en un jaillissement multicolore qui se transformait, explosait, s'atténuait pour renaître en passant par toutes les teintes de l'arc-en-ciel. L'effet était saisissant.

Jessy Flanagan et Victor Pevsner suivaient avec attention la démonstration d'Ashby. C'était leur fonction : examiner les faits, les analyser, en discuter puis décider enfin de ce qui était bon pour l'homme et sa planète.

10

Profitant de la soudaine animation provoquée par l'heure du déjeuner, Théodore Edison Carlson se décida à traverser la rue et à pénétrer à l'intérieur de la Banque Zurichoise d'Investissements Privés. Une façon comme une autre de passer le temps et de repérer les lieux par la même occasion. Dès qu'il eut passé la porte à tambour, Carlson se dirigea directement vers le bureau d'accueil et, prétextant son désir de louer un coffre, il se laissa diriger vers un des boxes où une jeune femme l'accueillit avec une courtoisie toute professionnelle. Pendant qu'elle lui détaillait les formalités à remplir pour qu'un client, fût-il américain, puisse devenir locataire d'un coffre au deuxième sous-sol, il eut tout le loisir de photographier le hall. Le moment venu, si ce moment venait jamais, il saurait se souvenir du moindre détail.

Quand il ressortit, il prit son temps avant de rejoindre Josty. Il s'arrêta pour prendre un café, acheta un cigare et le dégusta en flânant comme un touriste oisif et sûr de lui. Lorsqu'il eut fait le tour du bloc d'immeubles, il déboucha sur une place. Elle donnait sur l'arrière de la banque, avec la porte de service par où, passé six heures du soir, ressortirait William Ashby. C'était un point d'observation idéal, avec un parking, des boutiques et une circulation suffisante pour passer relativement inaperçu. Le van, immatriculé à Cologne, se trouvait parfaitement placé. Légèrement surélevé, il dominait les voitures qui l'entouraient, mais s'intégrait parfaitement au décor de cette place zurichoise, clinquante de couleurs sous la lumière du soleil d'été. Josty était un artiste dans son genre, songea T.E. Carlson en s'approchant du véhicule. Le Mercedes était un vrai bijou, ses chromes resplendissaient de tous leurs feux et, sur la carrosserie, d'un vert profond impeccablement lustré, on pouvait lire en lettres gothiques rouge vif : *Otto Wampe Totaltheater Stächingen Pl. 236. Köln.*

T.E. Carlson appuya discrètement sur le bouton de la sonnerie camouflé dans le relief de la calandre. Il fit le tour du camion et se glissa à l'intérieur par la porte entrouverte. Jost Swade était confortablement installé devant sa batterie d'écrans. Il regardait un film super X, tout en surveillant du coin de l'œil la façade de la banque dont l'immobilité contrastait violemment avec les ébats chaotiques d'un groupe de partouseurs en plein délire.

T.E. Carlson ignora le spectacle. Il s'assit sur le siège libre et remarqua que son cigare était éteint.

« Alors, comment ça se passe, Josty ? Tout fonctionne comme tu veux ? » demanda-t-il en s'appliquant à rallumer son Davidoff.

Jost se pencha en avant. D'un geste négligent, il inversa les touches du pupitre de mixage qui se trouvait devant lui. La bande son du film X s'effaça sous la voix oxfordienne de William Ashby. T.E. Carlson lui accorda son attention, le temps d'une phrase. Le ton avait quelque peu monté, lui sembla-t-il...

« ... entre autres et, vos amis de Palo Alto, les Birdwhistell, Goffman et Watzlawich, ont élaboré une prétendue éthique universelle sur un tas de poussière. Poussière que leurs formules comme le *double bind* ou la *dimension cachée* ! Poussière que leurs théories sur la communication, qu'il s'agisse de langage, de métalangage ou de je ne sais quelle autre danse du scalp ! Poussière et... »

« O.K., fit-il, tu peux couper.

— Ça fonctionne, patron, vous n'avez pas à vous faire de souci de ce côté-là », lança Josty.

Jost Swade, dit Josty, un mètre soixante-huit, maigre et sec comme une branche de bois mort, s'exprimait avec un terrible accent du Sud. Il était sans âge et sans cheveux, natif de Magnolia, Mississippi. Il inversa ses manettes et se cala contre le dossier de son siège.

« Dites-moi, T.E., je veux bien me les rouler, mais je trouve que ce serait dommage de laisser passer une aussi bonne occasion ! »

T.E. Carlson souffla posément la fumée de son cigare sans lever le regard, attendant que Jost aille au bout de son idée.

« T.E., pas de problème, je ferai ce que vous voudrez, mais y se passe de sacrés machins là-derrière ! J'ai juste tâté un peu, histoire de voir si tout était O.K. et, je vous dis pas, il circule dans ces bécanes des putains d'informations, rien à voir avec le cours du dollar ou les dernières cotations en bourse ! »

T.E. Carlson se décida enfin à lever les yeux. Il demanda :

« Sois plus précis, Josty, raconte-moi ce que tu as bricolé.

— J'ai juste sondé le système, chef ! Il y a là-dedans une grosse bêbête de la troisième génération qui ne demande qu'à causer, ce serait dommage de ne pas essayer de savoir ce qu'elle a dans le ventre. C'est un jeu d'enfant, T.E., vous n'avez qu'à me faire un signe et c'est parti.

— Non, répondit Carlson, pas question de prendre le moindre risque et de se faire repérer avec tes conneries.

— Il n'y a aucun risque, T.E.

— J'ai dit non, pas pour le moment. Regarde tes films de cul et fous-moi la paix. »

T.E. Carlson tira le *Los Angeles Chronicle* de sa poche en sachant par avance qu'il serait incapable de s'intéresser aux résultats sportifs du week-end. L'intrusion de Jost Swade dans un domaine aussi sensible venait de réveiller en lui le vieux démon de la curiosité. Il en était d'autant plus irrité qu'il se savait pieds et mains liés. Arnold Wellman lui avait parlé une seule fois de la Banque Zurichoise, pour lui signaler que William Ashby y travaillerait avec deux autres personnes le lundi et peut-être aussi le mardi, et de ne pas s'en étonner ou se poser trop de questions.

Pourtant, depuis qu'il était arrivé à Zurich, le samedi, il n'avait pas cessé de se poser des questions. Les enquêtes d'Arnold Wellman concernaient toujours des affaires confidentielles, et T.E. Carlson, qui n'était pas né de la dernière pluie, s'estimait en droit de chercher à savoir où il posait les pieds. Simple question d'efficacité et de sécurité qui ne remettait pas en cause son absolu dévouement envers le physicien. Arnold Wellman pouvait avoir ses petits secrets et se les garder, à condition qu'ils n'interfèrent pas sur la bonne marche de son enquête.

Carlson savait de quoi était capable Josty Swade. Il pouvait se brancher sur n'importe quoi et se glisser à l'intérieur de n'importe quel système. Dès le dimanche, il avait réussi à placer suffisamment de micro-émetteurs dans la suite réservée par Ashby pour ne pas perdre un mot de ce qui pourrait s'y dire. Il n'avait eu aucune peine à retrouver la trace de l'Anglais. Les renseignements de Wellman s'étaient révélés excellents. William Ashby avait débarqué à Zurich le dimanche en fin d'après-midi. Il était allé directement au Sheraton, puis il était sorti pour se rendre chez le recteur de l'université où il avait dîné et passé une partie de la soirée. Après quoi il était retourné à son hôtel où il avait travaillé et échangé quelques coups de téléphone sans importance. A une heure du matin, T.E. Carlson avait abandonné sa filature et fignolé la mise en place de son dispositif avec Josty.

Et maintenant, Josty voulait faire du zèle. Swade était un solitaire et un petit génie du bidouillage électronique. Carlson l'avait connu en Allemagne fédérale quelques semaines avant qu'il ne passe devant un tribunal militaire pour y répondre de complicité dans une affaire de décodage indélicat. A l'époque, Josty servait comme agent de transmissions à l'état-major des troupes d'occupation. Il s'était engagé à dix-huit ans, avait le grade de sergent, et il aurait pu faire une carrière dans l'armée. Il avait épousé une belle fille du Wurtemberg, était père de deux garçons, mais son goût du confort l'avait entraîné un peu trop loin et il risquait la peine maximum prévue par le code de justice militaire. Quinze à vingt ans au bas mot. T.E. Carlson l'avait sauvé in extremis de la condamnation pour le récupérer et en faire un homme à lui.

T.E. Carlson essaya de fixer son attention sur les résultats des matchs du samedi, mais il se fichait pas mal de savoir si les Sockers de Philadelphie avaient battu les Fighters de Chicago. L'image de Wellman lui assenant ses instructions le poursuivait : « T.E., vous allez travailler juste à la frontière qui sépare le permis de l'interdit, rappelez-vous que c'est Ashby qui m'intéresse, enregistrez un maximum partout où il va, mais surtout, pas touche à la grande maison. C'est Ashby que je veux, pas les mémoires des ordinateurs. Domaine réservé, T.E. Vous m'avez compris ? »

Bien sûr qu'il avait compris ! Carlson souffla. Son cigare était encore éteint, et il dut admettre que ce Davidoff n'arrivait pas à la cheville des cubains de contrebande qu'il achetait à Los Angeles. Il jeta un coup d'œil fatigué en direction des écrans. La partie de cul tirait sur sa fin. Lorsque le film serait terminé, Josty glisserait une autre cassette dans le lecteur, c'était sa manière de passer le temps. Il leur restait des heures et des heures à patienter face à cet immeuble insipide sans rien avoir à faire d'autre que d'enregistrer des propos incompréhensibles, en attendant de filer le train à William Ashby, sans savoir exactement pourquoi. Arnold Wellman était un client exigeant, il voulait des preuves matérielles.

Mais des preuves de quoi ? T.E. Carlson savait être philosophe et se faire une raison. Il travaillait à un niveau très élevé et pour un homme qu'il respectait et admirait. C'était une satisfaction que peu d'enquêteurs avaient la chance de partager et, tout compte fait, un zeste de mystère n'était pas pour lui déplaire. Il replia le *Chronicle* et l'empocha. Il consulta sa montre, il n'était pas encore deux heures !

« Josty, dit-il, tu me montes le son et tu vas déjeuner. »

Lorsqu'il fut seul, T.E. Carlson essaya de s'intéresser à la discussion qui se déroulait au troisième sous-sol de la Banque Zurichoise d'Investissements Privés. Elle était toujours aussi vive. C'était Jessy Flanagan qui parlait, disant non sans passion :

« Ashby, je connais vos choix. Vos discours sur la sélection naturelle et sur la sélection naturelle négative ne tendent qu'à inverser le problème...

— Nous devrions accepter la fatalité d'une décadence irréversible, s'exclama William Ashby. Ce n'est pas du tout ma façon de voir les choses, je suis pour la durée de l'espèce, et la durée ne s'embarrasse pas de morale. En tant que Titulaire, j'ai le devoir de porter l'homme à son plus haut niveau d'évolution, mais pas tous les hommes. Il faut nécessairement faire un choix.

— Ashby, répliqua la voix de Flanagan, ne me racontez pas d'histoires. La tendance naturelle de l'évolution est irréversible, mais vous préférez faire tourner la machine à l'envers. »

Le rire provocateur de William Ashby satura un instant la modulation. Il s'écria sur un ton triomphant :

« Vous vous méfiez de la génétique, la logique qu'elle propose vous inquiète, ma chère Jessy, mais que faites-vous dans votre laboratoire de Stanford, sinon appliquer votre propre logique lorsque vous sélectionnez les meilleurs cerveaux avant de les presser comme des citrons pour les mettre en mémoire dans vos machines ! Tout nous oblige à la sélection, que vous le vouliez ou non c'est une règle à laquelle nous sommes condamnés si nous voulons avancer.

— Permettez-moi de vous rappeler qu'il est préférable de nous en tenir à l'ordre du jour », intervint la voix de Victor Pevsner.

William Ashby répondit sur un ton ironique :

« Est-ce un repli hautement stratégique, mon cher Pevsner ? »

La voix de Victor Pevsner se fit plus tranchante :

« Nous avons des dossiers urgents sur lesquels nous devons statuer. Ce n'est pas le moment de discourir sur le bien-fondé de nos interventions ou de redéfinir nos orientations.

— Justement si, parlons-en maintenant, coupa la voix de Jessy Flanagan. Depuis le temps que nous agissons chacun de notre côté sans jamais nous rencontrer, il se peut que nous ayons besoin d'accorder nos violons !

— Jessy, protesta la voix de Victor Pevsner, je vous en prie, passons aux choses sérieuses.

— Je ne peux pas laisser Ashby me contredire sans lui répondre. William, vous avez l'art et la manière de brouiller les pistes. Mais notre collège a une mission et elle est extrêmement claire : nous sommes contre la tyrannie, Ashby, nous luttons contre l'injustice et l'arbitraire et nous nous efforçons de barrer ou de limiter le pouvoir à ceux qui sont tentés d'en abuser, qu'il s'agisse d'apprentis dictateurs, de mégalomanes ou de paranoïaques, quelles que soient leurs convictions, leur idéologie ou la couleur de leur peau. Vous semblez l'avoir oublié, Ashby ! Vous parcourez le monde en portant la bonne parole de la soi-disant conscience scientifique, mais en réalité, vous ne pensez qu'à détruire les deux tiers de l'humanité au nom d'un élitisme supérieur, voilà la vérité !

— Jessy ! s'écria la voix de Victor Pevsner, je vous en prie, ne vous laissez pas emporter.

— Mais non, laissez-la au contraire, intervint William Ashby d'une voix condescendante. Je la trouve magnifique dans son rôle de pythonisse... »

T.E. Carlson baissa le son. Plus il en entendait, moins il comprenait. Qui étaient ces gens qui discouraient sur l'homme et son devenir comme si le monde leur appartenait ? Et William Ashby, qui au passage se donnait du Titulaire, quel jeu jouait-il avec les deux autres ? Quel rapport y avait-il entre ce qui se disait là et Arnold Wellman ?

Trop d'éléments lui échappaient. Il eut tout à coup le sentiment de se trouver face à un mur derrière lequel se cachait l'essentiel de ce qu'il était censé découvrir. Cette fois-ci, Arnold Wellman avait peut-être poussé un peu trop loin son sens de la discrétion. Carlson éprouvait le besoin d'en savoir davantage.

Ce soir-là, T.E. Carlson et Jost Swade restèrent à l'affût de William Ashby. A sept heures et demie, l'Anglais quitta la banque et monta dans un taxi. Ils le prirent en filature. Philosophe, Josty alla de son commentaire :

« T.E., je suis prêt à parier ma dernière chemise qu'il s'en passe derrière les murs de cette banque. Il faut se gaffer du merdier qui se prépare, je le vois venir comme le nez au milieu de la figure !

— Arrête de te fatiguer, Josty, répliqua Carlson. Fais ton boulot, j'ai pas besoin de connaître tes états d'âme. »

William Ashby les entraîna dans sa mouvance. Ils le suivirent du côté de Gerlikon où il avait rendez-vous avec des amis pour dîner dans une boîte à la mode fréquentée par la jet-society. Carlson laissa Jost Swade s'occuper de la chose. L'ancien agent des transmissions de l'U.S. Army prit un certain plaisir à se fondre dans cette faune et à jouer les initiés sur les talons de William Ashby. Il en revint grisé par l'absorption répétée d'une bière solide et les propos ondulants de ces écervelés. Il ramenait avec lui une bande sonore qui, à l'entendre, était une véritable prouesse technique, mais qui se révéla d'une désespérante platitude quant à son contenu.

Vers deux heures du matin, T.E. Carlson s'installa à une table pour rédiger son rapport. Une heure plus tard, il descendit, prit un taxi et se fit conduire jusqu'à une cabine téléphonique de Wasserkirche d'où il appela Arnold Wellman. Il ne lui fallut pas plus de cinq minutes pour lui résumer le résultat de sa filature et un tout petit peu plus pour l'informer de ses doutes quant à l'efficacité de son travail. Il lui dit :

« Je suis dans le noir complet, il faut que je sache qui sont ces gens, ce qu'ils font, et quel est le lien avec vous et les deux affaires qui nous intéressent.

Sans ça, c'est pas la peine que je continue, je perds mon temps, ici.

— O.K., répondit sans s'émouvoir Arnold Wellman. Dès que vous avez terminé à Zurich, amenez tout ce que vous aurez récolté et nous discuterons de tout ça plus précisément.

— Mercredi, alors.

— D'accord, T.E. Je vous attends chez moi. »

Avant de raccrocher, Carlson demanda s'il y avait du nouveau du côté des enquêtes.

« Non, rien, répliqua Arnold Wellman, sauf une chose : David Backmann a repris ses esprits. Il a demandé du papier et un crayon. Les inspecteurs de la criminelle lui ont libéré les mains en espérant qu'il allait leur faire des révélations. Il s'est mis à dessiner, et vous savez quoi ?

— A vrai dire, non.

— Toujours la même chose. Page après page, le même petit bonhomme avec une épingle plantée en travers de la tête ! Sur ce, bonsoir, T.E., je vous laisse méditer sur cette coïncidence. »

La communication était coupée. Carlson était resté un long moment immobile, le bras en l'air, écoutant le bip sonore de la ligne coupée. L'idée d'une épingle plantée en travers du cerveau lui était tout à fait désagréable.

11

CARLSON arriva à New York le mercredi matin à onze heures trente, heure locale. Un chauffeur l'attendait, qui le conduisit directement à l'héliport de Woodhaven où il s'embarqua aussitôt sur un Sikorski rouge vif piloté par un lieutenant de la protection civile. Ils décollèrent à midi quinze et prirent la direction ouest-nord-ouest, survolant Stanford, Bridgeport et Newport avant de se poser une heure et quart plus tard à moins de cent mètres de la résidence d'Indian Hill.

Arnold Wellman attendait Carlson dans son bureau. Dix jours après le drame survenu chez Buschmeyer et une semaine après le coup de folie de Backmann, rien n'était venu matériellement confirmer la réalité d'une menace délibérée. Un doute se glissait dans l'esprit du vieux lutteur. Dans l'isolement de son cabinet de travail, il avait songé à faire machine arrière, et peut-être l'aurait-il fait si, de Zurich, T.E. Carlson n'avait pas manifesté son besoin d'en savoir plus. Cette demande avait ravivé la petite flamme de conviction qui se consumait en Wellman. L'idée d'un Carlson réticent et pressé d'en savoir plus n'était pas pour lui déplaire et, bien que le secret des Titulaires fût par principe absolument incommunicable à toute personne étrangère au collège de la Fondation, il ressentait une certaine excitation à l'idée d'en révéler pour la première fois la genèse à un homme tel que Carlson.

Lorsque l'énorme masse claudicante de T.E. Carlson pénétra dans la pièce, Arnold Wellman pensa qu'il ne serait peut-être pas obligé d'en arriver là. Les deux hommes se saluèrent avec la sobriété qui leur était coutumière et Wellman proposa qu'ils s'installent dehors, sur la terrasse, pour faire le point. La journée était magnifique, un vent léger caressait les arbres plantés sur la colline qui descendait en pente douce jusqu'à l'océan. Quelques voiles dansant sur le bleu des vagues à peine moutonnantes annonçaient l'été et la venue des premiers estivants. T.E. Carlson accepta le whisky, il alluma sans se presser un des cigares achetés à Cointrin, tandis que le vieux physicien regardait droit devant lui, en direction de la ligne d'horizon. Chacun attendait que l'autre commence à parler. Arnold Wellman se décida le premier.

« Votre impression sur le voyage à Zurich n'a pas été très positive. Qu'avez-vous trouvé, T.E. ?

— Rien de plus que ce que je vous ai déjà dit, professeur, répondit Carlson. Ashby s'est comporté comme un gentil savant qui ne sait pas très bien quoi faire de ses soirées quand il est loin de son monde. Ces Anglais de vieille souche ont l'art et la manière de faire accepter les situations les plus scabreuses. Ashby n'échappe pas à la règle, c'est un aristocrate, classe, réserve naturelle, mais vous savez déjà tout ça. Hormis ses rencontres avec ses partenaires dans la banque, rien de notable. Aucun contact, sinon le lundi soir, où il a dîné chez le recteur de l'université ; pas de communication téléphonique intéressante, mardi après-midi il a visité deux galeries de tableaux et quelques antiquaires.

J'ai relevé les achats. Le soir même, il a repris l'avion de Genève pour Londres. »

Le bruit d'un petit avion de tourisme meubla le silence qui s'installait. Carlson but une gorgée attendant la suite.

« Pourquoi ne l'avez-vous pas filé à Londres comme je vous l'avais demandé ? » interrogea Arnold Wellman.

T.E. Carlson souffla posément la fumée de son cigare.

« Professeur, dit-il d'une voix calme, mettons les choses au point. Suivre Ashby n'est pas compliqué, mais, à Zurich, je me suis senti mal à l'aise, sur un terrain friable. J'ai passé près de douze heures à écouter et à enregistrer Ashby parlant avec un homme et une femme de l'avenir de la planète. Et je dois vous avouer que je n'ai pas compris grand-chose.

— Vous n'avez rien compris à ce qui se disait ?
— Peu de choses, professeur, j'ai été dépassé par le niveau de leur champ d'intervention... et, dans la mesure où Ashby navigue là-dedans comme un poisson dans l'eau, je me suis posé des questions sur le rôle que je jouais dans ce petit ballet. »

Il hésita un instant, cherchant les mots pour bien se faire comprendre. Il reprit.

« Filer le train à un bonhomme est une chose facile quand on connaît les ficelles du métier, mais travailler sans savoir ce que l'on cherche est extrêmement désagréable, surtout lorsqu'on localise une puissance dont on ne connaît pas l'étendue. Je vais vous donner mon avis, ces gens sont des touche-à-tout, même si c'est au plus haut niveau. Résumons la situation, professeur Wellman. Un, vous me branchez sur deux spécialistes du cerveau, devenus, on ne sait pourquoi, des assassins. Deux, vous m'indiquez la direction de William Ashby, suspect ou victime potentielle. Trois, Ashby se révèle un sujet d'observation des plus banals, qui passe le plus clair de son temps à discuter du sort de la planète et à proposer un Japonais dont il veut faire son successeur parce qu'il dissèque habilement le cerveau en captant des images mentales ! Tout ça ne mène nulle part, il y a de quoi se poser des questions. Qu'est-ce qu'un Titulaire ? Sa fonction, ses pouvoirs, ses objectifs ? Et cette Fondation dont je n'ai jamais entendu parler ? Pour qui travaillent-ils ? Ashby est en plein là-dedans, impossible de l'en dissocier, je ne peux absolument rien faire si vous n'éclairez pas un peu le décor. »

Arnold Wellman écoutait dans une parfaite immobilité, les yeux fixés sur l'océan. Il se retourna enfin et demanda en regardant Carlson :

« De quoi ont-ils parlé ? »

T.E. Carlson sortit un carnet de sa poche, le feuilleta, trouva la bonne page et commença à lire.

« La première réunion s'est tenue lundi de dix heures du matin à six heures du soir, et la seconde, le mardi de neuf à quinze heures. Durant ces deux séances, ils ont pris une décision concernant le Japonais, Oda Sukumi : Ashby doit se rendre à Tokyo pour le rencontrer. Ils ont ensuite discuté d'un certain nombre de problèmes internationaux. Victor Pevsner a lu un rapport sur son voyage à New Delhi et sa rencontre avec Goving Singh, le chef religieux de la communauté sikh. L'Anglais a lu un rapport sur ce qu'il a vu en Amérique latine, une sordide affaire de chirurgie sociale. Le mardi, discussion interminable sur les recherches actuellement menées sur le cerveau, un peu partout dans le monde. Jessy Flanagan qui a l'air d'en connaître un rayon, a dominé le débat d'un bout à l'autre ; Ashby lui a donné la réplique, mais Pevsner était carrément en dehors du coup. Ils sont convenus de se retrouver à Stanford la semaine prochaine. Flanagan doit leur faire une démonstration de ses talents, Ashby sera revenu de Tokyo et ils feront le point de la situation. Qu'est-ce que vous voulez que je fasse avec tout ce fatras ? C'est vous qui détenez les clefs, professeur, et c'est à vous de décider : soit vous me mettez au parfum, soit je laisse tomber. Toutes ces histoires de cerveau me passent largement au-dessus de la tête, quant au reste, n'en parlons pas ! Qu'est-ce qu'ils foutent ces mecs, vous pouvez me le dire ? »

Arnold Wellman ignora la question. Il n'avait pas l'intention d'esquiver le débat, mais il voulait éprouver Carlson. Il devait s'assurer que sa curiosité n'était pas une feinte ou un mauvais prétexte pour se retirer d'une affaire qu'il jugeait scabreuse. Il lui fallait le pousser dans ses derniers retranchements. Il dit :

« Si Ashby va à Tokyo, il faut que vous y alliez aussi. Quand rencontre-t-il le Japonais ?

— Vendredi, répondit T.E. Carlson d'un ton bourru. Professeur, il n'en est pas question, qu'est-ce que je vais glander là-bas ? Tokyo n'est pas Zurich, difficile de passer inaperçu ; en plus, mon technicien n'aura pratiquement pas de matériel avec lui et... »

Il eut un geste du bras pour exprimer son dépit d'être sur un terrain glissant.

« Le problème n'est pas là, lança-t-il furieusement. Qu'est-ce que c'est que cette histoire de Titulaire et de successeur ! Qui est Ashby ? Donnez-moi plus de renseignements sur lui ; peut-être que j'y verrai un peu plus clair. »

Quand il s'arrêta de parler, Arnold Wellman se tenait en retrait à demi allongé sur son siège. Les yeux fermés, il se massait le front du bout des doigts, dans une attitude de profonde réflexion. L'attente se prolongea sans que Carlson éprouve le besoin de dire quoi que ce soit. Ils le savaient l'un et l'autre, ils se trouvaient sur un point de rupture où les choses pouvaient basculer dans un sens ou dans un autre. Chaque mot exprimé serait capital et c'était à Wellman de parler.

« William Ashby est un Titulaire, dit-il sans changer de position. Ce que je vais vous révéler maintenant, T.E., est confidentiel, *ultra-confidentiel*. Inutile de vous faire un dessin : ce que vous allez entendre, vous devrez l'oublier aussitôt que cette affaire sera terminée. J'ai exercé la fonction de Titulaire, et Ashby a pris ma succession. J'en ai décidé ainsi il y a une dizaine d'années maintenant, mais tout a commencé bien avant, très exactement le jour où... »

T.E. Carlson hésita un instant avant d'intervenir. Une question lui paraissait pourtant essentielle et il la posa :

« Qu'est-ce que c'est qu'un Titulaire, professeur ?

— N'allez pas trop vite, T.E. Vous le saurez si vous me laissez vous raconter les choses dans l'ordre. Pour moi, tout a commencé le jour où Albert Einstein a envoyé sa lettre à Roosevelt. C'était en 1939, le 2 août très exactement. Depuis quelques années ça bouillonnait ferme dans les laboratoires de recherche en physique théorique, tout le monde travaillait sur la fission et la réaction nucléaire. En 1932, Anderson avait le premier découvert l'électron positif ; l'année suivante, Niels Bohr avait à peine publié sa théorie sur la désintégration qu'Enrico Fermi, en Italie, réalisait les premières réactions nucléaires. Ça montait, on sentait qu'il y avait là une nouvelle source d'énergie fantastique, mais il fallait la maîtriser. A cette époque, j'enseignais à Harvard où je conduisais mes propres recherches sur la désintégration de l'atome. Imaginez dans quel état d'esprit nous nous trouvions, T.E. : on travaillait jour et nuit et l'on était persuadé que chaque moment pouvait nous apporter la solution. En mars ou avril 1937, Frédéric Joliot-Curie réussit à mettre en route le premier cyclotron européen, et dans la foulée, Fermi, qui entre-temps avait émigré aux États-Unis, démontra la possibilité d'une réaction en chaîne.

« A ce moment-là, on a commencé à envisager sérieusement la fabrication d'un explosif aux effets terrifiants. En Allemagne, ils étaient aussi sur le coup, mais ils avaient du retard. Otto Hahn en était encore à formuler sa théorie de la fission nucléaire, mais la guerre menaçait, et la crainte qu'inspirait aux chercheurs la science allemande poussa Fermi et Szilard à persuader Einstein d'écrire à Roosevelt. Je peux vous citer les termes mêmes de cette lettre : « Les résultats des recherches effectuées récemment par Enrico Fermi et Leo Szilard démontrent que l'élément uranium peut, dans un avenir immédiat, devenir une nouvelle et importante source d'énergie et conduire à la fabrication de bombes extrêmement puissantes. Une seule de ces bombes, transportée par bateau, pourrait détruire un port, une ville et le territoire environnant. »

« Plus tard Einstein devait dire : « C'est moi qui « ai pressé sur le bouton. » Et, bien que les choses aient encore traîné avant qu'on en arrive au Manhattan Project et à Los Alamos, il avait tout à fait raison. Non pas parce que cette lettre a abouti à la fabrication de la bombe, mais parce que c'était la première fois qu'un savant prenait l'initiative d'influer directement sur la politique de son pays. »

Arnold Wellman s'interrompit. Se redressant, il se servit deux doigts de lait dans un grand verre. Il le but d'un trait et regarda droit dans les yeux de Carlson en reposant son verre vide.

« Vous me suivez, T.E., lança-t-il en se rencognant contre le dossier de son siège, une simple lettre ! Après, il y a eu Los Alamos ; c'est le général Groove qui chapeautait l'ensemble, mais nous étions tous derrière lui, Oppenheimer, Bethe, Bohr, Teller, Fermi, Szilard, moi évidemment, et bien d'autres. Nous n'avions qu'un seul but, gagner le pari, y arriver les premiers pour mettre un point final à cette nom de Dieu de guerre ! Et nous y sommes parvenus, T.E., en trois ans ! Au mois de juillet 45 nous avions trois bombes et on s'en est tout de suite servi. Le 16 août 45, on a fait exploser la première dans le désert du Nevada pour voir si ça marchait, la seconde s'est envolée sur un B 29 pour être larguée à la verticale d'Hiroshima et, pour faire bonne mesure, la dernière sur Nagasaki trois jours après.

« Tout le monde connaît le résultat. Mais on ignore que les effets secondaires ont secoué le milieu scientifique : il a découvert à cette occasion sa responsabilité et le rôle qu'il pouvait jouer dans le devenir de la planète. Désormais, plus rien ne pouvait se décider sans nous et, devant cette nouvelle arme surpuissante qui n'en était qu'à ses débuts, nous avons tous ressenti le besoin de faire quelque chose pour en limiter les effets destructeurs. Mais quoi ? Si nous la fabriquions, la logique voulait que ce fût pour s'en servir. C'est alors que l'idée s'est imposée : ce que Einstein avait fait seul, cinq ans auparavant, avec une simple lettre, nous devions le faire ensemble et intervenir auprès des grands de ce monde pour éviter le pire. Nous étions tous d'accord, pas pour les mêmes raisons évidemment, chacun avait sa petite idée sur ce que devait être une assemblée de savants et sur son rôle en cette affaire, mais nous avons tout de même réussi à constituer une première plate-forme d'action. Notre projet était ambitieux, il ne s'agissait pas d'un comité des sages purement formel, nous voulions intervenir concrètement, pas seulement donner notre avis, mais peser de tout notre poids sur le destin de la planète, tous autant que nous étions, chercheurs, scientifiques, mais aussi des intellectuels et des hommes de bonne volonté dont la probité morale et l'influence étaient déterminantes. Une première sélection s'est effectuée naturellement. Certains ont refusé, mais la plupart ont accepté sans hésiter, Bethe, Teller, Fermi, Szilard, une trentaine en tout, dont je faisais partie. Cela n'avait pas vraiment un nom, nous l'appelions entre nous le Comité des Sages, plutôt pour nous moquer, mais nous nous sommes lancés dans la bagarre. »

Arnold Wellman s'arrêta de parler une nouvelle fois, comme pour mesurer le chemin parcouru. T.E. Carlson en était à son troisième whisky et c'est lui qui maintenant fixait indéfiniment la ligne d'horizon. Il demanda :

« A quel moment ? Après les deux explosions sur le Japon ?

— Non, T.E., juste avant. Après, tout s'est écroulé comme un château de cartes et il a fallu repartir de zéro.

— Mais, pourquoi ? Ceux qui étaient d'accord avant auraient dû l'être après. A plus forte raison !

— Il s'est passé quelque chose que vous ignorez peut-être. L'arme était tellement terrifiante que nous avions pensé qu'il suffirait d'un simple avertissement pour persuader les Japonais de capituler. Le 15 juillet, la veille de la première explosion expérimentale dans le désert du Nevada, un savant japonais est arrivé à Los Alamos dans le plus grand secret pour constater la puissance de destruction de l'arme nucléaire. Il a assisté à l'explosion et est reparti dès le lendemain pour Tokyo faire son rapport aux autorités nippones. Cette ultime conciliation était le résultat de la pression exercée par les chercheurs qui avaient participé à l'élaboration de la bombe, une tentative de dissuasion qui permettrait d'éviter son utilisation tactique, croyaient-ils. Mais ça n'a pas marché...

— Les Japonais ont refusé de capituler ? »

Arnold Wellman soupira :

« Nous avons attendu presque trois semaines, T.E., mais c'était trop tard. Les Japonais se trouvaient trop engagés dans cette guerre. Dès que le gouvernement et le Haut Commandement ont été informés des effets thermo-nucléaires de la bombe, ils se sont divisés sur la réponse à donner à cet ultimatum : ceux qui étaient partisans d'une reddition avec ou sans condition, et ceux qui étaient pour le combat jusqu'au bout. Des militaires qui ont une guerre sous la main ne se décident pas volontiers à la brader. Et n'est-il pas plus beau de mourir que de se rendre ? Dans leur système, seul l'empereur pouvait décider et annoncer la capitulation, à condition que le gouvernement le lui conseille à l'unanimité. Ils ne sont pas parvenus à se mettre d'accord. Ceux qui refusaient la paix ont été jusqu'à tenir l'empereur quasiment prisonnier afin de l'empêcher de faire toute déclaration. Vingt jours après Los Alamos, l'*Enola Gay* a décollé des Mariannes pour larguer *Little Brother* à la verticale d'Hiroshima. Il a fallu une seconde bombe pour que les Japonais se décident enfin à capituler. Notre intervention n'avait servi à rien.

« Cet échec de dissuasion, la plupart des chercheurs ne l'ont pas supporté. Les deux bombes ont balayé de leur souffle tous ceux qui jusque-là avaient cru au miracle. Ces poules mouillées se sont effrayées et ont préféré se retirer plutôt que de s'engager plus avant. Les autres, par contre, ont su tirer la leçon, mais nous n'étions plus qu'une poignée. Le collège que nous formions s'est transformé en une organisation occulte sous le couvert d'une Fondation créée à cet effet. Ainsi sont nés les Titulaires. Nous avions compris que pour être efficace il ne fallait pas attendre le dernier moment, mais intervenir bien avant, en amont, les hommes qui détenaient ou pourraient détenir les postes de responsabilité les plus élevés dans les secteurs clefs de l'économie et de la politique. L'idée était simple mais difficile à réaliser. Elle nécessitait un travail de longue haleine et des moyens considérables.

— Que cherchiez-vous exactement ? A mettre en place des hommes dont les vues correspondaient aux vôtres et à éliminer les autres ?

— Non, T.E., il n'a jamais été question d'être une sorte de super C.I.A. qui interviendrait de manière plus ou moins musclée pour faire le ménage. Nous avons choisi de contrôler, aussitôt que possible dans leur carrière, les gens qui risquaient d'exercer un jour des fonctions importantes. L'entreprise était considérable. Elle nécessitait des renseignements et des actions dans tous les pays du monde. Grâce à un réseau exceptionnel, nous avons constitué un fichier, géré par des ordinateurs qui détiennent des informations officielles ou secrètes sur des milliers d'individus. Dès qu'une personne franchit dans ses études un stade qui la met en position de jouer plus tard un rôle de premier plan, elle entre dans le fichier. Nous devons constituer sur chacune un dossier afin de barrer la route, le plus tôt possible, à celles qui pourraient, si elles détenaient des pouvoirs, être dangereuses pour l'humanité. Il nous faut, c'est impératif, écarter les êtres fragiles, peu équilibrés, incontrôlables. Bien entendu, nous surveillons aussi les personnages qui surgissent, sans formation préalable, dans les milieux politiques, par exemple, et qui semblent destinés à y réussir.

« Qu'aurait fait Hitler s'il avait pu disposer de bombes atomiques ? Vous êtes-vous jamais posé cette question, T.E. ? Nous ne pouvons pas empêcher la science de faire des découvertes qui apportent au monde à la fois du bien et du mal. En revanche nous essayons de faire en sorte qu'il n'y ait plus jamais d'Hitler. Le même raisonnement s'applique à des niveaux de responsabilité différents, dans des domaines variés. Mieux vaut que le président du F.M.I. ou de la Federal Reserve ait les nerfs solides, ne croyez-vous pas ? Je pourrais vous donner vingt autres exemples. Les actions ponctuelles de régulation sont menées par les Titulaires.

— Je comprends, interrompit Carlson. Vous vous débarrassez des indésirables ou des incapables ?

— Cela est parfois arrivé. Mais il est rarement nécessaire d'employer la manière forte. Il est facile d'orienter une carrière en restant dans l'ombre. C'est la raison pour laquelle nous avons choisi la clandestinité. Officiellement, la Fondation est un organisme qui facilite l'ascension des jeunes cerveaux qu'elle a sélectionnés, immense réservoir de capacités. La Fondation joue le simple rôle des organismes du même genre, l'intervention des Titulaires se situe à un autre niveau et s'effectue dans le secret le plus absolu.

— Je saisis mieux maintenant. C'est une sorte de franc-maçonnerie ?

— Si vous voulez.

— Mais, tout ça demande d'énormes moyens. D'où vient le fric ?

— Top secret, T.E. Tout ce que je peux vous dire, c'est qu'il s'agit d'argent parfaitement propre, pas de magouille là-dessous. Mais laissez-moi reprendre mon affaire. En 1950, nous n'étions plus que trois Titulaires : Curzio Malaparte, l'écrivain, Gregory Brezinsky, un mathématicien d'origine russe, et moi-même. Ça a été une époque fantastique, T.E., nous en voulions, et nous faisions un travail du tonnerre avec un enthousiasme qui s'est aujourd'hui perdu. C'est à ce moment-là que nous avons créé une bourse pour la vocation destinée à recenser les jeunes génies susceptibles de nous succéder pour assurer la continuité. »

Arnold Wellman s'arrêta un instant, avant de reprendre :

« En fait, nous avons agi et mis de l'ordre là où nous jugions utile de le faire. Fini la recherche, nous sommes devenus des hommes d'action au plus haut niveau. Nous étions incorruptibles et en principe nous le sommes toujours, mais les choses ont changé. Malaparte est mort, remplacé par Jessy Flanagan ; Brezinsky a pris sa retraite en désignant Victor Pevsner pour lui succéder, et je me suis retiré à mon tour en laissant la place à William Ashby.

— Ashby est votre successeur ?
— Oui. »

Un voile passa dans le regard du physicien, comme s'il y avait là un point douloureusement sensible.

« Oui, Ashby, reprit-il, il ne s'en tire pas trop mal pour un Titulaire, mais... lorsque Malaparte a désigné Jessy Flanagan pour lui succéder, je m'y suis violemment opposé, c'était en 1956 ou 1957, et elle était vraiment trop jeune. Rien toutefois dans le règlement n'interdisait la nomination d'une femme ni ne prévoyait une quelconque limite d'âge, et j'ai dû m'incliner. Ce que je veux dire, T.E., c'est que Ashby et Flanagan représentent une autre génération. De fait, il n'y a que Pevsner qui soit de la vieille école. Il connaît les bonnes vieilles méthodes et il sait les appliquer. Les deux autres, c'est différent.

— Et vous, là-dedans, quelle est votre position maintenant ? »

Arnold Wellman eut un large geste du bras comme pour désigner l'espace qui les entourait.

« Moi ! dit-il, je suis un vieux savant à la retraite,

je n'ai plus voix au chapitre ! Et à quoi je sers ? Je veille au grain. De temps en temps, j'interviens discrètement, mais la carcasse ne suit plus, T.E., c'est la loi. »

Il hésita, et ajouta d'une voix âpre :

« Mais je suis décidé à éclaircir cette histoire de cerveaux.

— Sous quelle forme pressentez-vous le danger, professeur ?

— Une menace, T.E., une menace qui rôde, qui prend pour cible les grands cerveaux. C'est ça qui me préoccupe.

— Mais pourquoi Ashby ? s'étonna Carlson. Pourquoi pas Flanagan ou Pevsner ?

— Et pourquoi pas moi ! s'exclama Arnold Wellman avec un petit rire ironique, vous pouvez aussi me mettre sur la liste.

— Soyons sérieux, professeur, il ne faut rien laisser au hasard si vous pensez qu'il y a un lien quelconque avec Ashby et les Titulaires.

— Je n'ai jamais dit ça, répliqua vivement Wellman. Seulement Ashby, par ses liens avec Buschmeyer et ce petit cahier bleu qu'il a reçu de lui. C'est Buschmeyer qui m'a présenté Ashby. Il doit y avoir une quinzaine d'années de ça, à l'époque Ashby était son assistant. Un soir, à un dîner, Hans me l'a présenté. Par la suite, Ashby est retourné en Europe, mais nous sommes restés en contact et, peu à peu, il s'est imposé comme mon successeur.

— Imposé ! Il vous a forcé la main ?

— Pas du tout, c'est moi qui l'ai choisi. »

T.E. Carlson attendit quelques instants avant de poser la question qui lui semblait tomber sous le sens.

« Vous le regrettez ? »

Arnold Wellman ignora la question. Il se décolla de son siège et se tourna vers Carlson.

« T.E., dit-il, je ne vous en dirai pas plus, vous en savez suffisamment sur les Titulaires. Continuez à suivre Ashby, c'est lui qui me préoccupe. Allez à Tokyo, emmenez avec vous votre petit génie du piratage informatique et essayez de savoir ce qui l'attire chez ce Japonais. Je n'ai rien contre ce garçon, mais pour vous dire la vérité, T.E., je vois mal un Japonais, aussi brillant soit-il, siéger au collège de la Fondation.

— Vous pouvez peut-être m'en dire un peu plus sur lui, professeur ?

— Il n'y a rien à en dire. Il a été sélectionné par la Fondation, en tête des candidats titularisables, mais ce n'est qu'un informaticien qui photographie le cerveau. Son dossier est dans mon bureau. Après Tokyo on fera le point, et puisque les Titulaires se réunissent à nouveau la semaine prochaine, je vous demande d'assurer le coup, là aussi. S'il n'y a pas d'éléments nouveaux on laisse tomber, d'accord T.E. ? »

Carlson soupira.

« O.K., professeur. »

12

C'est dans la nuit du mercredi au jeudi, au moment où Arnold Wellman et T.E. Carlson étudiaient le dossier du candidat Oda Sukumi, que survint le troisième signe. Comme les deux autres, il se manifesta par la destruction délirante d'un cerveau, mais par un curieux hasard le drame passa relativement inaperçu. Il ne parvint à la connaissance d'Arnold Wellman que bien plus tard.

Vers neuf heures du soir, ce mercredi 27 juin, le professeur Léonard Guinzberg, paléoneurologue et directeur de l'Institut de paléontologie du Muséum d'histoire naturelle de Paris, mettait un point final à la méticuleuse préparation du moulage endocrânien d'un magnifique spécimen de phiohippus, cet ancêtre du cheval disparu depuis deux millions d'années. Le crâne, que le professeur tournait et retournait entre ses doigts pour en observer les détails sous une grosse loupe, n'avait pas plus de douze centimètres de long. D'un blanc crayeux, la matière synthétique qui le constituait avait l'apparence d'un authentique tissu osseux, et ses propriétés de résistance et de conservation étaient identiques à celles d'un crâne véritable. Aboutissement de longues et patientes années de recherches au cours desquelles le professeur Léonard Guinzberg avait mis au point une technologie originale permettant d'obtenir un découpage par sections sériées absolument irréprochable.

Léonard Guinzberg était un vieillard à l'œil malicieux et à la chevelure désordonnée. De petite taille, légèrement voûté et comme ratatiné par les ans, ses gestes nerveux, sa manière de se déplacer par saccades et de projeter ses bras autour de lui, faisaient oublier ses soixante-quinze ans. Grand chercheur et grand cerveau qui travaillait sur la paléohistologie du système nerveux, le professeur Guinzberg avait l'esprit aussi vif que le geste, la langue bien pendue et les idées définitives. Sa longue carrière fut ponctuée de scandales, tant par ses théories sur l'évolution que par ses prises de position sur l'enseignement, la politique ou l'organisation sociale de l'humaine société. Anarchiste, indépendant, il ne tolérait pas la bêtise, vaste territoire dans lequel il reléguait sans nuance tous ceux qui n'étaient pas d'accord avec lui. Son franc-parler et son intransigeance intellectuelle avaient quelque peu altéré le développement de sa carrière universitaire. Cet homme brillant, pertinent, et quelquefois paradoxal, s'était heurté à la superbe hostilité de ses pairs. Ses supérieurs hiérarchiques l'avaient insensiblement écarté des nobles tribunes de la connaissance, tels que le Collège de France ou l'Académie des sciences, pour l'orienter vers ce que tout scientifique soucieux de réussite considérait comme une voie de garage : l'Institut de paléontologie du Muséum d'histoire naturelle.

Mais Léonard Guinzberg ne vivait pas sur la même planète. Il s'était barricadé dans son fief et, à l'écart de l'agitation du siècle, il avait mené ses recherches à sa guise, devenant l'un des rares paléoneurologues à avancer une hypothèse sérieuse sur l'origine de l'homme, à défaut de savoir quel était son devenir. Cette apparente indifférence, qui le tenait confiné avec ses fidèles dans l'isolement de son laboratoire, ne l'empêchait pas de surgir brusquement de sa boîte tel un pantin grimaçant aux moments les plus inattendus. Il avait violemment pris position contre la première explosion nucléaire française, « ridicule fanfaronnade de Gaulois ». Pendant la guerre d'Algérie, il avait signé le manifeste des 121, participé à des meetings de soutien au F.L.N. et condamné haut et fort la classe politique au pouvoir. En Mai 68, à soixante ans, il s'était affiché sur les barricades de la rue Gay-Lussac, le drapeau noir à la main, invectivant de la voix et du geste les forces de l'ordre. Son ultime coup de théâtre datait de 1977. Il avait alors ostensiblement refusé le Prix Nobel. Il ne voulait pas se salir les mains avec l'argent des dynamiteurs de Stockholm.

    Mais il était l'homme des sections sériées et le spécialiste reconnu de l'évolution du système nerveux à partir des tissus fossiles. Il était *le* paléoneurologue qui pouvait analyser et interpréter les structures fossiles. Dans le silence de son cabinet de travail, au dernier étage de l'Institut, il passait le plus clair de son temps à parfaire ses méthodes d'investigations. La pièce dans laquelle il travaillait était immense, la voûte du toit, qui s'appuyait sur une architecture métallique, se perdait très haut dans une demi-obscurité. L'endroit tenait à la fois du laboratoire et du musée. Les appareils de mesure les plus sophistiqués se mêlaient aux objets les plus hétéroclites dans un désordre bon enfant où dominaient les os fossiles les plus divers, mâchoires ou vertèbres, vestiges de quelques brontosaures ou glyptodons venus du fond des temps. Une table carrée aux proportions démesurées occupait le centre de la pièce, croulant sous un incroyable mélange de crânes, de dossiers, d'instruments anachroniques et de poussière. Il ne supportait pas que l'on remette en question l'impérieuse nécessité de ce sublime chaos.

Une horloge au timbre désaccordé sonna. Le professeur Guinzberg se redressa, abandonnant son moulage sur la table. A travers la double épaisseur des vitrages, les rayons du soleil déjà rougeoyant éclairaient d'une lumière irréelle ce petit homme au visage simiesque qui se souciait fort peu de savoir l'heure qu'il était. Son dernier assistant l'avait abandonné à ses chères manies. Il aimait se retrouver seul tandis que la ville s'enfonçait lentement dans la nuit. Simplement vêtu d'un vieux pull-over, d'où s'échappait un col de chemise sans forme et sans couleur, d'un pantalon de velours côtelé comme en portaient autrefois les charpentiers, et chaussé d'une antique paire de sandales de cuir, il se préparait à passer à la dernière phase de son expérience. Cette solitude lui convenait tout à fait. Lorsqu'il s'agissait de scier section par section le moulage d'un crâne, lui seul savait manier l'outil avec la précision requise. Certes, tout était calculé par l'ordinateur, programmé, vérifié et affiné, mais il n'avait jamais autorisé quiconque à utiliser le faisceau laser autrement que pour se faire la main sur de vieux crânes sans importance.

Le premier coup de téléphone le surprit au moment où il ajustait le moulage sur le coussinet du banc de sciage. La stridence agressive de la sonnerie le fit sursauter. Il pesta contre l'intrus qui avait la malencontreuse idée d'appeler le laboratoire à un moment pareil puis oublia aussitôt, absorbé par la lecture des données qu'il faisait apparaître sur les écrans en pianotant sur les touches du clavier. Sur un premier écran, un trait vert dessinait sur fond noir la silhouette de la boîte crânienne du phiohippus, tandis qu'une seconde ligne, rouge, symbolisait le volume de l'encéphale. Il accorda les deux images, introduisit en bleu le schéma de sciage, vérifia section par section chaque écartement, en modifia certains et, quand il jugea être parvenu à la perfection, il encoda les données dans la boîte de programmation du faisceau laser.

Ce fut à cet instant que le téléphone recommença à sonner. Surpris pour la deuxième fois par la violence inopportune de la sonnerie, il se décida à se déplacer et à décrocher. Il se préparait à abandonner le combiné près de son socle sans se préoccuper de l'appel, mais son bras s'arrêta dans sa course et sa main rapprocha l'écouteur près de son oreille. Une voix, qui semblait venir de très loin, l'appelait :

« Professeur Guinzberg, est-ce vous professeur Guinzberg ? Répondez. »

Le ton était impersonnel, vaguement interrogatif, et l'accent indéfinissable.

« Professeur Guinzberg, répondez.

— Oui, c'est moi », répondit-il d'une voix sèche.

Son visage semblait de plâtre, un plâtre patiné et figé par le temps et déjà condamné à l'impuissance. Une soudaine tonalité musicale bourdonna contre son tympan, se transformant en un lent crescendo qui tendait vers l'aigu et le pénétrait comme une lame. Le professeur Guinzberg resta sans bouger pendant quelques secondes avant de s'arracher à l'emprise de ce qu'il aurait, en temps ordinaire, catalogué comme une émission de fréquence. Mais le professeur Guinzberg n'avait déjà plus tout son contrôle. Il cria par trois fois un « allô » retentissant, puis rejeta le combiné sur la table. Il perçut nettement le déclic de rupture de la ligne suivi de la tonalité occupé, la fréquence insupportable continuait à lui vriller le crâne et à le faire souffrir. Il regarda autour de lui d'un œil étonné, à la manière d'un homme qui ne sait plus où il se trouve.

Il retourna auprès du banc de sciage. Quelque chose avait changé en lui, son corps avait perdu sa vivacité bondissante, ses bras pendaient, inertes, son dos paraissait voûté et son regard éteint. Son esprit s'était vidé de toute volonté. Comme un automate, il reprit son expérience là où il l'avait laissée. Il vérifia les données, les réinjecta pour la seconde fois dans la boîte de programmation, eut un temps d'hésitation avant d'appuyer sur la touche de commande. Un rire nerveux l'agita. Il allait débiter en tranches le moulage endocrânien comme un vulgaire saucisson. Le faisceau agirait en une fraction de seconde avec une précision de l'ordre du micron, sans trace ni bavure, et sans se poser de question sur la nature de sa cible. Lorsqu'il pressa sur le start, le rayon laser jaillit aussi fin qu'un cheveu, le jet papillonna telle une luciole emballée avant de disparaître et de s'éteindre. Sur l'écran, la trace de chaque section se trouvait reportée sur le graphique encéphalique, mais le moulage restait intact, sagement posé sur le coussinet.

Le professeur Guinzberg s'en saisit, il l'éleva lentement à hauteur du regard pour l'examiner, constata que le sciage était parfait. Ce fut à ce moment-là qu'il perdit tout contrôle. Poussant un terrible rugissement, le vieux professeur projeta de toutes ses forces le moulage contre le mur. Le crâne éclata en une gerbe de fines lamelles qui produisirent en tombant un bruit de petite pluie osseuse, rebondissant et dessinant sur le carrelage un insolite jeu de dames. Possédé par une rage destructrice, il se précipita pour les piétiner sauvagement et, gémissant comme une bête blessée, il se jeta sur tout ce qui lui tombait sous la main et se mit à saccager son laboratoire avec la fureur méthodique d'une mécanique affolée. La rage qui l'habitait le poussait en avant, et il se déplaçait, frappant autour de lui à grands coups de bras en ahanant comme un bûcheron. Pressé d'en finir, il se saisit d'un os long, moulage du fémur de quelque monstre de l'époque glaciaire et, redoublant de vigueur, il s'attaqua aux vitrines qui ceinturaient les murs du laboratoire. Les vitrines éclatèrent et les étagères s'effondrèrent en un énorme fracas de verre brisé, entraînant avec elles leurs collections de précieux fossiles. Dans son aveugle frénésie, le vieillard négligeait de se protéger. Des éclats de verre lui griffaient le visage et les mains, mais il continuait à frapper autour de lui, suant et geignant, le regard fou, les pupilles dilatées et la bave aux lèvres.

Soudain, il s'arrêta et regarda autour de lui, debout immobile au milieu du saccage. Il sembla écouter le silence, ou bien était-ce le sifflement qui persistait et lui taraudait le crâne. Brusquement, il repartit en avant. Il franchit la porte en courant, traversa une salle déserte, se précipita dans l'escalier, sautant d'une marche à l'autre à la manière d'un canard maladroit, avant de parvenir au rez-de-chaussée, de pousser une porte et de pénétrer dans la grande salle d'exposition du musée. Il fit trois pas et s'arrêta. Le monumental squelette du dinosaure le dominait de toute sa hauteur, impérial et inaccessible. Brandissant sa matraque, le professeur Guinzberg bondit en avant pour le frapper. Emporté par son élan, il virevolta deux ou trois fois avant de s'étaler sur le sol comme un pitoyable danseur de ballet. Se relevant, il invectiva le monstre :

« Corniaud, espèce de corniaud ! » lança-t-il d'une voix haut perchée.

Quand il revint dans son laboratoire, le professeur Guinzberg avait perdu toute son énergie, il n'était plus qu'un pantin fatigué et paraissait avoir vieilli de dix ans. Il fit le tour de la table, laissant ses pieds traîner sur les débris épars, l'œil maintenant éteint, effondré devant la cruelle réalité du désastre qui l'entourait. Puis, comme soudain frappé par une illumination, le vieillard se précipita vers le bloc laser, miraculeusement épargné. Il accomplit alors l'un des gestes les plus originaux et les plus fous qui se puisse concevoir. Prenant une chaise, il s'assit devant l'appareil et, avec la même détermination et le même calme que s'il se fût agi d'une expérience routinière, il programma le faisceau. Sans la moindre hésitation, un doigt posé sur la touche du *start*, il se pencha en avant, posa son front sur le coussinet, et il appuya sur le bouton. Le faisceau jaillit puis s'éteignit, lui traversant la tête. Le professeur Guinzberg, directeur de l'Institut de paléontologie du Muséum d'histoire naturelle de Paris était mort foudroyé, le cerveau perforé par un fulgurant rayon lumineux. Son corps bascula lentement sur le carrelage. Seule la main gauche se refusa à desserrer son étreinte, elle s'agrippait nerveusement à l'os de mammouth avec lequel le vieux chercheur avait réduit en miettes l'œuvre de toute une vie.

13

EN prenant son avion pour Tokyo, l'élégant William Ashby n'était pas certain de ramener un successeur dans ses bagages. Malgré son intérêt pour le dossier du candidat, son intransigeance et son goût inné pour une élite supérieure lui faisaient considérer cette rencontre à la manière d'un premier round d'observation où il serait à la fois le tenant du titre et le juge suprême. Il était décidé à déceler la moindre faille dans le dossier apparemment irréprochable du postulant Oda Sukumi. William Ashby entretenait à l'égard des Asiatiques, et tout particulièrement des Japonais, un sentiment spontané de défiance. Pas une simple réaction xénophobe, car Ashby s'estimait à l'abri de ce genre de piège, mais le Japon l'irritait par son expansionnisme insolent. D'une manière générale, la réussite le choquait quand elle n'était pas typiquement britannique. Il reprochait aux Japonais leurs succès et l'indécence qui les accompagnait, alors que l'Angleterre, et la vieille Europe avec elle s'enlisaient en ce XXe siècle, sans autre espoir que de préserver ce qui pouvait encore l'être. Par leur nombre, leurs traditions, leur culture et leur extraordinaire faculté d'adaptation, les Japonais non seulement constituaient une menace économique, mais de plus lançaient un véritable défi à la vieille civilisation occidentale bien incapable de le relever.

Ces préventions s'estompèrent quelque peu dès le premier contact. Oda Sukumi était venu l'attendre à l'aéroport de Chofu. Ashby fut agréablement surpris par le naturel et la courtoisie exempte d'affectation de son hôte. Par sa jeunesse aussi. Oda Sukumi avait un peu plus de trente ans, mais il en paraissait vingt-cinq à peine. Petit, fluet, le visage avenant, assez quelconque : un Japonais parmi tant d'autres, mais Ashby perçut tout de suite à quel point il était différent de l'image qu'il s'était fabriquée, sans pour autant en saisir la véritable dimension. Il préféra s'en tenir à la certitude que derrière ce regard attentif et poli, se cachait l'un des cerveaux les plus performants du monde scientifique.

Oda Sukumi n'était pas venu seul, et cela altéra quelque peu le plaisir de ce premier contact. Une ravissante jeune femme au visage de porcelaine peinte habillée du traditionnel kimono l'accompagnait. Elle répondait au prénom de Narinam, et fut présentée à Ashby comme l'hôtesse chargée de combler ses moindres désirs. Il dut faire un effort pour masquer son irritation devant tant de prévenances. Il ne se sentait pas d'humeur à être chaperonné, fût-ce par une jeune et jolie femme. Brusquement, il envisagea cette escale japonaise sous un jour particulièrement rébarbatif. Dans l'instant, il décida de ne consacrer à sa mission que le temps strictement nécessaire, et il marqua ses distances au risque de passer pour un grossier personnage. Prétextant la fatigue du voyage, il se fit déposer à son hôtel et se débarrassa sans façon de son hôte et de son accompagnatrice. Il dîna ce soir-là avec Sanjo Kanseï, un biologiste avec lequel il correspondait depuis des années, et se coucha tôt, pensant déjà à son départ pour Londres, via New

Delhi et Athènes où l'attendaient d'autres missions.

Mais dès le lendemain, le vendredi, les choses tournèrent tout autrement. La belle hôtesse vint le chercher pour le conduire à Chyoda, le centre administratif et commercial de Tokyo où se dressait la tour Mitsubishi. Elle lui apparut sous un jour moins rebutant que la veille, elle était prévenante, efficace, parlait un parfait anglais, et William Ashby dut reconnaître à quel point il aurait perdu du temps sans elle. Il ne fut pas étonné outre mesure par la sobriété luxueuse et la netteté toute japonaise de l'immeuble Mitsubishi. Il connaissait la puissance de la firme : Mitsubishi était le premier *Zaibatshu* du Japon, le groupe participait au développement économique du pays dans des domaines aussi divers que l'informatique, l'électronique, la cybernétique, l'aéronautique, l'automobile, l'audiovisuel, la recherche médicale et l'immobilier. Par un curieux retour des choses, dans cette nation vaincue qui avait fait du pacifisme la pierre angulaire de sa politique — Ashby se souvint de ce qu'avait déclaré le général MacArthur en 1947 : « Parfois je pense que c'est le Japon qui a gagné la guerre car il a supprimé l'armée et décidé de résoudre tous les conflits de manière pacifique » — le groupe Mitsubishi était devenu le leader du complexe technico-militaire qui s'était développé depuis. Les besoins constants de nouvelles technologies de pointe, dans la perspective d'une guerre électronique, avaient ouvert aux industriels japonais de nouveaux horizons à la limite du civil et du militaire. C'était là le domaine du centre de recherches que dirigeait Oda Sukumi. Qu'elles soient expérimentales ou appliquées, ces recherches concernaient aussi bien les fibres optiques, les visées laser, les nouveaux matériaux, que les bombes intelligentes, les programmes informatiques, le matériel médical, les images synthétiques, les systèmes d'écoute électronique ou les satellites.

William Ashby assista à une démonstration magistrale du potentiel mis en œuvre pour servir le *Dai Nihon*, le Grand Japon. Mais, au-delà de toutes ces merveilles de sophistication, phénomène irréversible et en perpétuelle expansion, il s'était efforcé de percevoir la véritable personnalité du candidat successeur Oda Sukumi. L'homme était d'une intelligence exceptionnelle. Par ses démonstrations et ses résultats, Sukumi s'apparentait à ces « nouveaux savants » à l'imagination fertile, mais Ashby avait le sentiment de se trouver en face d'un puzzle auquel il manquait une pièce maîtresse. Le personnage restait en retrait, distant, énigmatique, ou bien, pensa Ashby, sur ses gardes. Au cours de cette matinée, il en vint à douter, non pas de la valeur du Japonais, elle était incontestable, mais de la teneur des informations qui lui avaient été communiquées par l'ordinateur de la Fondation. Il devait y avoir autre chose que cette impressionnante accumulation de gadgets électroniques. Il y avait forcément autre chose. Peut-être ces portraits cérébraux qui avaient fait la renommée du jeune chercheur.

Vers midi, il y eut une pause et Oda Sukumi lui proposa un plateau-repas au restaurant de l'entreprise. Ce fut le moment que choisit Ashby pour poser la question qui le préoccupait.

« Savez-vous, dit-il, qu'en Europe et aux États-Unis vous êtes un homme célèbre ? Vous êtes le seul à capter *in vivo* des images saisissantes du cerveau. Cela me passionne. Pourrais-je assister à une expérience ? »

Oda Sukumi sourit et s'inclina légèrement vers Ashby avant de répondre :

« Ce n'est qu'un jeu auquel je me suis essayé. Le résultat est spectaculaire, mais il ne débouche sur rien de concret. Je vous en ferai une démonstration lors d'une prochaine séance, demain ou après-demain. »

William Ashby perçut aussitôt un subtil changement dans leurs relations. Dans le même instant, il nota, refusa, puis accepta le ton sur lequel son interlocuteur venait de s'exprimer. Par une simple phrase, le Japonais venait d'élever leur relation à un niveau supérieur et Ashby sut qu'il resterait le lendemain et même le surlendemain si cela s'avérait nécessaire. Il chercha une parade et il la trouva, se disant : « Ce petit malin ne sait pas dans quoi il s'engage. Attends la suite, je vais te révéler le secret de la Fondation, et si tu n'es pas confirmé comme Titulaire, tu mourras sans savoir comment ni pourquoi ! »

A la fin du repas, Oda Sukumi s'excusa.

« Je vous ai réservé l'après-midi, monsieur Ashby. Si vous êtes d'accord, je serai très honoré de vous recevoir chez moi. Nous y serons à l'abri des importuns. Je pourrai répondre à vos questions. »

William Ashby acquiesça. Oda Sukumi ajouta aussitôt :

« Si vous le permettez, je vous y attendrai. Narinam vous conduira. »

Narinam vint le chercher quelques minutes plus tard. Ils traversèrent Tokyo. Ce trajet sembla à Ashby un glissement irréel à l'intérieur d'un univers inconnu où il n'avait pas encore osé s'aventurer, et dont il contemplait le décor au travers des glaces fumées de la Toyota. Oda Sukumi habitait Yamatone, à l'ouest du Palais impérial. C'était un ancien quartier de résidences militaires, maintenant occupé par la middle-class. Collines et vallons se succédaient, entrecoupés de jardins, de pièces d'eau et d'escaliers moussus. La maison était d'un seul niveau, légèrement surélevée. Une maison de bois et de papier, ceinturée de gazon et protégée des regards par une délicate végétation.

Oda Sukumi l'attendait à l'intérieur. Il avait revêtu le costume traditionnel. Assis à même le sol, il se tenait très droit, les deux mains à plat sur les cuisses dans l'attitude de la méditation, son katana posé devant lui. Il dit simplement :

« Je suis très honoré de vous recevoir dans mon humble maison, monsieur Ashby ; ne vous étonnez pas de me voir ainsi, nous avons nos habitudes et il m'a paru essentiel de vous faire partager la vie d'un Japonais lorsqu'il se retrouve chez lui. Je vous prie de vous asseoir.

— Je suis moi-même très honoré », répondit Ashby quelque peu irrité par tant de platitude.

Oda Sukumi s'inclina pour le remercier, ajoutant :

« J'attends vos questions et suis prêt à y répondre, monsieur Ashby. »

William Ashby allait frapper fort. Il se refusait à endiguer, ou tout simplement à nuancer, la violente pulsion qui le poussait à entraîner le jeune chercheur sur un terrain dangereux. Le sentiment qui l'habitait, une sorte de jouissance raffinée à l'idée d'être le maître d'un jeu qui pouvait devenir mortel, l'obligeait à placer la barre le plus haut possible. Ainsi en avait-il décidé avant même de pénétrer dans l'intimité du Japonais. Que Oda Sukumi se soit révélé d'une intelligence supérieure, et qu'il ait, comme en se jouant, anticipé le processus qui les liait, l'avait convaincu de brûler les étapes.

« Oda Sukumi, dit-il, contrairement à ce que l'on a pu vous laisser croire, je ne suis pas un simple envoyé de la Fondation qui vient vous interroger pour savoir si vous aurez une bourse ou non. Ce qui m'amène ici est beaucoup plus important. Je suis en fait le Titulaire d'un collège très particulier et je vous ai choisi pour que vous deveniez mon successeur. »

Oda Sukumi approuva d'un mouvement du corps. En se redressant il garda les yeux fermés, le visage tendu et attentif. William Ashby lui révéla alors la véritable dimension de la Fondation, son idéal, sa mission, et son influence dans le monde. Il lui révéla l'existence du collège et des Titulaires, parla de Arnold Wellman, dont il était lui-même devenu le successeur, de Victor Pevsner et de Jessy Flanagan, expliquant, détaillant, précisant le sens de leur engagement, l'étendue de leur pouvoir et l'irrévocabilité de leurs décisions.

Assis face à lui, le jeune savant l'écoutait, parfaitement immobile et les yeux constamment baissés. Lorsque Ashby s'arrêta enfin, un long silence les enveloppa. Désormais, Oda Sukumi, sujet japonais et directeur du centre de recherche de Mitsubishi, connaissait le secret de la Fondation et le sens de son engagement. Il ne pouvait qu'accepter ou refuser. Sans savoir qu'un refus le condamnerait à mort. Pendant que persistait le silence, William Ashby tira une soudaine jouissance de ce balancement. Il n'aimait pas cet homme, mais il en subissait le magnétisme, et c'était la raison pour laquelle il l'avait amené jusqu'à ce point de non-retour. L'homme qui lui faisait face serait l'implacable et génial continuateur de son œuvre ou ne serait plus. L'idée de donner la mort au nom d'une cause supérieure enflammait son imagination. Tandis que Sukumi prolongeait sa méditation, Ashby ne pouvait dégager son regard du *katana* posé sur son coussin.

Depuis la création du collège, les Titulaires avaient défini un processus d'approche extrêmement précis. La liste des candidats titularisables leur permettait de faire un premier choix. Le candidat qui réussissait cette première sélection était alors informé qu'il venait d'être choisi comme lauréat de la Fondation. A cette étape la Fondation présentait sa fonction officielle : une association pour le développement de la recherche scientifique au service du progrès et de la paix. Il n'était évidemment pas question du collège, des Titulaires et de leur pouvoir occulte.

Dès que le lauréat pressenti avait donné son accord, il recevait la visite d'un parrain avec lequel il avait une longue conversation. Au cours de cette rencontre, le Titulaire limitait son intervention à un sondage très poussé. Il déterminait si le lauréat était de taille à devenir son successeur. Si ce n'était pas le cas, le candidat recevait une bourse. Il devenait un membre ordinaire de la Fondation et les choses en restaient là. Si par contre le Titulaire se sentait confirmé dans son choix, il devait pour un temps encore s'abstenir de toute révélation et présenter son dossier devant le collège réuni. Ce n'était qu'après l'acceptation du candidat par les autres Titulaires que le parrain pouvait enfin initier son successeur au secret du collège. A ce moment-là, le profil du candidat se trouvait suffisamment affirmé pour permettre d'espérer une conclusion positive du processus d'approche. Mais il subsistait encore un risque, le candidat pouvait être effrayé par l'ampleur et l'ambiguïté de l'engagement proposé. Dans ce cas, la sentence était irrévocable. Le candidat défaillant était condamné à mort dans les délais les plus brefs. Une mort tout à fait crédible, de préférence naturelle ou accidentelle, dont le parrain devait assumer la bonne fin...

Mais tout cela, Oda Sukumi ne le saurait jamais. Au terme de son discours, William Ashby pouvait mesurer l'ampleur des étapes qu'il venait de lui faire franchir. Une force incontrôlable l'avait poussé à outrepasser ses droits et à décider seul. Il se refusa à en chercher les causes profondes. Il l'avait fait et savait qu'à la moindre hésitation il serait implacable.

Oda Sukumi parla à son tour, longuement, tandis que les rayons du soleil couchant éclairaient faiblement la maison aux cloisons transparentes. William Ashby se trouva d'un seul coup entraîné bien au-delà de ce qu'il avait imaginé.

« Celui qui sait, commença le jeune savant en levant son regard vers lui, celui qui sait doit rester maître de ses actes, mais son destin ne lui appartient pas. Il doit en accepter l'implacable direction. Vous êtes venu ici comme un messager et le guerrier sait qu'il ne peut se soustraire à son *karma*. Je me considère comme un guerrier, monsieur Ashby, et je le suis doublement : en tant que scientifique, car le chercheur est un guerrier, et en tant que Japonais, adepte de l'ordre des *ronins*, ces samouraï sans maître, détenteurs des anciennes valeurs de la chevalerie. »

Oda Sukumi s'interrompit. Ashby se garda bien d'intervenir. Il se sentait soulevé par une imprévisible lame de fond qui l'enveloppait et l'entraînait vers des horizons dont il n'avait jamais imaginé l'existence. L'idée d'avoir peut-être trouvé son successeur suscitait en lui un brusque enthousiasme. Quoi qu'il advienne désormais, il resterait marqué par cette rencontre.

Ainsi emporté, comme envoûté, William Ashby écouta le jeune savant l'initier à son tour aux secrets de ce Japon qu'il connaissait si mal. Oda Sukumi évoqua pour lui les grandes figures de l'histoire qui s'étaient sacrifiées pour que vive le Grand Japon, Yorimoto et ses fidèles qui obéissaient à la *Voix de l'Arc et du Cheval*; le grand Ieyasu, unificateur et législateur qui avait le premier codifié la ligne de conduite des samouraï dans son célèbre *Buke-Shohatto*, origine du *Bushido*. Malheureusement, le Japon avait succombé à la tentation de l'Occident, les samouraï avaient perdu le droit de porter le sabre et l'armée impériale les avait exterminés jusqu'au dernier. Il lui décrivit comment le Grand Japon était mort, étranglé par les philosophes et les politiciens qui avaient acculé l'empereur à instaurer un régime parlementaire sous prétexte de faire du Japon un État moderne. La chute avait été inexorable, foudroyante. Le Japon, emporté par le raz de marée de la modernité et par la guerre avait perdu en même temps que ses derniers guerriers tout espoir de renaissance. Il parla alors du sacrifice de l'élite du Japon, les *kamikazes*, de l'exemple désespéré de Mishima, ce dernier samouraï, et de la racaille parlementaire au pouvoir, dénonçant d'une voix calme la cupidité des *zaibashu*, la mollesse des institutions et la décadence qui s'était saisi du pays tout entier et qui réduisait à néant l'idée même d'autorité et de fidélité fondée sur une morale austère et virile telle que la définissait le *Bushido*.

Lorsque Sukumi se tut, William Ashby dut faire un effort pour revenir à la réalité. Les rayons du soleil couchant auréolaient de lumière leurs deux silhouettes.

C'est alors qu'Oda Sukumi répondit à la question, disant simplement :

« Je suis prêt à vous succéder au jour et à l'heure qu'il sera décidé, car je sais que tel est mon *karma*. »

William Ashby sursauta, agacé, non pas tant par le mot qu'il avait jugé excessif, que par la simplicité et la concision de la réponse. Cette petite phrase, survenant au terme d'une conversation aussi dense, et qui avait la force d'une conclusion imparable, lui apparut comme l'affirmation d'une intelligence provocante. Dans l'instant il chercha une réplique, puis se ravisa, pensant simplement : « il se peut que ton *karma* se matérialise sous la forme d'une capsule de cyanure ! »

Le lendemain, Ashby eut accès à ce que le Japonais avait défini comme un simple jeu expérimental. Oda Sukumi l'installa au cœur de son laboratoire de neuro-informatique pour lui révéler quelques-uns de ses secrets. Il lui projeta de magnifiques *orages cérébraux* captés par la caméra à positrons, et Ashby se laissa facilement convaincre de se laisser photographier le cerveau. Au cours de cette soirée, le jeune chercheur décortiqua pour lui, Titulaire en exercice, les signes avant-coureurs de l'ultime révolution technologique. Tour à tour alchimiste, historien, neurologue, informaticien, philosophe, mais avant toute chose, Japonais, Oda Sukumi lui brossa les lignes essentielles de la philosophie et du destin du Grand Japon tel qu'il le concevait.

Et de la planète.

14

Au cours de cette même nuit du samedi au dimanche T.E. Carlson et Jost Swade parvenaient au cœur de l'immeuble Mitsubishi, dans le laboratoire du Japonais Oda Sukumi. T.E. Carlson en avait décidé ainsi, jouant le tout pour le tout pour essayer de ne pas revenir bredouille de ce voyage à Tokyo. Pour passer au travers des pièges électroniques et déjouer en douceur les divers systèmes de sécurité, Jost Swade dut faire appel à toute son ingéniosité de bricoleur et eut recours à la petite valise miracle qu'il avait amenée avec lui. Peu après minuit, ils étaient dans la place, et il ne fallut pas plus de cinq minutes à Josty pour se mettre sérieusement au travail. Son premier geste fut de vérifier la température des appareils, certains étaient encore tièdes. Confirmation du récent rendez-vous d'Oda Sukumi et William Ashby.

Depuis l'arrivée de William Ashby à Tokyo et le début de sa filature, T.E. Carlson n'avait pas cessé de ronger son frein, avec Josty sur les talons qui jouait les acteurs de complément. Carlson n'avait pas été surpris outre mesure, il s'attendait à travailler en terrain difficile. Pendant deux jours, il avait assisté impuissant aux allées et venues du biogénéticien sans pouvoir l'approcher efficacement.

Le vendredi soir, après son entretien chez Oda Sukumi, Ashby était rentré directement à son hôtel et il n'en avait plus bougé. Carlson et Josty s'étaient préparés à une nuit de veille dans l'attente d'un quelconque rebondissement. Mais rien ne s'était passé. A tour de rôle, ils avaient pris leur quart dans la voiture de location, comptant les heures et les minutes, fumant cigarette sur cigarette en sirotant un mauvais café arrosé de whisky, l'œil rivé sur la porte de l'hôtel. La nuit portant conseil, au petit matin T.E. Carlson en était arrivé à la conclusion qu'il lui fallait prendre des risques s'il voulait ramener quoi que ce soit de consistant dans ses filets. Carlson était un homme d'expérience. Pendant les dix années où il avait servi comme agent fédéral, il n'avait parfois pas eu d'autre choix que de contourner la légalité en sachant que le service ne le couvrirait pas en cas de bavure. Cela faisait partie du jeu. Dieu merci, la chance avait toujours été de son côté et il pouvait se vanter d'avoir accompli un certain nombre de missions délicates, sinon indélicates, sans se faire prendre la main dans le sac.

Au cours de cette nuit de veille devant l'hôtel, il avait longuement cogité, cherchant où et comment agir. Il était parvenu à la conviction que Ashby n'offrait aucun intérêt en soi. Seule sa relation avec Oda Sukumi pouvait peut-être lui permettre d'en apprendre davantage, et Carlson avait orienté ses réflexions dans cette direction, cherchant la faille par où il pourrait se glisser. Un objectif s'était rapidement imposé à son esprit, le laboratoire du Japonais. Mission particulièrement dangereuse, mais l'endroit lui était apparu comme le seul qui vaille la peine de prendre des risques. Au petit matin, il avait entraîné Josty à se refaire une santé devant un copieux breakfast avant de se décider tout à fait. Ils s'étaient installés dans la salle du restaurant de l'hôtel, avec vue sur l'ascenseur et la réception, histoire de repérer aussitôt William Ashby au cas où l'idée lui viendrait d'aller faire un tour.

« Josty, commença T.E. Carlson en attaquant ses œufs au bacon, inutile de se raconter des bobards. Jusque-là on a fait chou blanc. Certainement qu'Ashby va s'en aller aujourd'hui, quand ? j'en sais rien, mais je vais essayer de me démerder. Dis-moi, Josty, si je t'introduis dans le labo du Japonais, et si je te laisse, disons deux ou trois heures peinard, est-ce que tu as le temps de tirer quelque chose d'intéressant ? »

Josty avait préféré ne pas répondre. Il avait attendu, soufflant à petits coups sur son café, le regard fixé sur la porte de l'ascenseur. Carlson avait repris :

« Je me demande si le jeu en vaut la chandelle. Si jamais on se fait piquer on est bon pour le compte, Josty. Personne ne nous couvrira et tu imagines la suite, traîner ses guêtres chez Mitsubishi, c'est un peu comme si l'on farfouillait dans les petits papiers d'A.T.T. ou de la N.A.S.A. »

Josty en était déjà à sa troisième part de tarte aux prunes. Pragmatique, il ignora la menace pour ne s'intéresser qu'au côté pratique.

« Faut voir, dit-il entre deux bouchées, vous avez une idée de ce que l'on va trouver là-dedans ?

— Pas des masses, Josty, on saute dans le noir sans savoir sur quoi on va tomber.

— Dans quoi il bricole au juste, votre Japonais ?

— C'est un neuro-informaticien, d'après ce que je sais, il travaille sur les images mentales, il filme les cerveaux. »

Jost Swade continuait à mastiquer avec application, l'œil traînant toujours en direction du hall.

« C'est plutôt vague comme information », commenta-t-il, laconique.

Il vida d'un trait son verre de jus d'orange avant d'ajouter :

« C'est à vous de voir, T.E., moi je veux bien tenter le coup, à condition que vous portiez le chapeau si jamais il y a une couille. En plus, il me semble que ça mérite une petite rallonge, vous ne croyez pas, chef ?

— C'est d'accord, Josty, je te couvrirai un maximum, répondit Carlson. Est-ce que tu as le matériel qu'il faut pour travailler dans de bonnes conditions ? Sinon, ce n'est pas la peine de se lancer dans une opération aussi risquée.

— Je ne vous ai pas raconté de salades, chef, répondit Jost Swade. Dès le départ je vous ai prévenu que sans le bahut je ne pourrais rien faire à distance. Par contre, en travaillant en direct, oui, je peux vous bidouiller n'importe quoi. Dans ma valoche j'ai tout ce qu'il faut pour vous défoncer la Security Room du Pentagone.

— Ça veut dire quoi exactement, Josty ?

— Je peux entrer dans n'importe quelle bécane, chef, et vous la vider en un tour de main, mais pour vous dire ce que je vais en sortir, faut que je voie. »

Et maintenant, Josty voyait. La machine était une Troisième Génération de fabrication japonaise, mais sans marque. Certainement un bricolage maison, avec un tas d'astuces hors commerce. Il l'observa de loin, la jaugeant d'un regard. Il disposait d'une bonne paire d'heures pour lui tirer les vers du nez.

La pièce était climatisée et séparée en deux parties par une cloison de verre. Dans celle où ils se trouvaient, outre l'ordinateur et son terminal, s'accumulaient d'autres machines dont un immense pupitre de commande que Josty ne connaissait pas, un banc vidéo ultra sophistiqué, des écrans et quelques autres accessoires indispensables. Une moquette gris anthracite et des murs pastel assortis donnaient une impression de confort inhabituelle pour un laboratoire de recherche. De l'autre côté de la vitre, dans la pénombre, une étrange machine semblait dormir. C'était la caméra à positrons.

« Super, lança Jost Swade à voix basse, super T.E., quel matos ! Ils se refusent rien, les Japs. »

Il ouvrit sa valise et se mit au travail. Il commença par détecter les clefs de sécurité, en trouva deux, releva les codes et les nota avant de les ouvrir. Cela étant fait, il s'installa devant le clavier, pressa sur le *start* et se délia les doigts avant de pianoter.

« Bon, dit-il, laissez-moi quelques minutes avec elle pour que je me fasse une idée de sa manière de réagir, elles ont toutes leurs petites manies, il n'y en a pas une pareille, vous saviez ça, T.E. ?

— Vas-y, perds pas de temps à dégoiser, souffla Carlson.

— Laissez-moi cinq minutes, chef, faut que j'apprenne à causer avec elle. Après, ça sera un jeu d'enfant. »

Il se mit à pianoter. D'abord lentement, puis de plus en plus vite remplissant l'écran de chiffres et de données, effaçant, recommençant, se tournant en même temps vers le mini écran de sa valise. T.E. Carlson l'observait en silence. Il avait pris une chaise et restait assis contre la porte qu'il maintenait entrouverte du bout de sa canne. De sa position, il apercevait les portes en enfilade dans le couloir. Celle par laquelle ils étaient arrivés, et qui débouchait sur l'escalier de service, était la quatrième sur la gauche. Machinalement, il déboutonna sa veste et débloqua la pression qui retenait la sangle de son baudrier. Au cas où, se dit-il, en souhaitant qu'il n'y ait pas de pépin.

Josty continuait à jouer à la balle et au chasseur entre l'ordinateur et sa valise. Cinq minutes passèrent, puis cinq autres, dans un silence ponctué par le bruit feutré du clavier et les minuscules bip sonores de l'ordinateur. Josty avait ouvert un carnet et la page blanche se couvrait de combinaisons chiffrées qui s'alignaient les unes sous les autres.

« Ça vient », souffla Jost Swade.

Penché sur sa valise, il pianota les codes et enclencha le détecteur. La petite machine se mit en mouvement, délivrant sur son écran d'autres chiffres.

« O.K. chef, on peut y aller, dit Josty, vous avez une idée de ce que vous voulez ? »

Se retournant vers Carlson, il l'interpella :

« Venez ici, vous n'allez pas rester contre cette porte, j'ai besoin de vous. »

T.E. Carlson vint s'asseoir derrière lui, il fixait les deux écrans vides d'un œil incrédule. Il dit :

« Comment fait-on, Josty ?

— Qu'est-ce que vous voulez savoir, T.E. ?

— Je cherche, mais je ne sais pas ce que je cherche, faut avancer au hasard, commençons par les noms, on verra bien.

— O.K. Annoncez la couleur, vous voulez qu'on commence par Ashby ? »

Carlson acquiesça d'un signe, et Jost Swade pianota aussitôt. L'écran leur renvoya la réponse ; une réponse conforme à ce qu'ils savaient déjà. Un code clôturait le jet d'informations. Josty le nota sur son carnet.

« Il n'y a rien de nouveau là-dedans, dit-il, il n'y a que ce code en bas, vous voulez qu'on l'essaie tout de suite ou qu'on continue ?

— Continuons. Essayez Hans Buschmeyer. »

La fiche de Buschmeyer était elle aussi sans mystère : neurophysiologiste, né en Allemagne, Prix Nobel de médecine, etc.

« C'est aussi ennuyeux que l'encyclopédie, commenta Josty, il y a quelque chose qui vous intéresse ?

— Essaie Backmann, David Backmann. »

Josty essaya Backmann... et l'ordinateur du Japonais Oda Sukumi leur renvoya les informations que Carlson connaissait déjà. Jusques et y compris celle de sa crise de folie inexplicable. Ils essayèrent à la suite les noms de ceux qui se trouvaient de près ou de loin en relation avec l'affaire, Arnold Wellman, Victor Pevsner, Jessy Flanagan, sans autre résultat que les informations d'usage en pareil cas : âge, origine, formation, titres, recherches. Tout ça était sans intérêt, et T.E. Carlson commençait à douter de sa bonne étoile. L'idée d'avoir pris autant de risques pour rien l'irritait au plus haut point. Il consulta sa montre, une heure et quart s'était déjà écoulée.

« Si on revenait sur Ashby, suggéra Jost Swade, il sort d'ici et il y a ce code chiffré, on ne sait jamais. »

Il claviait déjà le jeu de chiffre. Un voyant vert se mit à clignoter sur le banc vidéo. Josty se déplaça. Il observa la machine, joua avec les potentiomètres. Un écran s'anima, indiquant : code d'entrée.

« Merde, lança Josty, il y a une protection. Faut que je bidouille ce machin-là. »

Il brancha son détecteur et se mit à pianoter. Carlson derrière lui sentait l'énervement le gagner. Il pesta entre ses dents.

« Ne vous énervez pas, T.E., je vais l'avoir. »

Un déclic suivi d'un léger ronflement attira leur attention : un lecteur d'image venait de se mettre en route.

« Ça y est, confirma Jost Swade, il va y avoir des images, c'est le code d'Ashby. »

L'écran s'anima, la coupe longitudinale d'un cerveau agité de pulsations colorées dévida devant eux le spectacle des orages cérébraux de William

Ashby. T.E. Carlson pesta à nouveau. Ce n'était un secret pour personne, Oda Sukumi filmait les images mentales de ses visiteurs. Jost Swade semblait plus intéressé, il regardait, comme fasciné. Sur l'écran, en bas, l'horloge électronique déroulait les secondes et les minutes. Brusquement, une sorte de coup de flash illumina l'écran. Il disparut aussitôt, laissant les images continuer.

« Qu'est-ce que c'est que ce machin ? » murmura Jost Swade.

Il arrêta le film, revint en arrière à vitesse rapide et repassa l'image. Le coup de flash les surprit à nouveau par sa violence. Josty recommença ses manipulations, visionna la bande image par image. Cela commençait par un point minuscule d'un bleu intense, puis explosait sur trois ou quatre images jusqu'à envahir l'écran tout entier, avant de décroître et de disparaître. Jost Swade nota les temps sur son carnet.

« Curieux, vraiment curieux, dit-il pour lui-même.

— Qu'est-ce que c'est, d'après toi ? demanda Carlson.

— Si c'est un défaut, c'est un beau défaut, répondit Josty, mais à mon avis c'en est pas un.

— C'est quoi alors ?

— Je ne sais pas, chef, pas la moindre idée. »

T.E. Carlson avait la sensation de pédaler dans le vide. Toute cette technologie le dépassait et il était persuadé de s'être fourvoyé dans une impasse.

« Laissons tomber, dit-il, on ne sortira rien de plus de toute cette quincaillerie. Remballe tes outils et filons. »

Se ravisant tout à coup, il ajouta :

« Est-ce que tu peux me faire une copie de cette bande, Josty ?

— Pas de problème, chef, c'est comme si c'était fait. »

Il tira une bande vierge d'une poche de sa valise,

il l'engagea dans son lecteur et copia les images mentales de William Ashby. T.E. Carlson avait repris sa garde près de la porte entrouverte. A deux minutes et quarante trois secondes, le coup de flash surgit à nouveau, parfaitement reproduit, sous l'œil attentif de Josty. Ce n'était pas un défaut, il en avait la conviction. Comment comprendre ce que cela signifiait ? La bande s'arrêta, le spectacle était terminé, la bande copiée. Elle durait un peu moins de quatre minutes.

« Je remballe », dit-il.

Il ne lui fallut que quelques minutes pour débrancher ses connexions et ranger son appareil. Il se replia à reculons, vérifiant du regard si tout était en ordre. Lorsqu'il eut rejoint Carlson, il se voulut rassurant.

« Voilà, dit-il, le cerveau de votre client est dans la boîte, on ne pourra pas nous reprocher d'être venus pour rien.

— Ouais ! conclut Carlson sur un ton laconique. Filons. »

Ils rejoignirent la voiture et roulèrent dans Tokyo, par une magnifique nuit d'été. Josty conduisait.

« Et maintenant, qu'est-ce qu'on fait ? demanda-t-il.

— Ce soir on se paie une chambre ; un bon bain et un lit ne nous feront pas de mal. On va descendre au même hôtel qu'Ashby.

— O.K. chef, c'est comme si c'était fait. »

Dix minutes plus tard, Carlson vérifiait. William Ashby était toujours là, il avait commandé un taxi pour huit heures pour Chofu. Il abandonna Josty à ses ablutions, se servit un whisky et commença à rédiger son rapport. Il ne put que constater la pauvreté de ce qu'il ramenait. Si Arnold Wellman s'attendait à des révélations sensationnelles, il ne pourrait être que déçu : ce n'était là que le classique bilan d'une équipe qui travaillait sur les images mentales. Tout était conforme à ce qu'il savait déjà.

Philosophe, T.E. Carlson se dit qu'après tout Arnold Wellman pouvait très bien lui aussi pédaler dans la semoule. L'idée d'en finir d'ici peu avec cette enquête sans queue ni tête lui plut énormément.

15

Arnold Wellman en était à sa huitième longueur de piscine. Encore deux, se dit-il en essayant de combattre la fatigue qui l'alourdissait. Jour après jour, il pouvait mesurer la différence. Son corps se dégradait inexorablement. Mais il était impuissant, ni les massages répétés ni les longueurs de piscine ne pouvaient y changer grand-chose. Il déclinait et ne serait bientôt plus qu'un amas d'os et de chair que l'on pousserait sur une petite voiture, un infirme.

Seul le cerveau fonctionnait sans la moindre altération. Il en venait à maudire cette implacable lucidité qui ne le laissait jamais en paix. Si au moins il avait pu dérailler, tout comme Hans Buschmeyer ou David Backmann, s'envoler et se perdre une fois pour toutes en des hauteurs où l'esprit se dérobe à la réalité. Comme Léonard Guinzberg aussi.

Il voulut oublier Guinzberg. Encore une longueur, se dit-il en serrant les dents. Nager lui faisait du bien. Il aimait cet effort sans cesse recommencé, brasse après brasse, les yeux mi-clos avec, devant lui, le désordre de ses pensées qui le précédait comme un film projeté sur un mur blanc.

Pourquoi Léonard Guinzberg, pourquoi lui ? Quel que soit l'angle sous lequel il envisageait la question, la réponse n'était que trop évidente. Une certitude à présent. Wellman était la cible de ce tragique ballet. Celui qui, pour une raison qui lui échappait encore, avait décidé de l'abattre le moment venu, se cachait quelque part, continuant à tirer les ficelles de ce jeu mortel. Mais pourquoi ? Et qui était-il ? Ashby ? Pevsner ? Flanagan ? Ce Japonais peut-être, ou bien quelque savant fou dont il ignorait le nom et le visage ?

La mort de Léonard Guinzberg l'avait cueilli comme un coup de poing dans l'estomac. Le samedi matin, Dan Morris lui avait apporté un article paru la veille dans le *New York Times*. A peine une dizaine de lignes au bas d'une quelconque cinquième ou sixième page.

« J'ai pensé que ça vous intéresserait, avait dit Dan Morris, cet homme a été frappé dans son cerveau. Il semble qu'il ait, lui aussi, succombé à la suite d'un coup de folie. »

Wellman avait lu l'article et une seconde avait suffi pour qu'il reconnaisse le troisième signe. Le vieux paléontologue avait saccagé son laboratoire, il était mort le cerveau transpercé par un rayon laser, mais — bien que ce soient là deux signes qui ne trompaient pas — il y avait autre chose. Léonard Guinzberg faisait partie de son passé, et Arnold Wellman n'avait pu nier plus longtemps cette évidence : il y avait désormais un dénominateur commun aux trois drames, et ce dénominateur, c'était lui.

Cette première constatation en avait entraîné une autre : celui ou ceux qui frappaient les cerveaux qui l'entouraient lui adressaient un message.

Arnold Wellman se décida à sortir de la piscine. T.E. Carlson n'allait pas tarder, et il voulait être prêt à le recevoir. Il enfila un peignoir de bain et rejoignit la salle de gymnastique. Un minuscule ascenseur le conduisit directement dans sa chambre où il commença à s'habiller. Tout en se préparant, son esprit sans cesse en éveil le ramena tout naturellement à Léonard Guinzberg. Au cours de leur unique rencontre, ils s'étaient heurtés de front et sans témoin. Ils n'auraient jamais dû se rencontrer. Tout les séparait, leurs idées tout autant que leur discipline, mais le hasard en avait décidé autrement. C'était à Paris, en 1957, à l'occasion d'un colloque pompeusement intitulé *Science et Conscience*, qui réunissait une trentaine de savants et auquel il avait accepté de participer. Ce petit bonhomme l'avait abordé entre deux commissions dans les couloirs de l'U.N.E.S.C.O., l'interpellant sans préambule ni civilité. Il lui avait parlé du collège et des Titulaires, comme s'il s'agissait d'un banal sujet de conversation.

« Professeur Wellman, lui avait-il dit, je connais tout de vos véritables activités et de ceux qui les partagent. Ne vous préoccupez pas de savoir comment. Après la guerre, j'ai fait partie de ceux que l'on a contactés pour siéger à votre comité des Sages, Enrico Fermi était mon ami. C'est lui qui m'a demandé si je voulais participer à vos travaux. Mais j'ai refusé. J'ai toujours eu une aversion farouche pour l'occulte, professeur Wellman, tout particulièrement pour ces sociétés secrètes qui s'arrogent le droit de réguler la planète.

— Professeur Guinzberg, avait-il répondu sèchement, croyez-vous que le moment soit bien choisi pour parler de ça ?

— Je ne suis pas professeur, avait répliqué le paléontologue, je ne suis qu'un chercheur, mais je tiens à m'exprimer car je pense que nous n'aurons guère l'occasion de nous revoir. Je veux que vous sachiez à quel point je réprouve vos méthodes et... »

Il l'avait pris par le bras et entraîné sans ménagement.

« Allons faire un tour, monsieur Guinzberg. »

Ils avaient marché autour du bâtiment de l'U.N.E.S.C.O. C'était l'hiver, cela avait été une étrange promenade dans un Paris glacial et couvert de givre. « Voilà que j'écoute les propos délirants d'un paléontologue, qui non seulement connaît le secret des Titulaires, mais qui, en plus, se permet de me faire la leçon ! » s'était-il dit.

Sa fureur était telle qu'elle lui avait coupé le souffle. Puis, insensiblement, il s'était rendu compte à quel point cet homme plaçait le débat bien au-dessus de la simple polémique ou des basses contingences idéologiques. Son discours, aussi provocateur et pertinent qu'il fût, était avant tout l'expression d'une intelligence follement éprise de vérité. Wellman se laissa prendre au jeu. Il avait perçu l'exigence supérieure de cet individualiste acharné, qui ne trouvait sa place dans aucun cénacle, mais dont la rigueur morale et la révolte exacerbée prédisposaient aux engagements les plus fous. Tout comme lui, Léonard Guinzberg voulait sauver le monde de la chape de médiocrité qui l'étouffait. Mais son intransigeance allait bien au-delà de celle de Wellman. Il avait éprouvé pour lui un sentiment tout proche de l'admiration.

« Jamais je ne parlerai de ça à personne, avait conclu Guinzberg, je ne le dis ni pour vous rassurer, ni pour préserver ma sécurité. Mais je n'ai pas de temps à perdre avec toutes ces fadaises. Pour qui prenez-vous les scientifiques, professeur Wellman ? Pour des redresseurs de tort, des agents du F.B.I. ou de la C.I.A. qui surveillent le monde pour l'empêcher de basculer dans le chaos ? Le capitalisme ou le communisme n'ont aucun attrait pour moi. Je rêve à un monde utopique. Mais pendant mon court passage sur cette terre de douleur, j'essaie d'aider mon prochain. Sans m'embarrasser du moindre fatras idéologique.

— Si je comprends bien, monsieur Guinzberg, vous êtes d'accord sur le principe, mais pas sur les méthodes ?

— En gros, je suis d'accord, mais votre cohorte de boy-scouts ne vaut pas tripette quelles que soient les causes qu'elle défend. Avec le temps, les médiocres remplaceront les meilleurs. Ces derniers ne sont pas des vôtres, ils sont à l'écoute du fond de leur tanière. Sans eux rien ne changerait. Jamais ! »

Un instant, Wellman avait cru à l'expression d'un orgueil démesuré, mais il s'agissait d'autre chose. Léonard Guinzberg aspirait sincèrement à la création d'un monde meilleur, inaccessible peut-être, mais qui ressemblait étrangement au sien. Wellman demanda :

« Accepteriez-vous de nous aider, si nous faisions appel à vous ?

— Pourquoi pas ! A condition que l'objet de mon intervention corresponde à une nécessité dont je sois convaincu.

— Et, quelle est votre conviction profonde, monsieur Guinzberg ?

— L'évolution, je souhaite que l'homme évolue, professeur Wellman. »

Au moment de se séparer, il arriva quelque chose de tout à fait inattendu. Un regard, auquel ni l'un ni l'autre ne s'attendait, les avait soudain rapprochés. Ensemble ils avaient eu le même réflexe au même moment : « D'où êtes-vous ? s'étaient-ils demandé.

— De Pilski, mon père a émigré en 1890, avait répondu Léonard Guinzberg. Et vous ?

— De Ravan.

— De Ravan !

— Oui, à condition de remonter trois générations. Mon arrière-grand-père a essayé de devenir un bon citoyen allemand. »

Ils étaient tous les deux originaires de la même région de Lituanie. Les deux villages n'étaient distants que de quelques kilomètres. Certainement, leurs aïeuls s'étaient croisés, peut-être serré la main sur un marché ou une foire. Ils comptaient tous les deux au moins un rabbin dans leurs familles. Ils se séparèrent sur cette certitude pour ne plus jamais se revoir.

Bien des années plus tard, les événements conduisirent Wellman à faire appel à lui. Léonard Guinzberg avait accepté, fidèle à sa parole. Il avait agi avec une efficacité et une discrétion que les Titulaires auraient pu prendre en exemple. Et maintenant, Léonard Guinzberg était mort à cause de lui. Tout comme Hans Buschmeyer et David Backmann, il avait servi d'appât. C'était ça, la vérité.

Arnold Wellman commençait à entrevoir la véritable dimension du scénario dans lequel il se trouvait entraîné malgré lui. L'homme qui œuvrait dans l'ombre pour le détruire était d'une intelligence démoniaque. Il devait être seul et ne partager avec personne ce terrible secret. Ou peut-être un petit groupe composé de membres assez fanatisés pour garder le secret.

T.E. Carlson arriva vers midi. Ils s'installèrent sur la terrasse à l'abri d'un parasol, environnés par le souffle léger de la brise marine et le lointain va-et-vient du ressac. Carlson annonça d'entrée la couleur. Il ne ramenait rien de concret. La rencontre entre William Ashby et Oda Sukumi s'était déroulée sans surprise. Il énuméra par le menu la progression de sa filature, réservant pour la fin son intervention au sein de la forteresse Mitsubishi.

« Vous n'avez rien trouvé dans le laboratoire de Sukumi ? interrogea Wellman.

— Rien, professeur. Ce Japonais est clair comme de l'eau de roche, ou bien il est sacrément fort !

Mais je n'ai rien trouvé qui puisse donner prise au moindre soupçon. »

Arnold Wellman laissa errer son regard sur l'horizon familier. Ainsi, pensa-t-il, il lui fallait abandonner cette piste. Une violente bouffée de colère l'envahit. Comment avait-il pu se raccrocher à une idée aussi puérile ? Par quelle conjonction de hasards un Japonais de trente ans, fiché depuis des années par la Fondation, aurait-il pu s'avérer le manipulateur de cette farce tragique ? Et Ashby également ! Et si c'était lui qui déraillait ? Et si son imagination lui jouait de vilains tours ? Mais les voyages sans retour de Buschmeyer, Backmann et Guinzberg n'étaient pas le fruit de son imagination ! Il restait le seul lien entre les victimes. La cible... Un instant il fut tenté de parler de Léonard Guinzberg à Carlson, mais il se ravisa.

« J'ai quand même rapporté quelque chose de cette expédition, dit Carlson, peut-être pas un document de grande valeur, mais c'est intéressant à regarder.

— Montrez-le-moi, demanda Wellman avec une pointe d'impatience dans la voix.

— Ashby s'est fait photographier le cerveau par Sukumi samedi soir, j'ai copié le film, le voilà. »

Ils quittèrent la terrasse et descendirent dans la pièce où se trouvaient le magnétoscope et le récepteur. Avant d'appuyer sur le *start*, T.E. Carlson commenta :

« Avez-vous déjà vu des images mentales, professeur ? C'est assez impressionnant, mais au-delà du spectacle, je suis bien incapable de vous dire ce que ces images signifient. D'après Josty, il s'agirait de la représentation des échanges chimiques ou électriques du cerveau. »

Arnold Wellman regarda la bande sans manifester la moindre réaction. Ces images n'offraient rien d'exceptionnel. Mis à part leur qualité peut-être, elles étaient apparemment semblables à celles qu'il avait déjà eu l'occasion de visionner. Au moment du coup de flash, c'est à peine s'il réagit, demandant simplement à Carlson :

« Qu'est-ce que c'est ? L'éclair lumineux en plein milieu ?

— On n'en sait rien, répondit Carlson. D'après Josty, il peut s'agir d'un défaut ou bien d'un signal. »

Lorsque la bande arriva à sa fin, il voulut la revoir une fois de plus. Carlson arrêta l'image sur le point lumineux et ils examinèrent le film image par image.

« Curieux, avait constaté Wellman, laconique. Tout ça ne nous avance guère.

— Je vais quand même pirater la réunion des Titulaires à Stanford ? » interrogea T.E. Carlson.

Arnold Wellman eut un geste fatigué.

« Oui, dit-il, au point où nous en sommes, pourquoi pas ? Votre technicien est prêt ?

— Il est déjà sur place, professeur.

— Allez-y, on verra bien. »

Le vieux physicien semblait désemparé. T.E. Carlson le laissa dans son bureau, plongé dans ses réflexions, assis face à l'immense baie. Resté seul, Arnold Wellman ne bougea pas. Malgré la banalité des informations ramenées par Carlson, il sentait qu'il était sur le point de mettre le doigt sur quelque chose de décisif. Il se surprit à souhaiter qu'une quatrième victime vienne lui en apporter la preuve flagrante.

Son abattement n'était qu'apparent. Il lui fallait changer son fusil d'épaule. T.E. Carlson n'était plus l'homme de la situation. En fait, il ne l'avait jamais été. Dès le départ, il s'était attelé à cette enquête sans être convaincu de travailler sur du sérieux. Mais Wellman ne pouvait rien lui reprocher. Il s'était servi de lui, l'avait lancé sur des pistes sans parvenir à lui faire partager sa conviction. Maintenant il ne pensait qu'à laisser tomber. Wellman était persuadé qu'il ne ramènerait rien de la réunion de Stanford. Il lui fallait un homme beaucoup plus fort que ne l'était Carlson, et cet homme ne pouvait être que Victor Pevsner. Seul Pevsner était capable de se lancer sur la piste soviétique, il était non seulement un homme de terrain, mais un Titulaire, un grand cerveau. L'idée d'avoir cette seconde corde à son arc lui parut tout à fait réconfortante. De toute façon, il resterait le seul maître d'œuvre, le seul à décider.

Au moment de s'endormir ce soir-là, Arnold Wellman eut une vision soudaine. Le coup de flash qui apparaissait en surimpression sur les images mentales de William Ashby lui rappela tout à coup le petit dessin qui représentait un cerveau transpercé par une flèche. Si c'était là une coïncidence, elle avait le mérite de le ramener au centre du sujet. Mais était-ce une coïncidence, ou au contraire un signe dont il lui fallait trouver le sens caché ?

16

Rares sont les savants de haut niveau qui ignorent le besoin d'être un jour reconnus. Aspiration légitime dont la vanité altère l'innocence. Jessy Flanagan n'échappait pas à la règle. Ses travaux dans le domaine du transfert de l'intelligence humaine en intelligence artificielle étaient parvenus à un niveau où la réussite ne faisait plus aucun doute. Elle pouvait désormais capter la connaissance de n'importe quel cerveau, l'enregistrer et la conserver dans un état très proche de celui de l'original. Mais, bien plus qu'une simple mise en mémoire sur un ordinateur, le potentiel recueilli avait la faculté de se comporter comme une machine pensante et raisonnante. Désormais, plus rien ne se perdrait de la Connaissance, des hommes exceptionnels disparaîtraient, mais leur mémoire et leur savoir-faire continueraient à exister. Personne n'avait été aussi loin en ce domaine, et Jessy Flanagan était en droit de s'estimer satisfaite. Il ne lui restait qu'à choisir la procédure qui révélerait au monde le résultat de ses recherches et les immenses possibilités qu'elles offraient à l'homme du XXIe siècle. Informer les Titulaires lui était apparu comme la première étape. Elle avait donc demandé à Victor Pevsner et à William Ashby de venir au Stanford Institute pour assister à une démonstration. Après, elle ferait, selon l'usage, sa communication au monde scientifique. Les médias feraient le reste.

Ils se trouvaient tous trois au cœur même du laboratoire de recherche, au centre d'une immense pièce aveugle entièrement tapissée de consoles, de pupitres, d'écrans, d'appareils de mesure, de bancs de reproduction et de lecture. La technologie la plus avancée dans le domaine de la programmation informatique. Victor Pevsner et William Ashby confortablement installés dans des fauteuils pivotants faisaient face à Jessy Flanagan. Un peu à l'écart, nonchalamment accoudé sur son pupitre, John Devaal attendait, avec son éternel sourire en demi-teinte.

Jessy Flanagan accepta la Camel et la flamme du briquet que lui tendait son assistant.

Elle souffla la fumée de la première bouffée en direction des deux Titulaires, soucieuse d'alléger l'atmosphère solennelle qu'elle avait installée pour cette communication en « avant-première ».

Victor Pevsner se tenait bien droit sur son siège, son beau visage d'asiate buriné et comme lassé d'en avoir trop vu ; William Ashby un peu plus avachi, mais toujours tiré à quatre épingles, la regardait d'un œil sceptique.

« Messieurs, vous allez pour la première fois pouvoir constater les possibilités offertes par Sissy. »

Elle pivota élégamment, désignant les appareils qui les entouraient.

« Sissy, c'est tout ça, précisa-t-elle. A Zurich, je vous ai expliqué le principe et le but de l'opération, il me restait à vous en faire la démonstration. L'homme que vous allez interroger se trouve ici même, dans les locaux du Stanford Institute. Pourtant ce n'est pas avec lui que vous allez dialoguer maintenant, mais avec ceci. »

Elle tenait devant elle un disque métallique qu'elle agita deux ou trois fois avant de le tendre à John Devaal.

« Ce disque laser, outre qu'il résiste au feu, au gel, à l'humidité et au temps, contient bien plus que la mémoire de Joseph Steinfeld : sa connaissance et son savoir-faire. Sissy possède la faculté de raisonner comme le fait un cerveau, à peu de chose près. Je vous propose donc de lui poser autant de questions qu'il vous plaira et, ensuite, en fonction des réponses que vous aurez obtenues, d'interroger Joseph Steinfeld lui-même. Vous pourrez comparer ainsi l'original et son modèle et vous faire, je pense, une idée assez exacte des possibilités offertes par cette technologie. Dois-je vous préciser avant de commencer que le professeur Steinfeld se trouve actuellement dans le petit salon avec le directeur de l'Institut, et qu'il lui est impossible de savoir ce qui se passe ici. »

William Ashby daigna lever son regard dans la direction de la jeune femme.

« Pouvons-nous lui poser n'importe quelle question ? » demanda-t-il en souriant.

Pevsner semblait lui aussi sceptique, mais il s'abstint de tout commentaire.

« William Ashby, répondit Jessy Flanagan, Steinfeld est un futurologue spécialiste de la biologie évolutive, c'est la raison pour laquelle il a été sélectionné ; vous pouvez laisser de côté les questions concernant sa vie privée.

— Un futurologue, fichtre ! s'exclama Ashby, c'est là une forme supérieure de philosophie.

— Je vous en prie, Ashby, ne vous moquez pas », répliqua la jeune femme.

Se tournant vers John Devaal, elle ajouta :

« John, tout est en ordre ?

— Quand vous voudrez, dit-il.

— Eh bien, lança Pevsner, me voilà bien avancé,

que voulez-vous que je demande à un futurologue ! J'ai l'impression de me trouver en face d'une de ces machines de foire qui prédit l'avenir. Qu'en pensez-vous, Ashby ?

— C'est tout simple, demandons à cette disquette intelligente ce qu'est la futurologie tout bêtement, je n'ai pas réussi à le savoir jusque-là.

— O.K., Jessy, dit Victor Pevsner, posez-lui cette question. »

Pendant que John Devaal claviait sur les touches, Jessy Flanagan précisa :

« Dans sa version définitive, Sissy pourra être interrogée directement par la voix et elle répondra de la même façon. Approchez-vous de l'écran et préparez-vous à poser d'autres questions, cette disquette est extrêmement pertinente. »

Déjà, la réponse s'inscrivait ligne après ligne, sur l'écran : « La futurologie est une recherche spéculative sur le futur à partir d'hypothèses vérifiées. Elle s'efforce de prévoir le sens de l'évolution de l'homme et de la planète dans les domaines politique, économique, technique et démographique. »

Il y eut une courte interruption, mais l'écran recommença à s'animer avant que William Ashby ou Victor Pevsner n'ait eu le temps de poser une autre question : « La futurologie générale, par opposition à la conjecture à court terme sur un sujet précis, est fort déconsidérée. Elle est pourtant essentielle pour saisir le sens de notre évolution, en tirer les conséquences et en retarder les échéances inévitables. »

« Formidable ! s'exclama Ashby, non seulement votre disque a des idées, mais elles peuvent être fausses ou erronées tout comme un vrai cerveau, Jessy Flanagan.

— Retarder les échéances ! s'étonna Victor Pevsner. Pourquoi ? Seraient-elles nécessairement catastrophiques ? »

John Devaal claviait en même temps. La machine répondit aussitôt : « La futurologie ne juge pas en terme de pessimisme ou d'optimisme, elle interprète ces données en prolongeant les lignes de force de l'humanité. La population humaine s'efforce de vivre jusqu'aux extrêmes limites de la subsistance possible. Mais, tout comme un gaz en expansion, elle est limitée dans sa croissance par les parois du récipient qui la contient. L'état final prévisible n'est pas le minimum de prospérité, mais le maximum en quantité d'une population vivant au bord de la pénurie et de la famine. »

« Oh ! là ! intervint Victor Pevsner en se rejetant en arrière, voilà qui est plutôt simpliste ! »

Ce n'était pas une question, mais John Devaal avait spontanément tapé la phrase sur son clavier et l'écran réagit dans l'instant : « Exact, la futurologie se déplace en suivant des raisonnements apparemment simplistes mais qui ont tous un fondement de vérité. C'est sa limite, mais aussi sa force. »

« Mais, intervint William Ashby, vous excluez de votre raisonnement la faculté d'adaptation de l'intelligence humaine ! Nous connaissons les pièges que côtoie notre société. Nous essayons de les contourner. »

« Cela ne change rien aux lois de l'évolution. Les biologistes, et plus particulièrement les généticiens, ont exagéré la puissance de la sélection naturelle, mais au-delà de leur théorie discutable sur le hasard créateur, ils n'ont pas exagéré la toute-puissance de la sélection éliminante négative. La vie n'est pas un phénomène instantané, elle est, à condition d'être dans la durée. Un peuple n'est pas un ensemble d'hommes et d'institutions seulement cohérents dans le présent, hommes et institutions tendent vers la durée. Si l'on induit un peuple à des actes qui ne servent que l'utilité immédiate, à une politique au jour le jour, à une consommation sans investissement et à une libération sans contrôle, ce peuple n'est plus un peuple mais une foule en train de se détruire, résidu d'un peuple assassiné ou suicidé. »

— Passionnant, Jessy ! s'exclama William Ashby. Vous avez réussi à mettre en conserve un vieux cerveau rassis, mais ça fonctionne à merveille. N'oubliez pas que j'ai apporté avec moi le film de mes images mentales, je tiens à ce que vous le voyiez.

— Parlons de génétique, Ashby. Posez vos questions.

— D'accord. Ce dialogue avec une machine commence à m'exciter terriblement. »

T.E. Carlson soupira un grand coup. Il commençait à en avoir par-dessus la tête de ce petit jeu, mais il ne voulait pas perdre une miette de ce qui se disait dans le laboratoire du Stanford Institute. Le Ford stationnait dans le parking, noyé dans la masse des véhicules qui s'étendait à perte de vue. En trois jours, Josty avait réussi à parfaire l'équipement de ce minicar, officieusement prêté par une antenne de la N.S.A. Ils étaient, comme on dit en terme de métier, branchés à cent pour cent. Deux jours auparavant, Jost Swade s'était introduit sans difficulté à l'intérieur de l'Institut avec un uniforme et un ordre de mission de la compagnie des téléphones. En l'espace de quelques heures, il avait effectué ses branchements et placé une antenne sur la terrasse la plus élevée. Il pouvait capter le son provenant du laboratoire et du bureau de Jessy Flanagan ainsi que les fréquences émises par les appareils. Tout fonctionnait à merveille, y compris l'inévitable film porno devant lequel il se tenait assis, une boîte de Budweiser à la main, laissant à T.E. Carlson le soin de suivre les débats. Par sécurité,

Carlson avait demandé à ce que toutes les images qui passaient sur les écrans soient enregistrées sur bande vidéo.

T.E. Carlson consulta sa montre une fois de plus. Les Titulaires discutaient dans ce maudit laboratoire depuis plus de trois heures. Il commençait à se lasser de ces questions-réponses auxquelles il ne comprenait pas grand-chose. Ce n'était d'ailleurs pas son problème, Arnold Wellman apprécierait et ce serait à lui de trier le bon grain de l'ivraie, en supposant qu'il se trouve un seul bon grain dans ce fatras scientifico-philosophique.

T.E. Carlson ne souhaitait qu'une chose. Que rien ne se passe et que Wellman mette un terme à cette filature. Wellman l'avait promis et il était un homme de parole. Ou bien, pensa Carlson, il engagerait un autre enquêteur. Il n'était pas le seul à faire ce putain de métier. Il en connaissait une bonne demi-douzaine qui ne demanderaient pas mieux que de se lancer dans ce genre d'aventure.

La réunion des Titulaires semblait marquer le pas. Pevsner et Ashby en avaient terminé avec leurs questions, il y eut un silence au bout duquel la voix de Jessy Flanagan se fit entendre.

« John, fit-elle, téléphonez au bar et demandez-leur un plateau de sandwichs et quelque chose à boire. Un paquet de Camel aussi, je n'en ai plus.

— A vos ordres, Miss, lança la voix ironique de l'assistant.

— Dites-moi, Jessy — c'était Pevsner qui parlait maintenant — qu'est-ce que vous comptez faire ? Avez-vous l'intention de livrer Sissy au domaine public ?

— Pourquoi pas, rien ne relève d'un quelconque secret militaire. Le Pentagone ne s'intéresse pas à ce genre de recherche, tout au moins pour le moment. Le procédé n'est pas suffisamment au point, pas question de le commercialiser. Mon intention est de l'exploiter ici même. Je vais constituer une banque de données, la Brain's Bank of Stanford Institute. Le programme s'échelonnera sur plusieurs années. Après, on verra. Je ferai une communication le moment venu, mais d'ici là Sissy reste propriété privée... Merci, John. Messieurs, servez-vous. Ce sont les sandwichs maison. Ne nous en veuillez pas trop pour la médiocrité de notre pain de mie. Tout est encore loin d'être parfait ici...

— Est-ce que je peux me porter candidat pour vous léguer mon savoir, intervint la voix d'Ashby, ou dois-je attendre d'avoir atteint un âge respectable pour vous en livrer tout le suc ? »

T.E. Carlson soupira. La rencontre tournait à la réception mondaine ! Il eut envie de tout débrancher et de plier bagage. Seule l'idée d'arracher Josty à son film le retint.

« Ashby, ne plaisantez pas. Je vous souhaite de mourir le plus tard possible, et j'espère que vous pourrez faire profiter le monde de vos connaissances.

— Je vous signale que je me suis fait filmer le cerveau il y a moins d'une semaine, chère Jessy. Au point où j'en suis, je peux vous livrer absolument tout ce que je sais, la vie est tellement pleine d'imprévu !

— Voilà bien votre humour, Ashby, répliqua la voix de la jeune femme, anglais et noir au possible.

— Au fait, Ashby, dit Victor Pevsner, comment s'est passé votre entrevue avec le Japonais ?

— Oda Sukumi est absolument génial, répondit William Ashby, ce n'est pas un cliché. Lisez mon rapport, il n'y a pas à dire, la nouvelle génération ne doute de rien, Sukumi m'a totalement convaincu. »

Un silence d'une dizaine de secondes permit à

T.E. Carlson de changer de position en se demandant pourquoi il était devenu tout à coup si attentif. Ce fut Pevsner qui reprit la parole.

« Vous avez vraiment l'intention de le désigner comme votre successeur ?

— Oui, mais il n'est pas question de vous forcer la main, j'ai avec moi une copie des images mentales réalisées par Sukumi. Nous allons commencer par là si vous le voulez bien... »

T.E. Carlson s'écarta de l'écran qui se trouvait près de lui, relâchant son attention. Il connaissait le film et il n'avait pas envie de le regarder une fois encore. C'était la fin de la séance et elle n'avait rien donné. Tout comme à Zurich et à Tokyo, il revenait bredouille, mais cette fois, il en était ravi. Le vieux Wellman n'avait plus qu'à aller se faire examiner par un spécialiste pour cause d'imagination excessive.

Le film défilait devant lui, sans intérêt. Dans le fond, il n'y avait jamais cru. Dès le tout début. Qu'un vieux savant à la retraite se soit fait sauter le caisson avec sa famille, qu'un chirurgien ait craqué au milieu d'une opération, ce n'étaient là que deux faits divers comme il y en avait des centaines chaque semaine dans les journaux. Tout le reste n'était que le fruit d'une imagination maladive, Ashby, le cahier bleu et les petits dessins.

Brusquement l'écran du récepteur se transforma en un miroitement de petits points lumineux : le film des images mentales du cerveau de William Ashby était terminé. T.E. Carlson coupa délibérément le son, il s'étira en se massant la nuque, convaincu d'en avoir enfin terminé avec cette galère.

« Passe-moi une bière, Josty », dit-il.

Il ferma les yeux, continuant à se masser voluptueusement la nuque. Wellman ne pouvait rien lui reprocher, il avait fait le maximum, mais... le papillonnement de l'écran continuait à danser devant lui, lancinant, comme pour le ramener une fois encore sur ces images obsédantes. Et, tout à coup, il perçut la différence.

« Nom de Dieu, s'écria-t-il, Josty, il y a quelque chose qui ne va pas dans cette bande ! »

Josty lui tendait une boîte de bière.

« Qu'est-ce qui ne va pas, chef ? Ce n'est pas le cerveau d'Ashby ? »

Carlson pointa son doigt en direction de l'écran.

« Reviens en arrière et repasse-moi le film, je suis sûr que je ne me suis pas trompé. Nom de Dieu !

— Accouchez, chef, vous me faites languir.

— Il manque quelque chose sur cette copie, Josty, tu vas voir. »

Ils repassèrent le film plusieurs fois dans tous les sens en avant, en arrière, à vitesse rapide et image par image, mais rien n'y fit : le coup de flash qui les surprenait toujours à la cent soixante-troisième seconde avait complètement disparu. Pourtant, il s'agissait bien de la même bande. Ils comparèrent la copie avec celle qu'ils avaient piratée dans le laboratoire du Japonais, pas une image ne manquait, sinon que le coup de flash n'était plus là. Il avait été comme effacé, s'était volatilisé, laissant derrière lui les images du cerveau d'Ashby intactes.

Josty eut une moue pour conclure :

« Un mystère, chef. Je me demande si on ne vient pas de mettre le doigt sur quelque chose d'ultra-sensible. C'est pas votre opinion ? »

T.E. Carlson ne répondit pas. Le destin soufflait à nouveau dans le mauvais sens. Son intuition lui disait que Josty n'était certainement pas loin de la vérité. Cette disparition dont il ne pouvait estimer l'importance risquait fort de relancer la partie qu'il avait cru un moment terminée.

Ce soir-là, jeudi 5 juillet, il se passa encore deux faits notables. T.E. Carlson, pressé d'en finir, décida de précipiter le mouvement. Il se fit conduire à l'aéroport et prit le vol d'American Airways 628 de 22 h 45 en direction de Boston pour rejoindre Arnold Wellman, avec les deux copies du film du cerveau de William Ashby sous le bras. Au moment où le Boeing survolait les lumières de Los Angeles, Jessy Flanagan et Victor Pevsner pénétraient dans la suite numéro 7 de l'hôpital Bellevue. Un regard échangé, à l'instant de se quitter dans le hall du Stanford Institute, les avait brusquement rapprochés. Cette soudaine complicité, qui les avait surpris tous les deux à la manière d'un reflet dans un miroir, avait anéanti en une seconde toutes les réserves qu'ils s'étaient imposées jusque-là.

« Que faites-vous ce soir ? avait dit Victor Pevsner.

— Comme d'habitude, Vic. Absolument rien.

— Dînons ensemble, voulez-vous ? »

Pour toute réponse, Jessy Flanagan sourit à Victor Pevsner et accepta le bras qu'il lui offrait.

17

Victor Pevsner cultivait en matière de femmes des principes actifs qui, comme bien souvent, avaient acquis avec le temps la rigidité de vieilles habitudes. Le plaisir donné ou reçu constituait la juste récompense de cette intimité passagère : la relation sexuelle... L'homme et le Titulaire se rejoignaient en lui pour éviter les débordements de la passion.

Jessy Flanagan avait elle aussi choisi de se protéger des atteintes de l'amour passion. Depuis sa lointaine liaison avec Curzio Malaparte, elle s'était appliquée à satisfaire ses besoins sexuels sans jamais accorder à ses amants l'ombre d'un sentiment superflu. Mais cette nuit-là, ni l'un ni l'autre ne surent ou ne purent refuser de se donner corps et âme au jeu de l'amour. Ils avaient dîné dans un restaurant mexicain, parlé modérément et bu copieusement, étonnés et heureux de ne plus lutter contre la force du désir qui les poussait l'un vers l'autre.

Ils ne se doutaient pas qu'ils venaient d'entrouvrir une porte à travers laquelle ils allaient se précipiter, lui, bien dans sa peau, profondément enraciné dans sa virile certitude, passionné, mais occultant cette passion sous une apparente désinvolture ; elle, en état permanent d'excitation, organisée, méthodique, mais dissimulant elle aussi son désir par une constante maîtrise de ses pulsions vitales. Comment auraient-ils pu soupçonner ce qui les attendait ? Ils étaient des Titulaires, et si différents l'un de l'autre ! Elle, Jessy, découpait sa vie, de l'instant de son réveil à celui où le somnifère l'obligeait au sommeil, en tranches utiles et efficaces comme s'il s'agissait d'une guerre de toute éternité. Lui, Victor, qui s'y coulait comme dans un bain, pour se laisser porter au fil du temps ! Pourtant, bien au-delà de ce que l'un et l'autre étaient capables de concevoir, dès ce regard échangé dans le hall du Stanford Institute, chacun d'eux avait senti confusément au plus profond mystère de son cœur, la part unique, essentielle, qu'il conservait, disponible, prête à s'offrir comme un double cadeau.

Ils étaient à la recherche de la même nécessité, habités par la même exigence, et il ne leur fallut que ce nouvel instant de ce jeudi soir, pour savoir sans l'ombre d'une hésitation, elle maintenant assise sur le sofa de la chambre, lui déjà étendu comme un grand pantin sympathique sur les coussins du lit, tous les deux un verre de tequila à la main, qu'ils n'étaient là, en face l'un de l'autre, que pour cela.

Ils parlèrent, chacun découvrant des pans de sa vie éclatée. Dehors c'était Los Angeles, celui du plein été ; désormais le temps avait perdu toute logique, ils le traversèrent comme un couple d'oiseaux traverse le ciel d'un horizon à l'autre, elle questionnant, lui répondant, puis questionnant à son tour, tandis qu'elle se coulait près de lui, fermait les yeux, s'endormait pour se réveiller et s'abandonner encore. C'est ainsi qu'ils s'aimèrent, comme ils n'avaient jamais encore aimé, leur sembla-t-il.

Bien plus tard elle se leva, le corps vibrant et tendu comme la corde d'un arc, pour se glisser dans l'eau brûlante d'un bain. Elle resta ainsi sans bouger, acceptant la morsure de l'eau sur sa peau, l'esprit déjà en éveil, tandis que lui, adossé aux coussins, une cigarette au bout des doigts, se laissait aller à la rêverie.

« Vic, dit-elle tout à coup d'une voix forte, est-ce que vous m'en voudrez si j'en reviens à ce qui s'est passé cet après-midi ? »

Victor Pevsner eut un sourire désabusé.

« Le Titulaire reprend le dessus, répondit-il entre deux bouffées de cigarette, mais je vous en veux d'autant moins que je suis tenté d'en discuter moi aussi. Qu'est-ce qui vous préoccupe, Jessy ?

— Vic, je n'ai pas oublié ce que nous venons de vivre, mais nous n'avons jamais l'occasion de nous retrouver tous les deux... »

Il y eut un court silence.

« Que pensez-vous du candidat ? D'un point de vue strictement technique, il répond parfaitement aux critères de la Fondation, mais il doit y avoir autre chose, vous ne croyez pas ?

— En êtes-vous absolument certaine ? J'ai toujours émis des réserves en ce qui concerne nos fiches de renseignements, il y manque toujours l'essentiel. C'est l'homme qui compte, et tant que je n'aurai pas rencontré le candidat je ne pourrai pas me faire une opinion valable.

— J'ai l'intention d'aller à Tokyo, enchaîna Jessy Flanagan toujours allongée dans son bain moussant. Les recherches de ce Japonais m'intéressent. Je suis curieuse de savoir où il veut en venir. Ashby s'est laissé bluffer ; il n'est pas un spécialiste du cerveau. Je me demande ce qui l'a fasciné à ce point. En fait, c'est la seule question que je me pose. »

Il y eut un silence puis elle reprit :

« Vous n'avez pas envie que nous parlions de ça ? »

Elle sortit de la baignoire, enfila un lourd peignoir de bain et libéra ses cheveux du bonnet qui les protégeait.

« Mais si, Jessy, répondit enfin Victor Pevsner d'une voix peu convaincante. Essayez donc de définir le profil de votre candidat, ou plus exactement de votre candidate idéale, et vous aurez la réponse. »

Jessy Flanagan arrêta de se brosser les cheveux. Le bras en l'air en face du miroir, elle resta un moment immobile, comme pour apprécier la suggestion de son compagnon.

« Vous croyez ? lança-t-elle tout en se regardant dans la glace.

— Nous sommes tous faits du même bois, nous cherchons tous un fils spirituel qui nous ressemble. Ashby n'échappe pas à la règle. Formulez le trait dominant du caractère de notre génial dandy d'Oxford, et vous aurez le profil de son successeur ; un élitisme supérieur doublé d'une suffisance à toute épreuve. Il ne faut pas chercher plus loin. »

Jessy Flanagan se tenait debout dans l'encadrement de la porte de la salle de bain. Son corps moulé dans le peignoir, ses cheveux en liberté tombant sur les épaules, elle lui souriait. Victor Pevsner eut un regard admiratif.

« Jessy, dit-il, vous savez que vous êtes magnifique ?

— Ne trouvez-vous pas que c'est un peu léger comme conclusion ? fit-elle avec sérieux. Que faites-vous de Wellman, je ne pense pas que ce soit un certain élitisme supérieur qui le lie à William Ashby !

— D'une certaine manière, oui ; Wellman a passé sa vie à imaginer une société débarrassée de tous ses parasites, mais vous avez raison, Jessy, ce n'est pas cet élitisme qu'ils ont en commun, ce serait plutôt leur goût du mystère. Ils sont aussi sournois l'un que l'autre. »

Tandis qu'il parlait, Jessy Flanagan s'était rapprochée du lit. Elle venait d'allumer une Camel et aspirait voluptueusement la fumée qu'elle rejetait par le nez.

« Vic, n'essayez pas de m'embrouiller avec vos théories, je vous parle sérieusement. Quelle est votre impression sur la relation Ashby-Sukumi ?

— Jessy Flanagan, répondit-il sur un ton volontairement paternaliste, je suis un vieux routier. Lorsque je manque d'informations, ma première réaction est toujours la prudence, et maintenant que vous me forcez à réfléchir à la question, je ne peux que redoubler de prudence, car il s'agit d'Ashby. Il faut que je vérifie par moi-même ce que vaut ce Japonais. J'ai un sérieux handicap, les expériences sur le cerveau et les images mentales m'échappent complètement. Peut-être pourriez-vous consacrer quelques minutes à éclairer ma lanterne, Jessy ? Venez près de moi, vous n'avez pas l'intention de passer le reste de la nuit debout à discuter.

— Mais c'est bien ce que je comptais faire, dit-elle en riant. J'espère que nous n'en avons pas terminé, puisque nous avons goûté au fruit défendu autant le manger jusqu'au bout. »

Elle se glissa sous le drap, tout contre lui et défit la ceinture de son peignoir.

« Expliquez-moi ce que cachent ces images mentales, insista Victor Pevsner.

— Absolument rien, répondit-elle sur le même ton moqueur. J'ai l'impression de me trouver avec un étudiant de première année. Vous êtes complètement ignare, Vic. »

Il la prit dans ses bras et elle accepta ses caresses.

« Vic, dit-elle, nous n'aurions jamais dû coucher ensemble, n'est-ce pas ? »

Il rit à son tour. Se penchant vers elle, il lui confisqua sa cigarette à demi consumée et il l'écrasa dans le cendrier.

« Nous ne devrions surtout pas recommencer, dit-il en l'attirant contre lui. Profitons plutôt de l'occasion pour travailler au bien-être de notre vieille planète. Faites-moi un cours magistral sur l'encéphale. Je vous promets de ne pas m'endormir. »

Elle le caressait, lui mordillait le bout des seins à petits coups de dents.

« Vic, dit-elle dans un souffle, vous êtes trop excité pour écouter quoi que ce soit, occupez-vous plutôt de moi. »

Victor ne répondit pas, il était déjà sur elle, dur et lisse comme un marbre chaud. Elle cria lorsqu'il la pénétra mais elle garda les yeux ouverts pour ne rien perdre du spectacle de leurs corps enlacés.

18

Le vendredi en fin de matinée, au terme d'une longue conversation avec T.E. Carlson, le vieux physicien se servit de ce qui n'était encore qu'un défaut ou un signe dont personne ne pouvait déchiffrer le sens, pour persuader l'ex-agent du F.B.I. de poursuivre sa filature pendant quelques jours encore. Si Carlson accepta, ce ne fut point par faiblesse mais plutôt par loyauté, au nom d'une fidélité envers un homme qu'il admirait et auquel il devait bien ce dernier service. T.E. Carlson repartit donc aussitôt pour Londres dans le sillage de William Ashby, à demi convaincu du bien-fondé de sa mission, mais décidé à servir son maître jusqu'à ce que s'écroule ce pitoyable château de cartes.

Resté seul, Arnold Wellman s'enferma dans son cabinet de travail pour réfléchir. Les deux cassettes vidéo se trouvaient posées sur son bureau, bien en évidence. Elles avaient tout à coup acquis une importance hors de proportion avec ce qu'elles étaient supposées représenter. Mais leur hermétisme, ou plus exactement la banalité de leur contenu associée à cette inexplicable petite lumière, leur conférait un intérêt qu'il était bien obligé de prendre en considération. Car, dans le vide de son enquête, il ne lui restait plus que cela. Quels étaient le sens et la portée de ces images mentales ? Arnold Wellman commença par raisonner par l'absurde. Il supposa comme acquis que cette petite lumière qui surgissait à la cent soixante-troisième seconde des impulsions encéphaliques de William Ashby avait une signification, et que sa disparition sur la seconde copie en avait une également, nécessairement liée à la première.

La question de savoir quel était le contenu exact de ces images mentales, et la signification du coup de flash, l'amena à considérer l'affaire sous un jour nouveau. La logique de son raisonnement, au-delà du rôle que pouvaient y tenir le Japonais Oda Sukumi et William Ashby, le conduisit à une évidence qui lui avait jusque-là échappé : et si Hans Buschmeyer, David Backmann et Léonard Guinzberg s'étaient rendus à Tokyo pour y rencontrer Oda Sukumi ? Il s'étonna de ne pas y avoir pensé plus tôt, tant il lui était facile d'obtenir la réponse, et il décida sur-le-champ de passer à l'action. Il alerta Peter Grall, son informaticien, lui demandant de rechercher quels avaient été les déplacements effectués par les trois hommes au cours de l'année écoulée. Cela étant fait, il demanda à Dan Morris de l'accompagner à Boston.

Au début de l'après-midi de ce même vendredi, Arnold Wellman se fit déposer devant le 644 Common Avenue, dans le quartier des universités. L'immeuble de quatre étages et de facture moderne abritait un certain nombre de services rattachés au Massachusetts Institute of Technology, dont la Computer and Graphic Agency of Cambridge, l'agence d'images synthétiques, dirigée par Norman Lewis. Norman Lewis avait été un de ses élèves à l'époque où il enseignait la physique théorique à la Harvard University. Après avoir obtenu son doctorat, Lewis s'était spécialisé dans la recherche informatique appliquée aux images. Les deux hommes s'enfermèrent pendant trois heures pour disséquer image par image les deux copies que Wellman avait amenées avec lui. Norman Lewis, l'un des grands sorciers en ce domaine, avait acquis la réputation d'être incollable quelle que soit la complexité du problème posé. Il ne put satisfaire la curiosité de son visiteur. Les images mentales de William Ashby l'étonnèrent par leur qualité, mais elles étaient des plus classiques, tout au moins à son niveau. Il s'agissait d'une idéographie du débit sanguin cérébral obtenue par le biais d'un isotope radioactif, du xénon 133 très certainement, et filmé par une caméra à positrons. Rien de bien nouveau, sinon que le paysage cérébral se trouvait pour la première fois, non pas photographié, mais saisi en mouvement et dans sa continuité.

« Que peut-on conclure de ces images ? demanda Wellman.

— Il n'y a rien de secret là-dedans, professeur, répondit Norman Lewis. Cela permet d'établir certains diagnostics dans le cas de traumatismes crâniens, de tumeurs ou d'épilepsie, ou bien, en recherche pure, d'étudier les stimuli qui régissent le fonctionnement du cerveau dans différentes conditions.

— Vous avez entendu parler d'Oda Sukumi ? C'est lui qui réalise ces images.

— Jamais entendu parler de lui, professeur.

— Quel est l'intérêt de ces images d'après vous ?

— Je n'en vois qu'un, la beauté du spectacle. Il s'agit d'une première, personne jusqu'à maintenant n'a réussi à obtenir des images filmées de cette qualité.

— Et ce coup de flash, qu'est-ce que vous en pensez ? »

Norman Lewis ne fut formel que sur un point, il

ne pouvait s'agir en aucun cas d'un défaut ou d'un accident. C'était un signal volontairement imprimé puis effacé. Le jeune chercheur le définit dans son jargon comme une *perle* ou une *fléchette*, termes qui désignaient en général l'émission d'une fréquence sonore. Mais il ne put ni en préciser l'origine ni en deviner le sens. Le coup de flash restait énigmatique et gardait son secret.

Pendant le voyage du retour, Arnold Wellman chercha à comprendre quel était le fil qui reliait tous les éléments dont il disposait. Il se força à récapituler. En l'espace de quinze jours, le cerveau de trois savants de haut niveau avait été foudroyé. Première constatation, il connaissait personnellement ces trois hommes. L'un d'entre eux, Hans Buschmeyer, avait, au moment de mourir, envoyé ses dernières cogitations de neurophysicien, sous la forme d'un petit cahier bleu, à William Ashby, son propre successeur au collège de la Fondation. A l'opposé, un jeune savant japonais filmait les images mentales de ses visiteurs, et William Ashby s'était entiché de lui au point de vouloir le désigner pour lui succéder un jour comme Titulaire. Les faits s'arrêtaient là, et hormis son intuition qui le ramenait toujours au même point de départ, une menace imprécise dont il se croyait la cible, il ne disposait d'aucune certitude. Il était coincé, impuissant, et incapable d'avancer dans cet imbroglio.

En arrivant à Indian Hill Road, Arnold Wellman se trouvait dans un état d'esprit proche du découragement. Cela ne lui ressemblait pas, mais la journée qu'il venait de passer avait été épuisante, stérile. Une note lapidaire déposée sur son bureau par Peter Grall réveilla soudain son intérêt. Buschmeyer, David Backmann et Léonard Guinzberg avaient tous les trois effectué un voyage au Japon. Guinzberg, le premier, s'était rendu à Tokyo au mois de mai de l'année précédente, pour participer à un colloque. Hans Buschmeyer y était allé au mois d'octobre, sur une invitation de l'université de Kyoto, et David Backmann avait accepté une série de conférences au début de l'année en cours. La note s'arrêtait là, précisant qu'aucun élément ne permettait de savoir si les trois hommes avaient rencontré le Japonais Oda Sukumi, encore moins s'ils avaient accepté de se glisser sous le casque de la caméra à positrons pour se laisser filmer le cerveau.

Malgré ses carences, l'information était d'importance. Arnold Wellman l'accueillit avec le calme qui caractérise les grands esprits dans les moments cruciaux. Il n'éprouva nullement le besoin de s'asseoir, son rythme cardiaque ne s'accéléra pas et il n'eut pas le sentiment d'être plus attentif aux événements. Au contraire, il continua à marcher de long en large comme il en avait l'habitude, en s'efforçant de saisir la signification de cette nouvelle donne, sans pour autant en surestimer la portée. Il disposait maintenant d'un point de départ acceptable. Le fait que Hans Buschmeyer, David Backmann et Léonard Guinzberg soient tous les trois passés par Tokyo ne pouvait être une simple coïncidence, ou, si c'en était une, il devait s'en assurer. Il y percevait plutôt la démonstration quasi mathématique de la force d'attraction qu'exerçait le jeune savant japonais en cette affaire. De là à supposer que les trois hommes, et William Ashby lui-même, s'étaient laissés influencer par Oda Sukumi et, plus encore, d'en conclure que le directeur des recherches de Mitsubishi profitait de ses expériences pour endommager d'une manière ou d'une autre le cerveau de ses visiteurs, il y avait une marge qu'il ne pouvait franchir sans en vérifier le bien-fondé.

Cette nuit-là, Arnold Wellman veilla très tard dans son cabinet de travail. Une tempête qui menaçait depuis plusieurs jours éclata soudain, violente et sifflante comme si elle voulait tout emporter sur son passage. Son déchaînement fut tel que l'océan brisa digues et pontons au sud de l'île, et c'est dans le lourd et puissant gémissement du vent que le physicien s'installa à son bureau pour essayer de classer ses idées suivant un ordre méthodique. En retenant l'éventualité que Oda Sukumi était l'homme qui détruisait les cerveaux, Arnold Wellman devait en accepter les conclusions.

A ce stade de ses réflexions, il se rendit compte à quel point la résolution de son enquête le rapprochait des problèmes de physique théorique sur lesquels il avait planché pendant des années. Les différents éléments étaient là devant lui, qui le narguaient dans un désordre qui n'était qu'apparent, mais il connaissait la méthode pour les maîtriser et les faire parler. Elle était simple, il lui suffisait d'aligner les termes de l'équation sous toutes les formes possibles jusqu'à ce qu'ils se présentent dans un parfait équilibre mathématique, avec, au bout du compte, un nom et un visage à la place de l'inconnue.

Certes, il n'espérait pas trouver la solution par miracle dans les heures qui venaient, mais le sentiment d'avoir renoué avec la bonne vieille méthode de travail qui avait été la sienne, à l'époque où il dirigeait son équipe de recherche à Harvard, l'excita au plus haut point. Indifférent au temps et au vent qui frappait à grands coups contre les murs de la résidence et sur les arbres qui l'entouraient, il s'installa devant son tableau noir et se prépara à plancher.

Il commença par écrire en haut à gauche, à la craie blanche, les noms des trois victimes : Buschmeyer-Backmann-Guinzberg. En dessous, au centre du tableau, il inscrivit ses propres initiales, qu'il entoura d'un cercle énergique. En bas à gauche, il plaça le nom de William Ashby, et à l'extrême droite, bien à l'écart, celui d'Oda Sukumi. Il recula pour apprécier la disposition de son schéma avant de relier les différents éléments entre eux, suivant des lignes de force qu'il estima essentielles. D'abord lui-même aux trois victimes, écrivant le long de chaque trait, pour Buschmeyer : 1920-1984 ; pour Backmann : 1972, et pour Léonard Guinzberg : 1957. Un trait rouge, le long duquel il traça : *le cahier bleu*, réunit Hans Buschmeyer à William Ashby ; un second relia Ashby à lui-même, et un troisième, souligné par : *images mentales*, alla de Ashby à Oda Sukumi.

Arnold Wellman s'éloigna à nouveau du tableau noir pour mieux saisir le schéma dans son ensemble. Prenant une craie de couleur différente, il entoura d'un large cercle les trois noms des victimes et, d'un seul trait, il les relia à un cercle entourant le nom de Sukumi près duquel il écrivit : *Tokyo*. Il s'arrêta un instant, le bras levé, puis compléta : *Tokyo Sukumi*, suivi d'un large point d'interrogation.

Parvenu à ce stade, Arnold Wellman jugea qu'il avait établi les principaux éléments de son équation. Il prit une chaise et s'installa en face du tableau, décidé à se laisser aller à cette faculté propre aux enfants et aux grands créateurs : la perception syncrétique. Son bout de craie entre les doigts, les yeux à demi fermés, il s'appliqua à effacer de son esprit toute trace de raisonnement logique jusqu'à parvenir à cet état de demi-conscience où la vision analytique s'estompe au profit d'une imprécise rêverie. Les minutes passèrent, tandis qu'au-dehors la tempête redoublait encore de violence. Arnold Wellman oublia son tableau noir, il se laissa emporter par la fureur tourbillonnante de la tempête, il survola le parc et ses arbres agités par le vent, il survola l'océan et son écume, perçut le choc cinglant des lames contre les récifs de Gay

Head, il s'endormit peut-être, rêva probablement, mais resta droit sur sa chaise, sans bouger.

Lorsqu'il reprit conscience et qu'à nouveau le schéma s'imposa à son esprit, il était presque cinq heures du matin. Il se leva alors et traça sans hésiter ses conclusions sur le tableau noir : *Ashby, victime potentielle*. Il souligna et ajouta à la suite : *Carlson doit le protéger jusqu'à nouvel ordre*.

En-dessous, il aligna trois questions : *Qui est Sukumi ? Pourquoi filme-t-il les cerveaux ? Pourquoi Ashby l'a-t-il choisi pour successeur ?*

1. — *Il faut mettre Pevsner sur l'affaire, il est le seul à pouvoir enquêter à fond et à conclure si nécessaire.*

2. — *Convoquer Ashby et l'interroger.*

Son bras resta un moment en arrêt, dans un geste d'hésitation, avant d'écrire en dessous :

3. — *Jessy Flanagan.*

Il hésita encore, entoura le nom d'un cercle, comme pour gagner du temps, puis il traça, très vite : *elle doit aller voir Sukumi comme prévu. Ne la prévenir de rien, elle peut jouer le rôle d'appât.*

Au moment de reposer le morceau de craie, il se reprit une dernière fois, écrivant : *Important, Carlson doit absolument récupérer le cahier de Hans Buschmeyer*. Il souligna cette dernière phrase en appuyant si fort sur le tableau que la craie se brisa, lui échappa des doigts, et alla rouler sur le parquet.

Ce n'est qu'à ce moment-là que le vieux physicien se permit un temps de repos. Mais cette nuit-là, Arnold Wellman n'eut pas la force de se déplacer jusqu'à sa chambre, il se laissa tomber sur le divan qui occupait un angle de son bureau. Il s'endormit presque aussitôt.

19

Victor Pevsner reçut le préavis d'appel dès son retour à Paris, le samedi en fin de journée. Arnold Wellman cherchait à le contacter par le circuit interne de la Fondation. Lorsque le contact fut établi et que le visage du physicien apparut sur l'écran, Victor Pevsner remarqua l'expression d'inhabituelle gravité de son correspondant. Les deux hommes ne s'étaient pas vus depuis plus d'un an. Leur conversation fut des plus concises.

« Pevsner, commença Arnold Wellman, je souhaiterais que vous fassiez un aller et retour de l'autre côté pour une enquête sur les chapeaux de roue.

— De quoi s'agit-il ? répondit Victor Pevsner sans s'émouvoir.

— Une attaque en règle contre certains cerveaux, je n'ai pas encore de certitude mais je crains le pire. Il n'y a que vous qui puissiez agir rapidement.

— Que voulez-vous dire ? s'inquiéta Pevsner. Nous sommes dans le rouge ?

— Disons que c'est une possibilité, il faut la vérifier. Je vous résume la situation : le 18 juin dernier, Hans Buschmeyer a exterminé toute sa famille à coups de chevrotine puis s'est suicidé. Trois jours plus tard, à New York, David Backmann, un neurochirurgien, a lui aussi été victime d'une crise du même genre, et la semaine dernière, un autre savant, Léonard Guinzberg, s'est suicidé à son tour dans des circonstances extrêmement troublantes. Vous avez certainement suivi tout ça dans la presse...

— Non, pas vraiment. Buschmeyer, oui, mais pas les deux autres. »

Wellman reprit :

« Trois cerveaux de haut niveau ont déraillé sans que l'on puisse expliquer comment. Ces trois affaires ne sont pas le fruit du hasard. J'ai besoin d'en savoir plus sur ce qui se passe là-bas.

— Que cherchez-vous exactement ?

— Les cerveaux, Pevsner. Je veux savoir où ils en sont dans leurs magouilles, toutes techniques confondues. Il nous faut tout envisager, y compris les solutions les plus extravagantes.

— Quelle est la constante de ces trois drames ? demanda Pevsner.

— Un savant, au passé irréprochable, succombe tout à coup à une crise de démence qui le pousse à tout détruire autour de lui et à se détruire lui-même. Il peut s'agir de manipulation à distance et, notez ceci, c'est très important : un petit dessin qui représente un cerveau transpercé d'une flèche.

— Vous vous intéressez aux techniques qui permettent d'intervenir au niveau du comportement, est-ce cela, professeur Wellman ?

— Exact, Pevsner.

— Un seul homme au monde peut répondre, professeur.

— Rojnov ?

— Exactement, Vladimir Rojnov. Si lui ne sait rien, personne ne sait.

— Il parlera ?

— Rojnov ? J'en fais mon affaire. C'est un rusé et

un bavard impénitent et il ne peut pas me refuser ce petit service. Donnant donnant. A ce niveau, ça fonctionne très bien. Je peux partir lundi. Je vous contacte dès mon retour.

— O.K., j'attends votre appel. Bonne chance. »

Victor Pevsner consacra les deux jours suivants à préparer son voyage éclair, et s'embarqua le lundi soir pour Leningrad. L'appel de Wellman ne l'avait pas surpris. Il avait parfaitement saisi le sens de sa démarche sans pour autant prendre tout à fait au sérieux le discours du physicien. Le vieux renard vieillissait. Depuis sa retraite dans son île, il devait s'ennuyer ferme. L'action lui manquait. Mais, bien que cette histoire de cerveaux déconnectés lui semblât peu convaincante, Victor Pevsner était ravi de retourner à Leningrad. Revenir sur les lieux où ses ancêtres avaient vécu et bâti un empire suscitait en lui une excitation empreinte de nostalgie. Son père lui avait souvent parlé de cette époque fabuleuse, où son grand-père, Isaac Pevsner, régnait sur le marché des peaux à Leningrad.

A l'angle de la rue Nicolaï Vidrine et de la perspective Nevski existait toujours l'hôtel particulier du XVIIe siècle qui abritait le Palais de la Fourrure. Dans ce lieu sacro-saint, quasi mythique, se retrouvaient les négociants du monde entier désireux d'acquérir les lots les plus précieux. Le grand-père Isaac était un roi parmi ces princes. Il y faisait la loi et tous le respectaient. D'un coup d'œil, sur un simple signe, il décidait d'une enchère, choisissant les meilleures peaux de martre ou de zibeline, que pas un négociant n'osait lui disputer.

Victor Pevsner avait assisté une seule fois aux ventes de printemps. Dans la grande salle où se trouvaient les tables d'exposition, il avait d'un signe de tête répondu à ceux qui, d'un regard intrigué ou complice, le saluaient au passage en sachant qu'il était le petit-fils du grand Isaac Pevsner. Peut-être ces hommes avaient-ils un instant imaginé qu'il revenait parmi eux prendre la place de son grand-père et de son père, mais il n'était qu'un touriste, un voyeur. Sans esquisser le moindre geste, sans lever le regard ces hommes avaient compris qu'il n'était pas venu comme un acheteur, mais comme un fantôme. Il avait assisté sans broncher à une première vente avant de s'éclipser discrètement. Il s'était arrêté dans le déambulatoire désert et avait été surpris de s'apercevoir dans l'immense glace qui couvrait le mur du sol au plafond. L'image de cet homme d'affaires cossu avait éveillé en lui un curieux sentiment d'absurdité, tant elle était à l'opposé de la réalité. Il s'était brusquement arraché à la contemplation de ce reflet, pour se jeter dans la lumière qui inondait la perspective Nevski et, au-delà, la ville elle-même, avec ses canaux, ses dômes, ses clochers et ses façades roses et vertes.

L'Iliouchine atterrit le mardi à sept heures et dix minutes, heure locale. Semion Preobrajenski, le très officiel directeur de l'Institut de parapsychologie avec lequel il entretenait les meilleurs rapports, l'attendait en personne, mais il n'était pas seul. Un jeune officier, sanglé dans un uniforme rutilant, l'accompagnait, qui lui fut présenté comme le colonel Vorodine de la sécurité d'État. Les trois hommes s'engouffrèrent dans une énorme Zim noire, et ils prirent aussitôt la route, contournant la ville par Malaïa, Bolchaïa, Poliostrovo et Rybatskaïa, en direction de Mourino.

Lorsque la voiture s'engagea sous le portail de l'hôpital d'État de Mourino et que les grilles se refermèrent derrière lui, Victor Pevsner oublia ses petites préoccupations personnelles pour se concentrer sur sa mission. Dans quelques minutes il se retrouverait en tête-à-tête avec Vladimir Rojnov. Ce n'était pas un hasard si Arnold Wellman et lui-même avaient pensé à lui. Vladimir Rojnov était le grand spécialiste de la manipulation psychologique. Les dissidents l'avaient surnommé le Laveur de cerveau. Titulaire de la chaire de psychothérapie à l'Académie des sciences médicales de l'U.R.S.S., le professeur Rojnov s'occupait depuis plus de trente ans de psychothérapie et d'hypnose. Après avoir fait ses preuves dans des cures de désintoxication par hypnose de drogués et d'alcooliques, il était devenu le spécialiste de la manipulation psychique au service du pouvoir. Il agissait en étroite collaboration avec les groupes de recherche parapsychologique du laboratoire secret d'Alma Alta, et il avait mis ses talents d'hypnotiseur au service du K.G.B. pour devenir le champion du retournement chez les dissidents particulièrement coriaces. Vladimir Rojnov se considérait comme un savant et un chercheur investi d'une mission qu'il résumait par une formulation toute scientifique. Il « dirigeait » les émotions du malade afin de l'aider à combattre les instincts pathogènes qui le mettaient en conflit avec la société.

Mais Vladimir Rojnov était bien plus que cela. Il était l'un des rares hommes de l'Union soviétique à rester pratiquement intouchable. De par ses fonctions, il savait beaucoup de choses. Il était l'homme des confidences et des dossiers occultes, l'accoucheur des consciences. Il détenait suffisamment de secrets pour faire vaciller le Politburo. En réalité, Rojnov ne pensait qu'à se protéger des imprévisibles fluctuations de la ligne politique officielle. Le reste ne l'intéressait pas. Il se savait à l'abri, ne craignait rien ni personne, et ne se gênait pas pour parler haut et fort quand il en avait envie.

Tel était l'homme qui l'attendait sur le perron, entouré de ses collaborateurs. Victor Pevsner le reconnut tout de suite : il ne l'avait rencontré qu'une fois, bien des années auparavant, mais Vladimir Rojnov était difficile à oublier. Plutôt grand, de forte corpulence, avec ses cheveux rares, d'un gris terne, plaqués en arrière qui accentuaient la lourde rotondité du visage. Le regard, quelque peu globuleux, brillait d'une implacable intensité. D'épaisses lunettes à monture d'écaille en amplifiaient le magnétisme. Les oreilles s'alourdissaient de lobes démesurés, les lèvres étaient celles d'un jouisseur, et le menton, gonflé comme un goitre, soulignait d'un trait définitif l'aspect bestial de la physionomie.

Vladimir Rojnov vint au-devant de lui pour l'accueillir avec une volubilité un peu trop appuyée. Il voulut absolument lui présenter ce qu'il appelait son équipe de recherche, avant de l'entraîner à l'intérieur du bâtiment. Tous les suivirent en rang d'oignons comme s'il se fût agi d'un ministre en visite officielle. Il dût se plier à l'usage. Un petit déjeuner à la russe avait été préparé à son intention.

« Cela vous rappellera le bon vieux temps, mon cher collègue », plaisanta le Laveur de cerveau du K.G.B.

Victor Pevsner se demanda ce que signifiait ce « cher collègue ». Rojnov faisait-il allusion à leur commune et pourtant si différente formation scientifique, ou bien voulait-il suggérer tout autre chose ? Savait-il qu'il était un Titulaire ? Certainement, se dit-il, mais ça n'avait aucune espèce d'importance. Il se servit de la soupe aux choux qu'on venait de lui présenter et mangea en échangeant les banalités d'usage en pareille circonstance. Il goûta aux œufs de caille, à la kacha, aux pirojki en buvant un thé âpre et noir tiré d'un samovar placé au centre du salon.

Une heure plus tard, les deux hommes s'isolèrent dans un bureau. Victor Pevsner ne se fit aucune illusion. Bien qu'ils fussent seuls et apparemment à l'abri des oreilles indiscrètes, pas un mot n'échapperait à la vigilante précision des microphones dissimulés dans la pièce. Cela faisait partie du jeu, tout comme le jeune colonel Vorodine et ses épaulettes dorées.

Vladimir Rojnov se montra d'entrée des plus coopératifs.

« Alors, mon cher Abramovitch, quel vent vous pousse jusqu'ici ? Bon ou mauvais ? Peu importe, je suis ravi que vous soyez venu me voir. Nos responsables politiques sont trop méfiants. Des hommes tels que nous devraient se rencontrer plus souvent pour échanger leurs idées. Mais nous respectons les consignes, trop, beaucoup trop. Permettez que je vous parle franchement : ils ont peur de nous et de notre pouvoir, c'est ça la vérité. »

Ses lèvres laissèrent échapper un rire sonore et quelque peu forcé. Son regard semblait transpercer Pevsner et lire dans ses pensées. Rojnov l'hypnotiseur !...

Victor Pevsner s'était fixé comme principe d'en dire le moins possible. D'autre part, sa connaissance de la langue russe lui permettait d'en saisir toutes les nuances. Il se sentait capable de manœuvrer pour éviter les pièges que ne manquerait pas de lui tendre l'homme du K.G.B. Comment l'ignorer ? Vladimir Rojnov était l'un des citoyens les mieux informés du régime. Pevsner décida de jouer cartes sur table au plus près de ses possibilités.

« Il s'agit d'une énigme, Vladimir, une énigme préoccupante et qui peut devenir un véritable danger. Pour nous comme pour vous. »

Rojnov rit à nouveau, comme si la réponse l'amusait.

« C'est pour ça que vous êtes venu me voir ? »

Il se calma soudain, devint grave.

« Abramovitch, je ne me moque pas de vous. Je vous remercie de votre démarche. C'est ce que j'appelle la confiance réciproque, un jour j'ai besoin d'un renseignement, le lendemain c'est votre tour. Je suis tout à fait favorable à ce genre d'échange. Nous devrions y recourir plus souvent. J'essaierai de vous aider. »

Au-delà du ton volontairement enjoué, Victor Pevsner enregistra la petite lueur de curiosité qui vibrait derrière les lunettes. Il ouvrit le dossier qu'il avait apporté avec lui et le tendit à Rojnov.

« Voilà un dossier de presse qui vous donnera une idée suffisamment précise de ce qui nous préoccupe, expliqua-t-il tandis que Rojnov feuilletait les pages. Nous avons été amenés à supposer que ces trois affaires sont liées. Si tel est le cas, nous devons agir vite. »

L'homme releva son regard dans sa direction, attentif, concentré.

« Je ne vois là que des faits divers comme il s'en produit tous les jours. La névrose et la folie sont monnaie courante chez les capitalistes ! »

Victor Pevsner ne se laissait pas abuser, Rojnov avait compris, mais il devait se plier aux règles du jeu.

« Il s'agit de trois savants, dont un Prix Nobel, cela suffit pour avoir envie d'y regarder d'un peu plus près, vous ne croyez pas ? »

Pevsner enchaîna :

« Trois hommes absolument irréprochables succombent brusquement à une crise de folie meurtrière sans que l'on puisse avancer la moindre explication. Vous connaissez certainement Hans Buschmeyer ; il avait quatre-vingt-trois ans.

— Oui, je sais, interrompit Vladimir Rojnov, je suis au courant, je connaissais Buschmeyer de réputation, mais qui sont les deux autres ?

— David Backmann était le neurochirurgien le plus titré des États-Unis. Pour le situer, sachez que c'est lui qui serait intervenu si notre Président avait eu un problème de neurochimie. Vous imaginez le choc ? Quant à Guinzberg, ce paléontologue d'origine russe, son suicide avec un rayon laser rappelle étrangement les deux autres cas. »

Victor Pevsner s'arrêta de parler, laissant le savant russe compulser les coupures de presse. Une minute s'écoula dans le plus grand silence avant que Rojnov ne lui rende le dossier.

« Bien, dit-il, supposons qu'il y ait là... comment dire ? une action concertée : quelles sont vos hypothèses ? Vous imaginez quel lien il peut y avoir entre ces trois affaires. »

Rojnov avait volontairement appuyé sur l'« imaginer », laissant la suite de la phrase en suspens, entre l'affirmation et l'interrogation.

« C'est ce que nous avons été amenés à envisager, nous en sommes à chercher le pourquoi et le comment.

— Le comment ! s'exclama Rojnov, vous voulez que je vous dise comment ces hommes sont devenus fous ! Et pourquoi ! Vous surestimez dangereusement mes capacités, je ne suis pas un devin, mon cher Abramovitch. »

Victor Pevsner décida qu'il lui fallait durcir le ton pour éviter de se laisser noyer par les digressions du Soviétique.

« Professeur Rojnov, je vais être franc avec vous. S'il s'agit d'une attaque en règle contre nos grands cerveaux, il n'y a que deux possibilités : ou vous êtes dans le coup, ou bien vous n'y êtes pas. Je ne suis pas venu ici avec des idées préconçues, mais pour essayer d'y voir un peu plus clair. Ce genre d'alerte pourrait tout aussi bien vous concerner. Je veux connaître les méthodes envisageables dans le domaine de la manipulation cérébrale.

— Continuez, dit Vladimir Rojnov.

— Ce raisonnement nous conduira à l'idée que ces hommes ont été frappés de l'extérieur par une technologie qui nous échappe. Faisons le point sur les possibilités techniques en ce domaine, en supposant qu'il s'agisse de manipulations à distance. »

Vladimir Rojnov laissa échapper un rire de gorge sonore.

« A distance, s'écria-t-il, vous abordez là un sujet qui dépasse totalement ma compétence, je veux bien que l'on fasse de moi le patron de la psychothérapie corrective, mais à distance ! c'est une vieille utopie réservée aux romans de science-fiction. Je suis disposé à vous parler des expériences qui se pratiquent ici, concernant la recherche pure ou dans le domaine de la parapsychologie. D'ailleurs, ces expériences sont connues et, confidence pour confidence, ce n'est pas très sérieux, pas très scientifique. »

Il s'interrompit, cherchant les mots pour bien se faire comprendre.

« A mon avis, chercher le comment est un leurre, mon cher Abramovitch. Je veux bien coopérer et je vais vous le prouver tout de suite. Inutile de perdre notre temps, je ne me fais aucune illusion sur l'image que l'on donne de moi chez les capitalistes. J'ai choisi mon camp et je me fous pas mal de tous ces freluquets d'intellectuels qui me traitent de laveur de cerveau. Je suis un savant, un chercheur et un citoyen soviétique. Je fais mon travail le mieux possible en parfait accord avec ma conscience. Et, puisque ce sont les méthodes qui vous intéressent, parlons-en. Je suis loin d'être le champion en matière de manipulation psychologique, il s'en passe des choses en ce domaine et dans le monde entier. Sous prétexte de progrès et de liberté, on manipule les individus comme du vulgaire bétail, on intervient sur la conscience ou la personnalité par des moyens autrement contestables que les miens. En ce qui me concerne, même s'il s'agit de manipulation ou de réinsertion, je travaille au niveau d'une relation humaine qui n'implique que des techniques douces comme la conversation, l'hypnose ou l'analyse. C'est tout. Au-delà, je ne veux pas savoir ce qui se passe. Et pour en revenir à une manipulation à distance, il peut y avoir des possibilités, mais ce n'est pas mon affaire.

— Mais, vous êtes peut-être familiarisé avec des techniques qui permettent d'intervenir sur le comportement d'un individu à n'importe quel moment ? »

Vladimir Rojnov prit un air désolé.

« Mon cher Pevsner, dit-il, on voit que vous n'êtes pas un spécialiste. Tout est envisageable aujourd'hui, on peut par exemple greffer sur un homme un imperceptible récepteur de fréquence et, dans certaines limites, influer sur son comportement. Mais c'est là quelque chose d'archaïque. Cela suppose une intervention de type chirurgical sur des sujets plus ou moins consentants. Pouvez-vous un seul instant imaginer que Hans Buschmeyer ou votre neurochirurgien de la Maison Blanche se soient prêtés à ce genre d'expérience ? C'est impensable.

— Il existe des technologies plus sophistiquées de type électronique ou biologique ? »

Vladimir Rojnov eut un geste agacé.

« Non, Pevsner, je crois que vous faites fausse route. Et si vous vous égarez ce n'est pas par hasard. Ce n'est pas le moment qui est important, il s'agit de tout autre chose. Notre entretien est parvenu à un point qui m'oblige à revenir sur des événements qui se sont déroulés ici. Ce que je vais vous révéler maintenant doit absolument rester entre nous. Il y a eu des cas ici, deux cas tout à fait semblables aux vôtres, mais nous avons préféré ne pas ébruiter ces deux affaires. Il y a deux mois Léonide Gramsky a volontairement incendié sa datcha dans la banlieue de Moscou. On a retrouvé son corps carbonisé, ainsi que ceux de sa femme et de sa sœur. Tous les trois avaient été tués d'une balle dans la tête. L'enquête a déterminé sans l'ombre d'un doute que c'est Gramsky qui avait tué les deux femmes avant de mettre le feu et de se suicider. Nous avons prétendu que sa mort était accidentelle. Léonide Gramsky avait jusque-là effectué un parcours sans faute, il avait soixante-dix-huit ans, c'est un remarquable neurophysicien, membre de l'Académie, lauréat du Prix Lénine. Il vivait retiré et menait une existence sans problème. Moins d'une semaine plus tard, Youri Kolontaï a lui aussi basculé dans la folie sans que nous puissions en expliquer les raisons. Vous l'avez peut-être rencontré, il était l'un de nos meilleurs ambassadeurs à l'étranger, un biogénéticien, toujours sur la brèche à l'O.N.U. ou à l'U.N.E.S.C.O. Un homme remarquable, énergique. Lors d'un séjour sur la mer Noire où il passait des vacances en famille, il est parti un matin à la pêche avec un jeune plongeur. Le soir, le bateau n'était pas revenu. On a aussitôt effectué des recherches et on les a retrouvés. Le gosse avait été étranglé et sodomisé, et Kolontaï s'était fait justice avec son fusil de pêche. La flèche lui avait traversé le crâne. »

Vladimir Rojnov marqua une pause, attendant les réactions de Victor Pevsner. Il reprit :

« Youri Kolontaï n'avait que cinquante-huit ans, une force de la nature, un vrai sportif. Rien dans sa vie passée ne peut laisser supposer qu'il ait eu des tendances homosexuelles, il était parfaitement équilibré, bon mari et bon père de famille ! Inexplicable ! Là aussi, nous avons choisi d'étouffer l'affaire. Officiellement, Kolontaï est mort d'un arrêt du cœur.

— L'enquête est close ?

— Pas du tout. La Sécurité n'a pas refermé le

dossier, mais personne n'est au courant de rien, pas même moi, mon cher Pevsner. Que dites-vous de ça ?

— La ressemblance est criante.

— Il est difficile de ne pas faire la relation. Si agresseur il y a, il ne tient aucun compte des positions idéologiques. Kolontaï était membre du Parti, Gramsky non, mais il était un citoyen au-dessus de tout soupçon ; quant à vos savants, je ne pense pas qu'ils aient été autre chose que de bons réactionnaires ! Qu'est-ce que vous en pensez, Abramovitch ? »

L'entretien venait de basculer sur un terrain difficile, et un malaise indéfinissable commença à gagner Pevsner. Quelque chose ne collait pas. Rojnov venait de déplacer un pion important, et il avait l'impression de se trouver engagé dans une partie d'échecs avec les yeux bandés. Il ne parvenait pas à saisir la faille. Il jugea le moment venu d'effectuer un subtil mouvement de repli. Il dit, pour gagner du temps :

« Dans tous les cas, il s'agit de scientifiques de très haut niveau. Ce n'est peut-être pas déterminant, mais il faut en tenir compte. »

Vladimir Rojnov eut un geste d'impatience, agrémenté d'un sourire ironique.

« Écoutez, Pevsner, ne commencez pas à me balader, j'essaie de vous aider, mais vous ne me dites pas tout. Je ne peux pas croire que vous soyez venu jusqu'ici sans avoir une idée derrière la tête. Je suis sûr que vous connaissez le lien qui relie ces différentes affaires. »

Victor Pevsner comprit brusquement. Ce n'est pas moi, se dit-il, c'est Wellman. Comment ai-je pu croire que ce vieux renard radotait, il sait pourquoi et... Avant qu'il ait trouvé une réponse, Rojnov le talonnait.

« Dites-moi pour qui vous travaillez, Pevsner. Nous y verrons un peu plus clair. »

La réaction de Victor Pevsner fut immédiate :
« Ça non, c'est impossible », dit-il.

Vladimir Rojnov fut tout à coup méconnaissable, son visage se déforma en une grimace de mépris rageur, et il donna un violent coup de poing sur la table qui les séparait.

« Vous m'avez eu, Pevsner, cria-t-il, vous m'avez embobiné pour me tirer les vers du nez, et maintenant que je me suis laissé aller aux confidences, vous vous défilez. C'est ça que vous appelez des échanges réciproques ! »

Pevsner pensa aux micros. Il était certain que Rojnov ne lui avait révélé que ce qu'il voulait bien. Il se voulut conciliant :

« Vous vous méprenez, professeur, je ne peux pas vous révéler mes sources, mais cela ne veut pas dire que je vous laisse tomber. Nous avons le même intérêt pour cette affaire. Je vous promets de vous tenir au courant, mais pas maintenant. Il me faut éclaircir un ou deux points déterminants.

— Ah ! s'écria Rojnov, le regard triomphant, vous êtes manipulé, c'est ça, vous êtes dans la merde ! »

Wellman, c'est Wellman qui détient la clef, pensa Pevsner, avant de répondre :

« Écoutez, Rojnov, à chacun ses problèmes, mais je vous en donne ma parole : je vous renverrai l'ascenseur. »

Vladimir Rojnov balaya l'air du bras :

« A d'autres, cria-t-il, votre parole vous pouvez vous la foutre où je pense, mais je vous revaudrai ça, Pevsner, vous pouvez me faire confiance. »

L'hypnotiseur s'était levé. Il sortit sans un mot. Dans l'instant qui suivit, Semion Preobrajenski et son colonel de la Sécurité apparurent dans l'encadrement de la porte. Le directeur de l'Institut de parapsychologie était tout sourire.

« Alors, Victor Abramovich, je vois que vous êtes

parvenu à lancer le camarade Rojnov sur son orbite. Bravo. Venez, je vous ramène à Leningrad, j'ai retenu une table chez Belgonoï, nous pourrons y déjeuner dans moins d'une heure. »

Quand la Zim franchit les grilles de l'hôpital, Victor Pevsner se sentit libéré d'un poids. Cette entrevue avec le Laveur de cerveau du K.G.B. avait été épuisante, mais il savait maintenant que le vieil Arnold Wellman l'avait grossièrement manipulé. Il ne lui restait qu'une chose à faire, remettre la pendule à l'heure, et le plus vite possible. L'image de Jessy Flanagan dans son peignoir de bain l'obséda. Il aurait aimé pouvoir la joindre, lui parler, mais Jessy était une Titulaire, il la savait insaisissable, quelque part entre Los Angeles, Paris et Tokyo.

20

ODA SUKUMI l'avait invitée à déjeuner. L'homme était venu l'accueillir à l'aéroport et se conduisait en parfait gentleman, mais au-delà de sa politesse et de ses sourires, ses sentiments restaient impénétrables.

Jessy Flanagan entretenait un préjugé favorable à l'égard des Japonais. Elle appréciait leur différence, et elle avait une certaine admiration pour leur culture, leur peinture, leur théâtre ou leur littérature. La dimension du Japon moderne, en revanche, lui échappait dans la mesure où elle singeait celle du monde occidental, le sien. Par sa formation, Jessy Flanagan avait une vision planétaire des hommes et de leurs activités. A ses yeux, le capitalisme, qu'il soit américain, européen ou japonais, n'était jamais que le capitalisme. C'était là un monde à part, uniforme et monolithique, vis-à-vis duquel elle se plaisait à garder certaines distances. Elle préférait s'associer à ceux qui participaient à ce qu'elle définissait comme le mouvement culturel contemporain. Cela englobait aussi bien les savants et les chercheurs que les artistes et les intellectuels. Tous ces hommes et toutes ces femmes, qui s'élevaient au-dessus de la conscience collective pour faire avancer les idées, formaient à son sens une confrérie en dehors des races et des frontières. Elle appréciait cette grande maison ouverte, tapissée d'intelligence et à l'intérieur de laquelle elle reconnaissait les siens. Oda Sukumi était un de ceux-là. Dès le premier instant, elle avait reconnu son espace intellectuel. Cette force familière l'avait conquise sans retenue.

Le déjeuner fut des plus raffinés et les propos échangés passionnants. Le menu, conforme au canon de l'art culinaire japonais, avait été composé par Oda. Il comprenait un délicieux *suki-yaki*, du *nambanzuke* et un *anmitsu* pour terminer.

Oda Sukumi lui parla du Japon et de son histoire. Jessy Flanagan l'écouta poliment, attendant le moment où elle pourrait mesurer la dimension véritable de cette intelligence.

« Que pensez-vous des Américains ? » lui demanda-t-elle au détour d'une phrase.

Oda Sukumi lui répondit d'une voix douce et persuasive :

« Ce sont des conquérants, et rien ne nous est plus accessible, à nous, Japonais, que l'esprit de conquête. L'histoire récente nous a appris le pacifisme, c'est dans ce nouvel espace que nous exprimons notre force.

— Mais, dit-elle, vous ne gardez aucune amertume de votre défaite ? »

Le regard du Japonais flotta un instant, estimant la portée de la question.

« Ce fut pour nous une grande leçon, lui répondit-il en souriant. Les Américains n'ont été que l'instrument de notre destin, ils se sont comportés en guerriers contre d'autres guerriers. Si nous avons perdu, c'est qu'il devait en être ainsi. Je suis moi-même un guerrier.

— Comment cela ? »

Oda Sukumi lui expliqua sa conception de la

recherche scientifique, la manière dont il avait organisé sa vie pour atteindre à la perfection.

« Mais, précisa-t-il, je n'ai pas la prétention d'y parvenir au sens où l'entendent les Occidentaux. La perfection n'est qu'une direction, et seul compte chaque pas qui me rapproche du but. Voilà ma philosophie de la conquête, mademoiselle Flanagan. »

Ils burent du saké tiède et parlèrent encore de cet univers commun qui les rapprochait par-delà leurs cultures et leurs origines. Ainsi, reconnut-il, ses travaux avaient fait de lui un homme presque célèbre dans certains milieux, ajoutant :

« Ils viennent me voir pour se faire photographier le cerveau, tout comme leurs parents ou leurs grands-parents allaient se faire tirer le portrait. Ils repartent avec leur bande vidéo sur laquelle se trouve fixée la trace d'échanges chimiques ou électriques, mais ils préfèrent imaginer que ces organes cérébraux sont la matérialisation de ce qu'ils considèrent comme la forme supérieure de l'évolution de leur pensée. Ils se trompent, mais je me garde bien de les décevoir, car si nous parvenons un jour à saisir et à maîtriser le processus de l'intelligence humaine, ces images nous apparaîtront comme une étape essentielle dans cette nouvelle conquête.

— Connaissez-vous mes travaux au Stanford Institute ? demanda Jessy Flanagan.

— En partie, mademoiselle, j'en connais le principe. C'est un autre sentier sur la même montagne, il peut paraître vain de vouloir capter et enfermer dans une mémoire artificielle le potentiel mnésique accumulé par un cerveau humain, par une technologie qui n'est qu'une accumulation de formules mathématiques et de micro-processeurs. Mais nous devons en accepter l'éventualité puisqu'elle se présente à nous dans une suite logique. Nous devons dialoguer avec ce nouvel outil, dont nous sommes à la fois les créateurs et les servants. Il est toutefois essentiel de rester maître du jeu, aussi loin qu'il puisse nous entraîner. A mon avis, l'intelligence artificielle n'est pas un but en soi, mais un simple relais, car l'homme se transforme en même temps que ses machines. Il évolue. Il doit rester celui qui décide. Son destin est d'être celui qui pense. Je n'ai aucune inquiétude de ce côté-là, contrairement aux Occidentaux qui s'interrogent sur les limites de leur pouvoir technologique. Chez vous, en même temps que de nouvelles générations d'ordinateurs, vous construisez votre propre mythologie. Pourtant, un physicien nucléaire ou un généticien n'a pas plus de pouvoir qu'un alchimiste du Moyen Age ou qu'un sorcier africain. Les forces qu'ils engendrent ne sont pas supérieures ni même différentes, mais ils s'imaginent que oui. Ce n'est pas notre façon d'envisager les choses, nous sommes beaucoup plus sereins.

— A propos de génétique, William Ashby vous a certainement dépeint un univers tout différent ? En recherche pure, j'entends.

— Sachant que j'ignore tout du domaine génétique, M. Ashby s'est abstenu de me parler de ses travaux, il n'est ici que pour interroger un modeste candidat retenu par votre honorable Fondation, tout comme vous mademoiselle Flanagan. Je comprends votre démarche et j'en accepte par avance les conséquences éventuelles... »

Jessy Flanagan eut un mouvement de surprise.

« Conséquences éventuelles ! s'exclama-t-elle. Quelles conséquences, monsieur Sukumi ? »

Elle cherchait à percer le regard de son interlocuteur, brusquement sur ses gardes à cause de ce petit bout de phrase qui pouvait signifier bien des choses. Oda Sukumi, très calme, lui souriait.

« Mais, l'argent, mademoiselle Flanagan, dit-il,

l'argent peut modifier bien des comportements, ne croyez-vous pas ? Je ne suis pas un homme préoccupé par la réussite personnelle, et j'apprécie à leur juste valeur les deux cadeaux qui me sont proposés, l'indépendance financière et l'honneur d'appartenir à cette grande famille des chercheurs reconnus. Le dollar ne m'effraie pas, mademoiselle, car je sais comment l'employer utilement.

— Je comprends, fit-elle, encore sous le choc de l'émotion incontrôlée qui s'était saisie d'elle l'espace d'un instant. Justement, parlez-moi de vos travaux, de vos recherches sur les images mentales.

— Je vous en parlerai dans mon laboratoire, mais permettez-moi de corriger l'erreur faite généralement à ce sujet. Vous me comprendrez, étant vous-même une spécialiste. Les images mentales que je réalise ne représentent que la partie visible de mon travail de recherche. En réalité, j'accumule les données sur les phénomènes de déplacement d'énergies au niveau du système nerveux central. C'est une recherche difficile, aléatoire et de longue haleine qui peut déboucher sur une meilleure connaissance de la mécanique cérébrale. Mais je dois me garder de toute interprétation abusive. Cela dit, je suis très fier de mes images, et d'être le seul au monde à les capter et à les fixer comme je le fais. J'espère que vous accepterez de vous laisser filmer. C'est un rituel auquel on ne peut échapper lorsque l'on vient me voir !

— Pourquoi pas ? répondit Jessy Flanagan en riant ; pourrai-je me comparer à d'autres grands cerveaux et lire la différence ? »

Le soir, dans sa chambre d'hôtel, Jessy Flanagan nota dans son carnet, à la rubrique *Candidat Sukumi* : « Pour une fois, William Ashby remonte dans mon estime. Il a débusqué un homme d'une classe exceptionnelle. Oda Sukumi est digne de siéger au conseil, bien plus que ne l'est Ashby lui-même ! Un instant, j'ai cru que le candidat connaissait le secret des Titulaires, mais apparemment l'Anglais n'a pas réussi à lui distiller ses idées subversives dans le cerveau. L'élève en viendra vite à supplanter le maître. »

Consultant sa montre-bracelet, Jessy Flanagan ajouta en bas de page la date et l'heure : « Mardi 10 juillet, 23 heures. »

21

T.E. Carlson ouvrit un œil. La pendulette du tableau de bord indiquait vingt et une heures quarante-sept. Il s'étira et se massa longuement l'épaule. Depuis qu'il était en attente, il n'avait pas voulu quitter son poste, et ses muscles commençaient à se fatiguer. Il était là depuis près de cinq heures. Il avait déplacé la voiture plusieurs fois le long de l'avenue sans jamais s'éloigner de plus d'une centaine de mètres. La résidence de William Ashby se trouvait au centre de ses déplacements.

Le récepteur était posé près de lui sur le siège passager. Avec ses deux voyants et le fil qui le reliait à l'antenne extérieure, la bretelle fonctionnait parfaitement, mais il n'avait jusque-là intercepté que des appels sans importance. Il redressa son dossier et replia ses jambes. Il sentit l'ankylose qui menaçait, et il se demanda s'il ne commençait pas à prendre un petit coup de vieux. Depuis trois nuits, il travaillait en solitaire. Le van Mercedes de Josty lui était apparu un peu trop voyant pour stationner pendant des heures dans cette banlieue résidentielle, et Josty avait été ravi de prendre quelques jours de vacances. Avant de s'en aller, il avait fignolé le dispositif d'écoute. Ils étaient convenus de prendre contact chaque jour, à midi.

T.E. Carlson appréciait cette solitude, elle lui laissait le loisir de réfléchir, de rêver à sa guise tout en surveillant William Ashby au plus près. La filature prenait des allures de routine. Ashby était apparemment un homme très occupé, surtout la nuit. Depuis son retour de Tokyo, il quittait discrètement sa résidence tous les soirs. Il errait pendant des heures dans les rues de Soho en quête d'une rencontre. Dès le premier soir de cette chasse nocturne, T.E. Carlson s'était souvenu d'une autre filature à laquelle il s'était lui-même obligé et qui l'avait amené au bord du précipice. C'était à San Francisco, deux ans auparavant. Il avait décidé de retrouver sa fille ; mais avant de la rencontrer et de lui parler, il avait voulu savoir quel genre de vie elle menait depuis leur séparation. Il répugnait à confier l'enquête à un étranger. Il lui avait filé le train lui-même. Quarante-huit heures avaient suffi pour faire le bilan. Tragique ! Patricia travaillait dans un restaurant macrobiotique où elle servait des *stuffed pumpkins* et des *apple crisps* à une faune de barbus et de chevelus en guenilles, et passait le reste de son temps à se faire sauter par ses clients. Sa fille était une nymphomane, une défoncée et une gauchiste qui s'adonnait au culte de Marcuse et de Wilhelm Reich. Il avait renoncé à en savoir plus. Elle était perdue pour lui. A jamais.

La cavale de William Ashby l'intriguait plus encore. Il avait du mal à comprendre comment un homme aussi cultivé pouvait se compromettre dans des endroits aussi minables. Mais ce n'était pas son problème et, nuit après nuit, il s'était appliqué à le suivre avec méthode sans trop se poser de questions. Pourtant, cette filature ne pouvait durer éternellement. Il lui fallait conclure. Arnold Wellman lui avait demandé de protéger Ashby. Depuis presque dix jours, à aucun moment il n'avait senti ou perçu la moindre menace peser sur le généticien.

Cette nuit il laisserait tomber Ashby. Il profiterait de son absence pour visiter son appartement dans l'espoir de mettre la main sur le petit cahier bleu.

Il était vingt-deux heures à la pendulette. T.E. Carlson s'étira. Il alluma la loupiote du tableau de bord et sortit un livre de sa poche. Il connaissait la couverture par cœur à force de l'avoir regardée. *Vegetarian's Paradise*, de Carmela Carlson. Sa fille avait pondu un livre, ça c'était le bouquet ! Il n'aurait jamais imaginé qu'elle fût capable d'écrire plus de trois lignes à la suite. Elle avait changé de prénom : Carmela Carlson. Et, qui plus était, un bouquin de cuisine ! Deux cent et quelques recettes pour les branchés du *vegetable*, des *corn and cheddar cheese chowders*, des *curried peaces in pineapple* et autres salmigondis *with artichoke purée* sans un gramme de viande. Le plus intéressant se trouvait dans l'introduction. Il en avait retenu une phrase qui l'aurait bien fait rigoler s'il ne s'était agi de sa fille : « L'acte de manger est un hymne à la vie, et il est absurde et criminel de vouloir supprimer la vie pour la célébrer. C'est pourquoi je ne mange pas de viande animale, car je ne vois pas la nécessité de tuer pour me nourrir. » Il y avait une photo au dos. Elle avait changé. Il ne l'aurait certainement pas reconnue s'il l'avait croisée dans la rue.

Un fin grésillement l'avertit d'un nouvel appel sur la ligne de l'appartement d'Ashby. Il remit le bouquin dans sa poche, tendit le bras et poussa légèrement le volume. Il y eut un décrochement, et un lointain bruit de fond lui fit penser qu'il s'agissait d'un appel longue distance.

« Allô ! monsieur Ashby », lança une voix trop indistincte pour qu'il ait une chance de l'identifier. Elle lui parut jeune cependant et comme voilée d'un accent indéfinissable.

« Allô ! j'écoute, répondit la voix de William Ashby, très présente.
— William Ashby ?
— Oui, c'est moi. »

Il n'y eut pas de réponse, mais une sorte de long sifflement retentit, s'amplifia désagréablement au point qu'il dut baisser le son. Cela dura quelques secondes, puis s'arrêta brusquement. Qu'est-ce que c'est que ce machin, se demanda Carlson en attendant la suite. Mais rien ne se passa. Un déclic, puis le « bip-bip » d'une conversation interrompue.

William Ashby se tenait debout près de son bureau, une main encore posée sur le combiné. Il resta un moment immobile, à l'écoute d'un bruit. Le sifflement persistait dans son crâne, le transperçait comme une aiguille. Il secoua la tête plusieurs fois pour essayer de s'en débarrasser, ressentit une sorte de faiblesse qui l'enveloppait, semblait le paralyser. Il dut se laisser tomber dans le fauteuil le plus proche. Il regarda autour de lui, pensa : quelque chose d'inexplicable vient de m'arriver. Il s'obligea à réfléchir. Il était bien chez lui, dans son appartement de Potters Lane. Il était bien William Ashby, sujet de Sa Majesté britannique, généticien et Titulaire de la Fondation pour les sciences humaines. Il avait bien décidé quelques minutes auparavant de passer une nuit excitante dans une boîte de Soho. La tenue ad hoc était déjà prête, parfaitement en ordre sur le lit, il ne lui restait qu'à s'habiller et à se perdre dans la nuit. Mais quelque chose ne collait plus avec ce programme, quelque chose d'imprévisible, d'indéfinissable, qui avait brusquement transformé sa vision du monde.

Il écouta à nouveau. Le silence était total, le sifflement avait disparu. Il se dressa, fit quelques pas à travers la pièce, irrité par son incapacité à saisir la nature de la force qui l'animait soudain. Puis la crise s'estompa. Il se dirigea vers le placard et, ouvrant une porte, il se saisit d'une canne finement ouvragée. Il la fit tourner par petits coups devant ses yeux. C'était un vieil objet de famille qui venait de son arrière-grand-père. D'un coup de pouce, il appuya sous le pommeau et tira. Une lame jaillit, longue et fine comme une aiguille. Acier suédois, pensa-t-il, inflexible et implacable. Il jugea que c'était là un excellent point de départ pour composer sa tenue de nuit. Il rengaina la lame, choisit un complet en alpaga gris anthracite orné de revers en satin, une chemise blanche à jabot et des boots noires aux semelles de caoutchouc. Lorsqu'il fut prêt, il apprécia son image dans le miroir qui occupait l'un des murs de l'antichambre. Il trouva l'ensemble parfait, compromis entre l'allure d'un marcheur élégant et celle d'un dandy libéré des préjugés. Cela lui plut énormément.

Il quitta son appartement après onze heures et s'engagea d'un pas décidé dans Potters, en direction de Borehamwood. Il ne remarqua pas l'homme qui l'observait à l'intérieur de la Hillman qui stationnait en face de chez lui, il était trop excité, trop sûr de lui et bien trop loin du monde qui l'entourait pour se rendre compte de quoi que ce soit. La foule l'attirait. Il s'engouffra en sautillant dans l'escalier de la station du métro. Excellente initiative, mais l'ai-je vraiment décidé ? se demanda-t-il soudain. Évidemment ! personne ne pouvait forcer sa volonté, absolument personne. Il se sentit libéré par cette évidence. Son besoin de promiscuité le poussa dans la voiture la plus animée. Il fut agacé de se sentir si remarqué au milieu de cette foule noctambule, et puis il oublia, descendit à Hampstead, prit la correspondance en direction de Mayfair où il décida brusquement de quitter le métro et de continuer à pied par Piccadilly et

Buckingham. Quand donc avait-il préparé son itinéraire ? Il ne s'en souvenait pas, mais cela n'avait aucune importance. Marcher avec sa canne l'amusait. Seule l'indifférence des gens qu'il croisait teintait son plaisir d'une ombre de tristesse. A Victoria, il prit le premier train pour Warlingham.

Lorsqu'il descendit, il était tout juste minuit et demi. Il n'eut pas besoin de se renseigner, il savait. Cinq cents mètres le séparaient du but, il les franchit du pas d'un promeneur paisible et solitaire. Arrivé devant la grille, il s'arrêta et contempla l'édifice. Seule une lumière restait allumée au deuxième étage, il la fixa un moment, lut sur la plaque de cuivre Royal Institute of Technology et, d'un geste nonchalant, il poussa le portail du bout de sa canne. Il ouvrit sans effort.

William Ashby traversa le parc du même pas pondéré, il s'arrêta à nouveau sur le perron, prenant le temps d'estimer la disposition des lieux. Il imagina l'escalier, le couloir, la porte, la poignée... Pourquoi ces choses-là sont-elles aussi simples ? songea-t-il. Il en était presque déçu. Il pénétra dans le hall, satisfait de la souplesse de ses boots, il gravit deux par deux les marches jusqu'au deuxième étage et s'engagea dans le couloir. Des veilleuses dispensaient une lueur bleutée. Il repéra le rai de lumière qui filtrait sous la porte. Il se sentait calme, déterminé et en possession de tous ses moyens. Il compta machinalement ses pas, et il s'arrêta devant la porte, la main posée sur la poignée. Jamais il n'avait été aussi maître de lui, aussi sûr de sa puissance. Je suis la justice suprême, pensa-t-il. Il ouvrit la porte.

L'homme lui tournait le dos. Il se tenait assis devant son bureau, absorbé par son travail.

« C'est vous, John ? » dit-il sans se retourner.

William Ashby referma la porte derrière lui et

s'avança. L'homme pivota brusquement sur son siège et lui fit face.

« Mais, s'étonna-t-il, qui êtes-vous ? Que faites-vous ici ?

— Professeur Goldwin ?

— Oui, que voulez-vous ? »

William Ashby eut un sourire.

« Je suis votre ange libérateur, professeur Goldwin, je suis ici pour vous libérer de vos tourments.

— Que signifie ? »

Le professeur voulut se lever, mais William Ashby le retint par l'épaule, enfonçant son pouce sous l'os de la clavicule. L'homme se plia en avant en gémissant.

« Ne vous inquiétez pas, professeur, tout cela va être d'une simplicité absolument désarmante, tournez-vous, je vous en prie, et reprenez votre travail. »

William Ashby accentua sa pression, obligeant l'homme à pivoter sur son fauteuil.

« Ne bougez surtout pas, lui souffla-t-il dans l'oreille, vous risqueriez de tout gâcher.

— Mais lâchez-moi, cria le professeur Goldwin, vous me faites mal. »

D'un geste vif, William Ashby balança sa canne en avant. Le fourreau de bois se détacha de la poignée et s'en alla percuter le mur, libérant la lame.

« Mais lâchez-moi à la fin, que voulez-vous ? » dit encore le professeur.

Ce furent ses dernières paroles. Un éclair métallique scintilla un instant au-dessus de lui et l'épée lui transperça le crâne d'une oreille à l'autre. L'homme s'écroula, la tête en avant, foudroyé.

William Ashby resta un long moment debout sans bouger. Ses mains ne tremblaient pas, il ressentait un étrange sentiment de dédoublement. Il remarqua à quel point le coup avait été parfait. Le coup du *ninja*. Pas une seule goutte de sang gaspillée.

Il pivota et se dirigea vers la porte. Il recompta ses pas jusqu'à l'escalier, descendit les marches, souple et silencieux. Dans le hall, il avisa la boîte d'alarme. Un instant à l'écoute, il resta le bras levé, prêt à frapper. Se ravisant, il prit son mouchoir et, s'enveloppant la main, il brisa la glace de protection d'un coup sec. Une sirène se mit à siffler.

William Ashby traversa alors le hall, poussa la porte, descendit les quelques marches et s'enfonça dans l'obscurité du parc sans se presser.

L'orage qui menaçait éclata soudain au moment où le taxi s'arrêtait face à sa demeure. Il fut surpris tout autant que le chauffeur. Les deux hommes restèrent bloqués dans la voiture, sous un déluge d'énormes grêlons qui semblaient vouloir tout anéantir. Incidemment, il regarda en direction de son appartement. A travers le mur de grêlons qui dévalaient du ciel, il aperçut une lueur qui se déplaçait derrière les rideaux. Quelqu'un était à l'intérieur.

« Quelle heure est-il ? demanda-t-il au chauffeur.

— Deux heures vingt-cinq, monsieur. »

Un violent éclair suivi d'un coup de tonnerre ponctua la réponse. Il ressentait un déplacement inhabituel dans sa perception du monde extérieur. Comme s'il y avait eu deux William Ashby en un seul. L'un, sûr de lui, implacable et qui revendiquait la force démoniaque qui l'habitait ; l'autre, plus lointain, qui en déplorait vaguement le cours irrémédiable. Entre les deux, la lutte était inégale. Ce n'était d'ailleurs pas une lutte, mais plutôt un jeu excitant au terme duquel il se trouvait plus grand encore, assuré d'une puissance sans limite.

Les yeux mi-clos, il revit ce sublime instant où la lame s'était enfoncée dans l'oreille du professeur Goldwin. Il n'avait pas le souvenir d'avoir produit le moindre effort, la lame s'était naturellement frayée son chemin, perforant l'os du crâne, puis le cervelet, avant d'émerger de l'autre côté, à peine teintée d'une délicate couleur rosée.

Un délicieux frisson le parcourut de la tête aux pieds. Mais, songea-t-il encore, il y avait tout de même quelque chose d'étrange. Par quel obscur cheminement en était-il arrivé là ? Il ne connaissait pas le professeur Goldwin, il n'avait jamais entendu parler de ses travaux, il ignorait jusqu'à son nom, et il avait du mal à imaginer que cet homme soit tout à coup devenu l'une des pièces maîtresses de son accomplissement. Il négligea ce mystérieux trou noir et préféra se dire que c'était l'affirmation de son intuition, une intuition supérieure qui l'avait guidé jusque-là. Il ne pouvait pas s'être trompé à ce point. La mort du professeur était la première étape. La seconde allait venir d'ici quelques minutes. Cette petite lumière vacillante qui se déplaçait derrière les rideaux l'annonçait sans l'ombre d'un doute.

L'orage se calma enfin. Une pluie fine et serrée chassa la grêle. William Ashby se décida à sortir du taxi et à traverser la chaussée jusqu'au porche d'entrée. Il n'avait pas à réfléchir. Il était bien au-delà de toute réflexion. Il grimpa jusqu'à l'étage, fit jouer la serrure et pénétra dans le vestibule sans prendre la plus élémentaire précaution. Il s'abstint cependant d'allumer la lumière.

Dans le couloir, il repéra la petite lueur de la torche électrique dont les reflets s'échappaient par la porte entrouverte. Le visiteur s'activait en silence dans le bureau. William Ashby se déplaça dans la pénombre, silhouette à peine discernable qui semblait glisser sans effort. Dans sa chambre, il ouvrit le tiroir d'un secrétaire d'où il retira un revolver. Un Colt 38, un Détective spécial à canon court et à la crosse ornée de plaquettes en ivoire. Il en vérifia le chargement, l'arma et, revenant sur ses pas, il se dirigea sans hésiter vers la porte du bureau. Il se tint un instant sur le seuil, observant la silhouette de l'homme absorbé dans la fouille méthodique de la bibliothèque. Il se rendit compte du côté quelque peu théâtral de la situation et il fut ravi d'être le personnage inattendu qui allait brusquement donner un intérêt nouveau à la scène. L'idée le fit sourire. Il se décida enfin, fit jouer l'interrupteur et s'avança dans la lumière, l'arme pointée en avant.

« Qui que vous soyez, croyez que je suis extrêmement sensible à l'attention que vous me portez, cher monsieur... »

L'homme s'était retourné d'un bloc. Il était grand, massif, d'un certain âge déjà. Il était vêtu d'un long imperméable sombre et d'un chapeau mou qui le faisait ressembler à quelque détective de roman policier. Seule la canne apportait à l'ensemble une touche inattendue, et Ashby apprécia le raffinement du scénario qui voulait qu'une deuxième canne fasse son apparition au cours de cette nuit divine. Il estima qu'elle devait jouer un rôle essentiel dans les minutes qui allaient suivre. Le visage de l'homme restait hermétique, impénétrable. Son regard n'exprimait rien de plus qu'une implacable détermination. Un homme sûr de lui et qui n'avait plus grand-chose à perdre.

« Désolé, Ashby, fit enfin T.E. Carlson, je ne pensais pas que vous reviendriez si tôt. »

William Ashby eut un petit geste désinvolte avec son revolver.

« Seriez-vous par hasard un de ces gentlemen cambrioleurs susceptibles de décliner son identité ? J'ai toujours eu envie d'en rencontrer un. Vous ne pouvez pas savoir à quel point cela me ferait plaisir.

— Pas exactement, je suis du genre plutôt discret, répliqua T.E. Carlson sans quitter du regard l'arme pointée dans sa direction. Vous devriez laisser ce revolver de côté. Je n'ai pas l'intention de vous agresser. »

William Ashby laissa échapper un rire léger. Il dit :

« Je suis sûr que vous n'avez encore rien trouvé, mais ça n'a aucune importance, plus rien n'a d'importance, n'est-ce pas ? Je me demande seulement pour qui vous prenez de tels risques, simple curiosité d'esthète, rien de plus. »

Il rit à nouveau, sans se soucier de la réponse. T.E. Carlson cherchait à comprendre ce qui était bizarre dans le comportement de l'homme qui se tenait en face de lui. Il ne l'avait jamais rencontré, il n'avait jamais parlé avec lui, mais il avait le sentiment que William Ashby n'était pas dans son état normal.

« Goldwin s'est endormi cette nuit », lança Ashby tout à trac.

Il déraille complètement, pensa Carlson, mais il ne peut pas me descendre ici, il ne peut pas se payer le luxe d'un cadavre.

Carlson amorça très prudemment un mouvement tournant pour se dégager. La pièce avait une forme semi-sphérique, et les murs, à l'exception de celui où se trouvait la porte, étaient entièrement tapissés de livres. Seule une table les séparait.

William Ashby agita le Colt.

« Je n'ai pas envie que vous partiez, dit-il, j'ai envie que vous restiez là. Vous ne pouvez pas savoir à quel point je me sens seul, nous pourrions passer à côté et bavarder. Vous êtes le genre d'homme qui ne résiste pas si on lui offre un verre d'excellent whisky. »

T.E. Carlson ne voulut pas répondre, il ne pensait qu'à s'en aller, progressant lentement sans quitter le Colt du regard, la canne prête à frapper. C'était une arme redoutable dont il avait appris à se servir. Il chercha à faire diversion, dit :

« Désolé, Ashby, je vous laisse à votre solitude, ma journée n'est pas encore terminée. »

L'œil d'Ashby se fit plus dur.

« Mais il n'en est pas question. Cette nuit m'appartient. C'est moi qui décide. Le professeur Goldwin était un homme remarquable, mais je peux vous assurer qu'il n'a pas souffert, merveilleux ce coup du *ninja*, il n'a pas eu le temps de se rendre compte de ce qui lui arrivait. »

T.E. Carlson n'essayait plus de comprendre, Ashby délirait. Il ne lui restait que deux à trois mètres pour atteindre la porte. C'était le moment le plus dangereux. Il devait se décider à lui tourner le dos. Il chercha à se rassurer une fois encore, voulut se persuader que le Titulaire William Ashby, aussi délirant fût-il, ne pouvait pas s'abaisser à salir sa belle moquette avec une flaque de sang frais.

William Ashby continuait à parler et à le suivre.

« Je sais que vous êtes un professionnel. Américain, vous êtes américain et vous ne doutez de rien, mais je vais vous tuer, je suis un tueur, un vrai tueur, monsieur l'Américain. »

Il se tut enfin. Machinalement T.E. Carlson compta les secondes. Maintenant il ne le voyait plus, mais il le sentait derrière lui, imaginait son doigt qui se crispait sur la détente du Colt. Il se força à ne pas accélérer son mouvement. Non, il ne voulait pas se faire descendre, pas là, pas comme ça, pas dans le dos.

La voix d'Ashby le glaça, impérative :

« Arrêtez, sinon je tire. Je vais tirer. »

Carlson serra les dents. Il se souvint de cet instant où une rafale l'avait couché sur le trottoir en pleine course, il ressentit les morsures brûlantes qui lui avaient déchiré le corps, et il souhaita en finir tout de suite : « Qu'il tire, nom de Dieu, et qu'il ne me rate surtout pas. »

Le coup partit tout à coup. L'instinct le fit sauter de côté. Il heurta violemment le chambranle de la porte et perdit l'équilibre, réalisant en même temps qu'il n'était pas touché. Le second coup allait venir, il se retourna d'un mouvement de rein, la canne en avant. Mais c'était inutile : William Ashby gisait sur le tapis, foudroyé par la balle qu'il venait de se loger au milieu du front.

T.E. Carlson photographia la scène. Le corps projeté en arrière s'étalait sur le dos. Les yeux semblaient le fixer encore, et la main, bien qu'ouverte et comme abandonnée, restait accrochée au Colt 38. Il n'eut guère le temps d'en voir plus, il lui fallait filer en vitesse. Ce n'est que bien plus tard, sur la route de Londres qu'il comprit. Il venait d'assister en direct au suicide fou de la onzième victime de cette macabre série. L'hécatombe continuait tout comme l'avait prévu Arnold Wellman. Du coup, il fit de nouveau confiance au vieux physicien et il se jura de faire tout son possible pour l'aider à mettre un terme à cette tuerie. Lorsque le contact fut établi, moins d'une heure plus tard, il ne fallut que peu de phrases pour que les deux hommes se comprennent. Arnold Wellman lui ordonna d'éliminer le Japonais Oda Sukumi, radicalement, définitivement. C'était lui le maître du jeu. Le démon.

T.E. Carlson accepta la sentence sans se poser de question, convaincu que Arnold Wellman ne pouvait pas se tromper.

22

Fait imprévisible, Arnold Wellman quittait son repaire d'Indian Hill pour la seconde fois en moins d'une semaine. Plutôt que de recevoir Pevsner chez lui, le physicien avait préféré se déplacer. Les deux hommes étaient convenus de se retrouver en terrain neutre, en l'occurrence dans la vieille ville de Providence, chère à Lovecraft.

Le jeudi matin très tôt, Dan Morris prit le volant de la grosse Chrysler et les deux hommes embarquèrent à Vineyard sur le bac de sept heures, en direction de New Bedford. La journée s'annonçait magnifique ; Arnold Wellman s'installa sur le pont supérieur pour assister au départ et contempler la foule des estivants qui montaient à bord. Ils débarquèrent une heure plus tard et prirent la route de Providence, où ils arrivèrent un peu après neuf heures.

Victor Pevsner les attendait à l'endroit convenu : un milk-bar situé en face de l'énorme gare déserte. Dan Morris alla le chercher, l'invitant à rejoindre Wellman dans la voiture. L'entretien se déroula dans le confort climatisé de la Chrysler, entre Providence, Worcester et Boston, derrière la vitre fumée qui les séparait de Dan Morris.

Les deux hommes se saluèrent à peine, Arnold Wellman entra tout de suite dans le vif du sujet.

« Alors, dit-il. Avez-vous réussi à faire parler Rojnov ? »

Victor Pevsner prit le temps d'allumer une cigarette et d'en aspirer les premières bouffées, laissant défiler le paysage urbain devant son œil absent. Wellman respecta son silence, lui aussi éprouvait le besoin de réfléchir. Depuis la mort de William Ashby il ne doutait plus de la culpabilité du Japonais, et il pouvait considérer l'affaire comme terminée. Il se souciait peu de savoir pourquoi Oda Sukumi avait tissé cette abracadabrante toile d'araignée, avoir chargé Carlson de le liquider suffisait à le rassurer. Il lui fallait maintenant tourner la page et effacer ce voyage à Leningrad. C'était la seule erreur qu'il avait commise.

« Ashby... », dit tout à coup Victor Pevsner.

La voix était calme mais glaciale. Pevsner le dévisageait, guettant sa réaction.

« C'est regrettable, répondit Arnold Wellman, cela faisait pas mal de temps qu'il donnait des signes manifestes de déséquilibre.

— Ce n'est pas ce que je voulais dire, répliqua Victor Pevsner, il a succombé comme les autres à la même machination. Ce n'est pas vous qui allez me contredire. »

Arnold Wellman réfléchit un instant. Il n'aimait pas du tout l'orientation que prenait la conversation, mais il préféra composer.

« C'est possible, dit-il, mais ce n'est pas certain, j'ai de bonnes raisons de penser qu'Ashby filait un mauvais coton...

— De bonnes raisons ! répondit Victor Pevsner non sans ironie, je veux bien croire que vous avez toutes les bonnes raisons du monde avec vous, mais j'aimerais les connaître !

— Écoutez, Pevsner, il y aura une enquête et

nous attendrons pour conclure. Pour l'instant rien ne permet d'affirmer qu'Ashby fait partie de la même charrette. C'est une possibilité, rien de plus. »

Victor Pevsner eut un sourire dubitatif.

« Admettons », dit-il. Il tira sur sa cigarette et reprit d'une voix sèche : « Vous tenez vraiment à savoir ce qui s'est passé avec Rojnov ? »

Wellman n'apprécia pas du tout le ton. Il savait à quel point Victor Pevsner pouvait se montrer coriace et peu diplomate.

« Évidemment ! Pourquoi vous aurais-je demandé d'aller là-bas ? »

Victor Pevsner chercha ses mots.

« Pourquoi croyez-vous que j'ai tant insisté pour venir jusqu'ici ? Certainement pas pour vous ramener deux ou trois petites bricoles que m'aurait confiées Rojnov. Je suis venu pour apprendre ce qui se trame derrière cette magouille de cerveaux. Je ne vous lâcherai pas tant que vous n'aurez pas craché le morceau.

— Doucement, Pevsner. Rien ne vous autorise à me parler comme ça, qu'est-ce qui vous fait croire que je vous ai caché quelque chose ? Vous vous êtes fait mordre là-bas, ou quoi ?

— Je me suis fait moucher ! Rojnov m'a remis à ma place et il a eu tout à fait raison. Il a fallu que je lui tire les vers du nez pour m'apercevoir que je m'étais engagé un peu à la légère, et ça, Wellman, vous le saviez.

— Que me chantez-vous là ? répliqua Arnold Wellman avec vivacité. Je vous ai seulement demandé de savoir où ils en étaient, rien de plus. C'est tout ce qui m'intéresse.

— Eh bien, je crois que vous allez être servi. Rojnov m'a fait un certain nombre de révélations. Il avait de bonnes raisons pour cela. Mais au milieu de notre conversation, il s'est soudain interrompu pour me demander pourquoi je m'intéressais à cette affaire de savants fous. Il a marqué un point, car je n'avais rien à lui répondre, sinon que c'était vous qui vous intéressiez à cette histoire. Et ça, je ne pouvais pas le lui dire. Il me fournissait une information et je ne pouvais pas lui donner de contrepartie ! J'ai dû faire machine arrière, raconter n'importe quoi pour sauver la face, mais il ne s'est pas laissé abuser. Il m'a proprement sorti. A sa place, j'aurais réagi de la même façon. »

Victor Pevsner se tut. Il se détourna, laissa son regard suivre les lignes du paysage sans les voir. La voix de Wellman se fit plus agressive.

« Ne tournons pas autour du pot, Pevsner. En dehors de vos états d'âme, que s'est-il passé ? Que vous a-t-il raconté ? »

Ils venaient de croiser un caravaning-car. Des gosses jouaient sur un terrain de base-ball. Pevsner s'abandonna à la contemplation.

« Rojnov m'a révélé ceci : ils ont eu des cas tout à fait semblables aux vôtres, Wellman. Au moins deux. Il me les a décrits en détail. Il n'y manque pas une virgule. »

Le physicien ne put masquer son soudain intérêt. Il eut un geste, comme pour lui saisir le bras.

« Racontez-moi ça », s'exclama-t-il.

Pevsner avait touché juste. Le vieux renard avait mordu à l'hameçon et il pouvait l'amener où il voulait.

« Attendez, dit-il, avant d'entrer dans les détails, je voudrais que vous sachiez que tout est lié. Mes états d'âme, comme vous dites, font partie du système et vous n'avez aucune chance d'y échapper. »

Arnold Wellman le regardait intensément, cherchant à comprendre. Pevsner s'accorda un instant pour savourer ce qu'il estima un commencement de désarroi.

« Ne vous creusez pas les méninges, Wellman. Dès que je vous aurai dit le nom de ces deux hommes vous saurez exactement où nous en sommes vous et moi. »

Arnold Wellman se rencogna, prêt à recevoir le coup.

« Allez-y, crachez votre morceau, Pevsner ! Vous êtes un sacré fouteur de merde, j'aurais dû m'en souvenir avant de vous envoyer là-bas. »

Victor Pevsner choisit de prolonger le suspense. Il s'étira, sortit de sa poche un carnet minuscule qu'il feuilleta avant de trouver la bonne page.

« Ah ! voilà, fit-il en mesurant son effet, Léonide Gramsky et Youri Kolontaï, ça vous dit quelque chose, professeur Wellman ? »

Dan Morris venait de rétrograder. Ils roulaient lentement pour traverser une agglomération. C'était Slatersville, certainement. Arnold Wellman se tenait immobile, l'œil fixe regardant droit devant lui.

« O.K. Wellman, je crois que le moment est venu de vous mettre un peu à la place des autres, et plus particulièrement à la mienne. Vous m'avez balancé sur un coup sans réfléchir suffisamment. Au départ, je suis parti là-bas sans vraiment y croire. Je n'y croyais même pas du tout. Cette histoire de cerveau ne me paraissait pas très sérieuse. Lorsque je n'ai rien trouvé à répondre à Rojnov, j'ai compris que ce n'était pas le comment mais le pourquoi qui était important. J'étais d'accord pour être utilisé par ce que vous connaissiez déjà le pourquoi, en partie tout au moins. Ça, c'est le premier étage de la fusée, j'étais furieux et décidé à vous demander des explications. Là-dessus, en arrivant à Paris, je tombe sur Ashby et sa petite mise en scène. Pas besoin d'être un Titulaire pour établir la relation ! Comment ne pas relier la mort d'Ashby à celle de Hans Buschmeyer ? Et comment ne pas relier

Ashby et Buschmeyer au professeur Wellman ? Le triangle était tracé, inévitable, il ne m'a pas fallu beaucoup de temps pour compléter le schéma... »

Maintenant, Victor Pevsner ne voyait que le dos de Dan Morris qui s'appliquait à conduire la Chrysler. Il se demanda si le secrétaire écoutait leur conversation. Arnold Wellman se taisait, le visage en profil perdu à demi tourné vers l'extérieur, il attendait la suite.

« ... Il était d'une simplicité enfantine. D'un seul coup, le triangle s'est élargi. Je vous ai vu comme un point au centre d'une cible, et j'ai eu envie de vérifier. Quoi de plus simple pour des gens comme nous ? Deux heures ont suffi pour que j'obtienne noir sur blanc la confirmation de ce dont j'étais déjà sûr : vous étiez la pièce maîtresse de l'édifice, tout devenait clair... »

Victor Pevsner s'interrompit à nouveau, comme pour estimer la portée de son discours. Arnold Wellman ne fit pas un geste. Il semblait pétrifié, prêt à tout accepter.

« Buschmeyer, vous le connaissiez de longue date ; ce n'était un secret pour personne. Ashby : il était votre successeur. C'est après que la chose est devenue bougrement passionnante, lorsque je me suis mis à chercher autour de David Backmann et de Léonard Guinzberg ! Vous les connaissiez tous les deux, et pas qu'un peu !... »

Il reprit son petit carnet pour en tourner les pages.

« Notre ordinateur central se souvient de tout. Il y a sept ans, très exactement le 7 mars 1976, vous avez été admis à l'hôpital central de New York pour y subir une intervention chirurgicale ; une tumeur, bénigne mais profonde, vous dévorait le cerveau. Seule chance d'échapper à une mort certaine, l'ablation. Mais l'opération était plus que délicate. Une chance sur deux de réussir. Qui vous a opéré ?

David Backmann. On peut dire qu'il vous a sauvé la vie... »

La voix de Dan Morris dans l'interphone les surprit tous les deux. La Chrysler contournait les faubourgs de Worcester :

« Qu'est-ce qu'on fait, professeur, on s'arrête ici, ou on continue sur Boston ? »

Arnold Wellman pressa sur un bouton :

« Boston », dit-il avant de reprendre sa position. Il ajouta à l'intention de Pevsner : « Allez-y, continuez.

— ... Pour Guinzberg, il m'a fallu un peu plus de temps ; vous l'avez rencontré pour la première fois en 1957, et c'est vous-même qui l'avez mis en mémoire. En 1973, vous vous êtes servi de lui dans une opération ponctuelle. Il parlait russe, il était de gauche et il vous a permis de réussir un coup difficile. Quant à Gramsky, c'est une vieille histoire. Il a été votre assistant à Berlin de 1929 à 1933. Vous avez connu sa sœur et vous avez failli vous marier avec elle, c'est votre départ précipité d'Allemagne qui a mis un terme à cette idylle. Là aussi, la relation est évidente.

— O.K., Pevsner, concéda Wellman d'une voix lasse, vous avez mis en plein dans le mille, vous en êtes au même point que moi, mais qu'est-ce que ça change ?

— Attendez, le cas de Gramsky est plus intéressant encore. Il vous a contacté il y a pas mal d'années de ça pour un éventuel passage à l'Ouest. L'affaire ne s'est pas faite pour des raisons familiales, mais depuis, Gramsky est resté l'un de vos plus fidèles correspondants de l'autre côté du rideau de fer et vous étiez son débiteur. C'est exact ?

— Oui. Que lui est-il arrivé ? Autant que je sache, il est mort d'un infarctus.

— Officiellement, oui. En réalité, il a été victime d'une crise tout à fait semblable à celles de Buschmeyer et de Backmann, une histoire assez sordide d'homosexualité avec un jeune pêcheur. Pour finir, il s'est tiré une flèche dans la tête avec un fusil sous-marin. »

Il y eut un silence. Le regard de Wellman se perdait quelque part vers les collines.

« Et Kolontaï, comment a-t-il fini, lui ?

— Le feu. Il a mis le feu à sa datcha avant de se tirer une balle dans la tête, sa femme et sa sœur étaient du voyage. Il y en a peut-être eu d'autres, mais les Soviétiques ont l'art et la manière de camoufler ce genre d'accident, au point que Rojnov lui-même n'en sait rien...

— Pourquoi Rojnov vous a révélé tout ça ? Qu'attendait-il en échange ?

— Il attendait que je complète ses informations ; malheureusement, je n'avais rien à lui donner. Alors, il m'a jeté comme un malpropre. »

Arnold Wellman estima les dégâts. Il lui fallait limiter la casse, calmer Victor Pevsner, éviter au moins qu'il ne fasse des vagues.

« Croyez-moi, Pevsner, dit-il, lorsque je vous ai demandé d'aller voir Rojnov, je n'étais sûr de rien sinon que j'étais au centre du dispositif. A cause de Buschmeyer, de Buckmann et de Guinzberg. La mort d'Ashby n'a fait que confirmer mes doutes, mais je ne suis pas plus avancé. Tout ce qui m'importait alors c'était de mettre un terme à cette hécatombe. Maintenant, je sais que c'est terminé. Il ne reste qu'à oublier. »

Victor Pevsner sursauta :

« Vous prétendez que le problème est réglé ?

— Exactement, Pevsner. C'est une affaire classée. »

Arnold Wellman avait retrouvé toute son assurance, il s'exprimait avec l'énergique pugnacité qui lui était familière.

« La mort d'Ashby m'en a apporté la preuve : un

homme détruisait les cerveaux autour de moi. Il fallait l'arrêter. Un fou furieux, on le neutralise d'abord. Après, on cherche à comprendre. »

La voix du physicien resta en suspens, indécise, lointaine, lourde d'un message informulé ou informulable. Victor Pevsner discernait une vague piste mais il hésitait à accepter cette direction. Il craignit tout à coup que les choses aillent trop vite. Il voulut gagner du temps.

« Pourquoi Ashby ? demanda-t-il. En quoi sa mort a-t-elle été déterminante ?

— Je le faisais surveiller. Depuis le début, j'avais mis un homme à moi sur cette affaire. A cause de Buschmeyer. Je n'ai jamais accepté l'idée qu'il ait pu massacrer sa famille uniquement parce qu'il était devenu fou. J'ai voulu en savoir plus. A travers Backmann et Guinzberg, quelqu'un cherchait à m'atteindre. J'ai voulu savoir qui. Et j'y suis arrivé. Ashby se trouvait désigné comme la prochaine victime et j'ai tout fait pour empêcher ça. »

Victor Pevsner ne pouvait plus éluder la question qui lui faisait peur.

« Qui ? dit-il.

— J'ai commencé à le comprendre à travers cette histoire de succession. Depuis le premier jour, on était dans une série noire : cerveaux éclatés, transpercés, lacérés. Lorsque Ashby est revenu de Tokyo avec le film de ses images mentales sous le bras, j'ai ressenti mon premier malaise. L'ombre d'un soupçon... et si tous ces gens étaient passés par là ? J'ai vérifié, tout collait parfaitement...

— Ce serait ce Japonais...

— Exactement, Pevsner, nous pensions que Ashby avait enfin trouvé son successeur, alors qu'en réalité il était déjà sous influence. »

Ce fut au tour de Victor Pevsner de se sentir aux abois. Saisissant le bras du physicien, il l'interrompit :

« Vous êtes absolument sûr de ça ?
— Plus aucun doute là-dessus, répondit Wellman, je ne sais pas comment il s'y prend, mais je m'en fous. A l'heure qu'il est il doit être neutralisé.
— Expliquez-vous.
— Carlson est parti hier pour le liquider.
— Nom de Dieu ! s'écria Victor Pevsner, et Flanagan ? »

Arnold Wellman le regardait, étonné par la soudaine vivacité du ton.

« Flanagan, dit-il, mais je n'ai rien pu faire, je ne suis pas chargé de veiller sur elle ! Elle devait aller voir Sukumi ?
— Vous le savez fichtrement qu'elle devait y aller ! »

Le visage de Victor Pevsner était devenu très pâle. Il se jeta brusquement en avant et frappa à coups redoublés sur la glace qui les séparait de Dan Morris en criant :

« Arrêtez, dites-lui d'arrêter, qu'il se gare dès qu'il peut. »

Wellman continuait à le regarder sans comprendre :

« Mais, qu'est-ce que vous avez ?
— Dites-lui de s'arrêter », ordonna Pevsner.

Wellman aboya dans l'interphone. Ils croisaient un Holiday Inn. Docile, Dan Morris s'engagea dans la bretelle et rejoignit le parking.

« J'aimerais que nous descendions et que nous discutions en tête-à-tête », lança Pevsner.

Il bondit hors de la voiture et se mit à marcher de long en large, tandis que Dan Morris descendait à son tour pour ouvrir la portière et aider Arnold Wellman à sortir. Le physicien le repoussa :

« Laissez-moi, cria-t-il, je ne suis pas encore un infirme. »

Il se dirigea vers Pevsner. Lorsqu'il fut près de

lui, le Titulaire se retourna d'un seul coup. Il était méconnaissable. Le regard était dur, implacable. Wellman eut l'impression de se trouver face à un cobra prêt à mordre.

« Wellman, qu'on vous fasse sauter la cervelle, je m'en fiche. Mais si Flanagan s'est laissée prendre au piège de ce Japonais, par votre faute, je vous jure que je ne vous ferai pas de cadeau !... »

Wellman l'avait écouté, raide comme un piquet. Il répliqua d'une voix cinglante :

« Vous avez des réactions inconcevables pour un Titulaire. Je vous ai parfois soupçonné d'être un émotif dangereux, mais là, vous êtes en dessous de tout ! Que signifie cet intérêt soudain pour Jessy Flanagan ?

— Et vous, Wellman, que signifie ce mépris pour les Titulaires ? Ashby est mort et Flanagan ne vaut peut-être guère mieux. Vous l'avez laissée partir en sachant qu'elle risquait de se faire trafiquer la cervelle.

— Pas du tout, s'insurgea Arnold Wellman. Jusqu'à la mort d'Ashby je n'étais sûr de rien. Dès que j'ai compris j'ai envoyé Carlson à Tokyo, je ne pouvais pas faire plus vite. »

Pevsner ne lui répondit pas, conscient de l'inutilité des mots.

Wellman pouvait lui raconter n'importe quoi. Il avait joué les solitaires, il avait envoyé un tueur pour éliminer Oda Sukumi sans chercher à savoir pourquoi le Japonais s'était permis de détruire une quinzaine de cerveaux. L'idée que Jessy Flanagan puisse devenir folle lui était insupportable. Il s'écria tout à coup :

« C'est vous qui deviez aller là-bas, mais vous avez préféré envoyer un tueur à votre place !

— Vous déraillez, Pevsner, répliqua le vieux physicien. Avec un fou de cette espèce on ne discute pas. »

Victor Pevsner préféra mettre un terme à la discussion.

« O.K., dit-il, ramenez-moi à Boston, je vais m'occuper de cette affaire et je vous jure que je ne laisserai rien de côté.

— Trop tard, Pevsner. »

Pevsner sentit sa rage se transformer en un profond dégoût. Wellman se défilait lamentablement. Lui agirait, même s'il était trop tard, comme l'affirmait cyniquement le vieillard.

A midi, il appela Jessy Flanagan. Il était dix heures du soir à Tokyo et, par chance, la jeune femme se trouvait dans son appartement du Sheraton.

« Jessy, vous êtes là, Dieu soit loué ! s'écria-t-il.

— Victor ! Quelle surprise, d'où m'appelez-vous ?

— De Boston. Jessy, je n'ai qu'une question à vous poser, est-ce que vous vous êtes prêtée aux manipulations de Sukumi ?

— Que voulez-vous dire ?

— Répondez, Jessy, c'est très important.

— Non, pas encore. Il y a eu un contretemps et j'ai rendez-vous avec lui, demain, dans son laboratoire. Pourquoi cette question ?

— Il y a de fortes chances pour que ce soit lui qui déconnecte les cerveaux.

— Oda Sukumi ? Dites-moi ce que vous savez ! »

Victor Pevsner révéla les soupçons qui pesaient sur le jeune savant. Il s'appliqua à résumer le plus clairement possible la situation telle qu'il la percevait après son entretien avec Arnold Wellman. Jessy Flanagan l'écouta sans l'interrompre.

« J'ai du mal à croire cette histoire rocambolesque, finit-elle par dire.

— Il faut me croire, Jessy. William Ashby a déraillé à son tour. Il s'est suicidé avant-hier, après avoir assassiné un vieux savant inoffensif d'un coup d'épée. Il lui a transpercé le crâne... Jessy, nous sommes tous menacés et vous vous trouvez en première ligne. Ne faites pas de bêtise. J'arrive par le premier avion. Annulez votre rencontre avec Sukumi, avancez n'importe quel prétexte. Ensemble, nous trouverons une solution.

— Non, Victor, vous n'avez pas le droit de décider à ma place. Si ce que vous dites est vrai et que je me défile, Sukumi va se méfier. Il n'en est pas question, je vais aller à ce rendez-vous et j'agirai en conséquence, mais je serai heureuse de vous revoir : de ma chambre, j'ai une vue fantastique sur Tokyo.

— Jessy, cet homme est dangereux... »

Il s'arrêta soudain, hésita quelques secondes avant d'ajouter :

« Je tiens beaucoup à vous, Jessy. »

La réponse vint, immédiate :

« Moi aussi, Vic, dépêchez-vous. »

23

Le lendemain, Jessy Flanagan se rendit au laboratoire de Sukumi, décidée à tout tenter pour élucider le mystère. Elle avait passé une partie de la nuit à réfléchir au problème. Que le Japonais soit un savant fou qui déstabilisait les cerveaux l'intéressait moins que de savoir comment il y parvenait. Cette curiosité toute scientifique l'avait convaincue de prendre le maximum de risques pour essayer de percer son secret. Un chercheur n'hésite pas à courir tous les risques pour être confronté à une expérience décisive. De nombreux savants avaient expérimenté sur leur personne le résultat de leurs recherches. Au nom de l'intérêt supérieur de la science, elle était prête à se laisser manipuler par Oda Sukumi.

Celui-ci l'accueillit avec affabilité. Dès le premier instant de leur rencontre, Jessy Flanagan s'appliqua à mémoriser tout ce qui lui parut essentiel. Elle se trouvait dans un état de réceptivité exacerbé. Rien ne devait lui échapper, mais il y aurait une limite au-delà de laquelle il lui serait impossible de maîtriser les événements. Le matin, elle avait envisagé de séduire le Japonais. Elle avait essayé d'imaginer comment il lui faudrait se comporter pour y parvenir, mais elle s'était heurtée à un mur. Oda Sukumi resterait inaccessible, étranger à la plus élémentaire notion de séduction, et, bien qu'elle fût préparée au jeu en s'habillant avec une provocation calculée, elle s'apprêtait à le circonvenir avec son intelligence, de savant à savant.

Oda Sukumi, souriant, lui fit dès l'abord un compliment :

« Je suis très honoré de votre visite, mademoiselle Flanagan, vous êtes la première femme qui puisse comprendre l'importance de mes recherches. »

Elle lui répondit par une formule de politesse, scrutant du regard le décor dans lequel elle venait de pénétrer. Oda Sukumi commença par lui faire visiter les différentes cellules de recherches qu'il dirigeait. Cela ne leur prit que peu de temps, une heure à peine, durant laquelle Jessy Flanagan observa attentivement son hôte, cherchant à déceler la moindre faille. Oda Sukumi était un modèle de concision et d'intelligence et, tandis qu'il lui précisait un détail sur la rationalisation de ses travaux, elle se demandait si Victor Pevsner ne s'était pas laissé abuser par son imagination.

Lorsqu'ils se retrouvèrent dans le bureau du jeune savant, elle se risqua à sonder cet esprit apparemment au-dessus de tout soupçon. La pièce était confortablement meublée. Une immense baie permettait de découvrir le panorama de la ville, du dix-septième étage de la tour Mitsubishi. Jessy Flanagan choisit d'attaquer en douceur.

« Que savez-vous de notre Fondation, monsieur Sukumi ? » demanda-t-elle en se protégeant derrière les volutes de sa cigarette.

L'œil de Sukumi conservait cette indéfinissable douceur qui donnait à son regard un charme mystérieux.

« Votre Fondation en sait beaucoup plus sur moi que je n'en sais sur elle, répondit-il. Mais cela est dans l'ordre des choses. En fait, je ne connais rien d'autre que ce que m'a révélé M. Ashby. »

Ashby était mort. Oda Sukumi le savait-il ? Elle choisit de feindre de l'ignorer. Elle poursuivit :

« Que vous a-t-il révélé, précisément ?

— M. Ashby s'est montré très succinct. La Fondation pour les sciences humaines est un organisme international qui se consacre au développement de la recherche dans tous les domaines. Elle sélectionne les plus doués parmi les jeunes chercheurs pour leur donner les moyens de poursuivre leurs travaux dans les meilleures conditions matérielles. Je fais partie de ces heureux élus, semble-t-il... »

Oda Sukumi s'interrompit.

« C'est tout ce que vous savez ? insista Jessy.

— Absolument. J'ai accepté de devenir l'un de vos lauréats. Cette bourse va me permettre d'approfondir ma recherche en toute indépendance.

— Vous êtes-vous libéré de vos engagements envers le groupe pour lequel vous travaillez ?

— Non. Je dispose ici d'un remarquable outil de travail, mais je peux aménager mes accords et consacrer plus de temps à mes travaux personnels. »

Jessy Flanagan saisit l'occasion. Elle chercha la meilleure formulation pour engager l'entretien sur un terrain plus délicat.

« Monsieur Sukumi, dit-elle, j'aimerais savoir quel est le but de vos recherches. Votre dossier fait état de travaux dans le domaine des images mentales. Je dois convenir que vous obtenez des images exceptionnelles. Mais, en tant que spécialiste, je ne peux me contenter de vos déclarations prétendant à un divertissement sans conséquence. Au niveau de notre relation, il faut que j'en sache un peu plus que le commun de vos visiteurs. Que cherchez-vous exactement, monsieur Sukumi ?

— Je suis très flatté par l'intérêt que vous me portez, mademoiselle Flanagan, vous êtes la première personne avec laquelle je peux parler de mes travaux en sachant que je serai écouté, et compris. La plupart de mes visiteurs ne s'intéressent qu'au spectacle que je leur propose. En réalité, ces images ne sont que la partie émergente de l'iceberg, matière première essentielle qui me permet de progresser. C'est elle que j'étudie, que j'analyse et qui peut me conduire à une découverte fondamentale. »

Oda Sukumi s'interrompit à nouveau, laissant à son interlocutrice le soin d'apprécier la solennité de l'instant.

« Laquelle ? demanda Jessy Flanagan.
— La pensée, mademoiselle. Je suis peut-être sur le point de déchiffrer les pensées qui traversent notre cerveau. »

Jessy Flanagan ne put s'empêcher d'exprimer son étonnement.

« Incroyable, vous en êtes si près ? »

Oda Sukumi eut un geste des mains d'une évidente modestie comme pour tempérer son enthousiasme.

« Pas encore, mademoiselle Flanagan, je n'en suis qu'aux toutes premières approches, mais j'ai déjà obtenu quelques encouragements. »

L'homme était prêt à succomber à un sentiment qui était familier à Jessy Flanagan : la vanité du chercheur solitaire. Elle souhaita que, tout Japonais qu'il fût, Oda Sukumi ne résiste pas à cette humaine faiblesse, et elle décida de l'exploiter aussitôt.

« Rien de ceci n'apparaît dans votre dossier. Pourquoi ? Vous êtes en tête de liste de nos lauréats, mais si en outre vous vous trouvez sur le point de déchiffrer le phénomène de la pensée, vous allez révolutionner le petit monde des neurologues. Je suis positivement subjuguée... Comment cela est-il possible ? »

Oda Sukumi se voulut plus modeste encore, mais Jessy Flanagan ne s'y trompa pas, le jeune savant avait mordu à l'hameçon.

« Phénomène de la pensée n'est pas le terme le mieux approprié, répondit-il, il s'agit plutôt d'une lecture des sentiments ou des impulsions immédiates qui agitent et modifient le fonctionnement de notre système nerveux central. Je suis en mesure d'établir un code de lecture et de l'interpréter. Mais il me sera plus facile de me faire comprendre en procédant à une démonstration. Allons dans mon laboratoire si vous voulez bien. »

En pénétrant dans le domaine réservé du Japonais, Jessy Flanagan s'appliqua à ne rien laisser échapper à son observation. La pièce était spacieuse, sans autre ouverture que la porte par laquelle ils venaient d'entrer. Une seconde porte lui faisait face et débouchait sur une autre pièce. L'éclairage uniforme, diffus, tombait du plafond. Un rhéostat permettait d'en varier l'intensité. Le degré de technologie de l'appareillage lui parut à la fois familier et susceptible de la surprendre. Aucun appareil ne portait une marque apparente. Difficile d'en estimer les performances... Mais elle les supposa plus perfectionnés que ceux qu'elle utilisait. Un pupitre de commande, surmonté de trois écrans vidéo, constituait la pièce maîtresse du système. Ses calculatrices et ses mémoires tapissaient les murs sur trois côtés. L'ensemble était d'une sobriété quasi monacale.

Oda Sukumi avait avancé un siège supplémentaire pour installer Jessy près de lui, face au pupitre de commande. Elle lui demanda :

« Vous travaillez toujours seul ? Je trouve cette solitude impressionnante. »

Le Japonais sourit en se tournant vers elle.

« Hormis les mises en place et l'entretien, lui répondit-il, c'est un principe auquel je reste très attaché. Je travaille surtout la nuit, la solitude est ma meilleure compagne. »

Il avait mis le pupitre sous tension et pianotait sur le clavier. Elle nota l'enchaînement des ordres en essayant de mémoriser les codes du programme qui s'inscrivaient devant elle sur l'un des écrans. Elle en était presque certaine, tout ne transparaissait pas en clair. Elle demanda :

« Qu'allez-vous me montrer ?

— Des images mentales expérimentales issues de mon propre système neuronal. Pour explorer le phénomène des sentiments humains, je n'ai pas trouvé de meilleur cobaye que moi-même. C'est presque une obligation si je veux m'assurer des émotions qui habitent le sujet étudié.

— Je ne comprends pas très bien, pouvez-vous être plus clair ?

— Ce que j'essaie de maîtriser, mademoiselle Flanagan, ce sont les lois physico-chimiques qui régissent le cerveau. Je pars du principe que nos émotions primaires déclenchent des réactions qui obéissent à des lois constantes et je m'efforce de les rendre perceptibles pour en comprendre l'alphabet. Je travaille sur des impulsions extrêmement simples, telles que l'état de repos, la douleur, la colère, l'excitation sexuelle et, dans ces conditions, il est très difficile de contrôler ce qui se passe réellement chez un sujet extérieur. Il m'est plus facile en revanche de diriger mes émotions et d'en noter l'ordre avec une relative objectivité.

— Je comprends, dit-elle, tout en laissant transparaître son admiration pour les travaux du Japonais. Il touchait à un domaine la concernant de très près. »

Des images apparurent sur l'écran central. Oda Sukumi arrêta la projection pour les commenter.

« Vous voyez une série de tests fondamentaux. J'ai pensé fortement à un certain nombre de sujets qui déclenchent en moi des émotions. J'ai répété indéfiniment l'expérience en enregistrant les paramètres mesurables : la pression artérielle, les échanges électriques et chimiques, la température, etc., et je suis arrivé à établir une carte sur laquelle je commence à lire. »

Jessy Flanagan l'écoutait et regardait, fascinée.

Elle passa une heure très étrange, assise dans son fauteuil face à l'écran. Tandis que son œil suivait les métamorphoses du cerveau de Oda Sukumi, elle essayait de comprendre ce qui lui arrivait. Elle se sentait en possession de tous ses moyens, elle enregistrait précisément chaque détail mais, en même temps, elle était incapable de se libérer d'une torpeur envahissante qui semblait, non pas la paralyser, mais l'empêcher d'être tout à fait elle-même. Ce Japonais en faisait trop. Elle avait vaguement conscience de ne pas pouvoir échapper à son magnétisme, de ne pas le vouloir même, au point de rester là et d'écouter ses commentaires sans réagir.

« ... La conscience n'est en fait qu'un système de régulation qui agit sur nos images mentales et sur leurs associations. Les connaissances actuelles de la chimie des synapses permettent d'orienter le mécanisme régulateur des neurones. Je mesure ces décalages, je les classe, selon une certaine échelle de valeurs. Ici, par exemple, il s'agit d'un stimulus de plaisir accroché à un sentiment de nostalgie. J'avais volontairement orienté ma pensée vers le village de mon enfance, ma mère et le souvenir... »

Sur l'écran, les images défilaient, saisissantes de netteté. L'encéphale s'animait de plages colorées qui s'étendaient sur toute l'étendue du spectre chromatique en se métamorphosant en d'incessants mouvements de formes et de couleurs.

Jessy Flanagan acceptait la fascination qui s'était

emparée d'elle. Elle irait jusqu'au bout de l'expérience dans laquelle elle s'était engagée. Lorsque le jeune savant lui demanda s'il l'autorisait à filmer son cerveau, elle lui donna son accord sans hésiter. La caméra à positrons se trouvait dans la pièce contiguë : un fauteuil surmonté d'un énorme casque, une multitude de câbles qui rampaient sur la moquette avant de se perdre dans la paroi.

Elle s'installa, docile mais attentive. Ainsi, pensa-t-elle, elle prenait le risque de se faire trafiquer la cervelle et, si Victor Pevsner ne s'était pas trompé, celui de devenir subitement folle furieuse. Elle ferma les yeux, puis les rouvrit, bien décidée à ne rien perdre du moindre geste qui allait s'accomplir.

« Combien de temps dure l'expérience ? demanda-t-elle.

— J'ai établi un programme sur trois minutes, lui répondit Oda Sukumi. Voilà comment les choses vont se dérouler, mademoiselle Flanagan. Je vais vous injecter le contenu de cette seringue. Vous vous trouverez alors en parfait état de réceptivité. Vous vous détendrez pendant une minute. Ensuite, je vous donnerai un certain nombre d'ordres, par l'intermédiaire de ce casque. Cela durant environ deux minutes et trente secondes — vous avez une montre murale, face à vous. Vous fermerez alors les yeux, vous vous efforcerez de vider votre esprit de toute pensée consciente et ce sera terminé. Vous êtes prête ? »

Penché au-dessus d'elle, Oda Sukumi souriait. Elle essaya de faire bonne figure et lui sourit à son tour.

« Ça ira, lui dit-elle, mais j'avoue que je suis très impressionnée. Pouvez-vous redresser le dossier pour que je puisse vous voir à travers la vitre ? »

Il accepta volontiers. Elle le regarda préparer la seringue, demanda :

« Qu'est-ce que vous allez m'injecter, là ?

— C'est une solution qui contient un isotope radioactif à rayonnement gamma. Inoffensif. »

Elle sentit l'aiguille pénétrer sa veine. Le liquide un peu froid se diluait dans le sang ; elle vit l'énorme casque tapissé de centaines de scintillateurs qui se rabattait autour de sa tête et elle enregistra les derniers gestes du Japonais avant qu'il ne s'éloigne et ne referme la porte derrière lui. Désormais, elle ne pouvait plus rien faire sinon accepter les conséquences de l'acte fou auquel elle se prêtait. Tandis qu'elle suivait du regard la silhouette du jeune savant qui procédait à ses réglages, elle repensa à Hans Buschmeyer et à David Backmann. Eux aussi s'étaient assis dans ce fauteuil, et ils avaient fini par tuer et mourir...

Lorsque la pendule commença son décompte des secondes, elle se concentra. Une pensée la ramena vers Victor Pevsner qui devait, à cet instant même, se trouver quelque part au-dessus de l'Antarctique pour venir la rejoindre.

Lorsque Oda Sukumi s'approcha d'elle pour lui retirer le casque de la caméra à positrons, il souriait toujours du même sourire ambigu.

« Vous pouvez ôter les écouteurs et vous relever, lui dit-il nous avons terminé. »

Elle se redressa, légèrement étourdie. La tête lui tournait, le sang lui battait violemment aux tempes, et un bourdonnement, infime mais tenace, lui vrillait le crâne. Elle flottait dans une sorte de brouillard euphorique qui lui donnait envie de rire et de danser. Elle dit :

« J'ai l'impression d'avoir été droguée.

— Ce n'est rien, lui répondit Oda Sukumi. Cela va passer d'ici quelques minutes. »

Ses jambes étaient molles, et le Japonais l'aida à faire ses premiers pas, la guidant jusqu'au fauteuil dans lequel elle se laissa tomber. S'éloignant,

Sukumi revint quelques instants plus tard en lui tendant un verre.

« Buvez ça, ordonna-t-il, ça va vous remonter. »

Le liquide, vert tendre, à demi-transparent, avait un goût sucré, délicieux.

Elle se demanda si l'absorption de ce breuvage faisait partie du programme :

« Qu'est-ce que c'est ?

— Jus de goyave, vieux saké, sucre de canne et une pincée de poivre. Ancienne recette samouraï qui redonne aux blessés la force de retourner au combat. »

Elle reposa son verre d'un geste alangui.

« C'est étrange, dit-elle, surprise par la couleur et l'intensité de sa voix, il s'est passé quelque chose de tout à fait inexplicable, pendant que j'étais sous la caméra à positrons. Je n'ai pas eu l'impression d'avoir perdu conscience, j'ai entendu vos ordres et je les ai suivis à la lettre. Pourtant, il me semble qu'il y a eu un vide soudain, très bref, comme si mon cerveau n'avait plus été là. Est-ce normal ? »

Oda Sukumi se tenait face à elle, debout, négligemment appuyé contre la console qui occupait le centre du laboratoire.

« Tout à fait, répondit-il. Vous connaissez le principe : la tomographie par positrons permet de suivre la cinétique de la distribution de la drogue au fur et à mesure de ses déplacements dans les différentes zones de l'encéphale. Dans la pratique, il arrive un moment où la densité du marquage atteint sa cote maximale, à la limite de la saturation. Il est possible que vous ayez perdu conscience l'espace d'un instant. Mais c'est sans conséquence.

— Délicieux, dit-elle en reposant son verre vide, peut-on visionner la bande maintenant, je me sens beaucoup mieux ?

— Bien sûr, je vais vous faire une copie et vous pourrez étonner vos amis en leur projetant des images mentales issues directement de votre cerveau. »

Il l'installa à nouveau en face de l'écran et s'assit à côté d'elle devant le pupitre de commande. Il fit varier le rhéostat, la pièce s'assombrit, et il enclencha la touche départ. Une horloge indiquait le compte à rebours. Au zéro, la première image apparut. Oda Sukumi commenta aussitôt :

« J'ai commencé par le plus spectaculaire, la carte thermodynamique qui traduit l'activité de votre masse cérébrale. Les parties chaudes, rouge-orangé et jaunes, correspondent à des températures plus élevées, qui indiquent une activité plus intense que les parties à couleurs froides. Observez les déplacements. Ici c'est l'aire de Broca qui s'anime lorsque je vous ai demandé de parler, c'est très net. Là, cet orangé, sur la droite, correspond à la zone primaire de la vision, située dans le lobe occipital...

— C'est vraiment extraordinaire, mais, dites-moi monsieur Sukumi, quels sont mes sentiments à ce moment-là ?

— Je ne me serais pas permis de percer le secret de vos pensées sans votre accord. Il s'agit d'une tout autre expérience. »

Elle eut une grimace de dépit :

« Dommage, dit-elle en riant, ça m'aurait beaucoup amusée de voir jusqu'à quel point vous savez lire les pensées les plus intimes. »

Un instant elle crut que le jeune savant allait rougir, mais il resta parfaitement maître de lui et enchaîna aussitôt !

« Regardez, mademoiselle, les couleurs froides correspondent à une hypothermie tout à fait acceptable, et le violet indique un état de repos moyen. Votre cerveau me paraît tout à fait équilibré, mademoiselle Flanagan. »

Elle continuait à regarder le spectacle qui se

déroulait devant elle, toujours attentive. Brusquement, Oda Sukumi se pencha en avant pour appuyer d'un geste rapide sur l'une des touches du pupitre. L'image accusa une imperceptible vibration avant de retrouver sa stabilité. Jessy Flanagan nota le temps : l'horloge marquait deux minutes et quarante-trois secondes.

« Que se passe-t-il ? demanda-t-elle le plus naturellement du monde.

— Ce n'est rien, répondit le Japonais, ce matériel a besoin d'être révisé, regardez, que pensez-vous de ce mouvement ? »

Les images continuaient à défiler.

« Vous savez à quoi ça correspond ? insista Oda Sukumi.

— Je vous en prie, dites-le-moi.

— Vous écoutiez de la musique, mademoiselle.

— Je me souviens, une musique japonaise traditionnelle, c'était très beau.

— C'est cela. »

Les images se brouillèrent avant de disparaître. Le film de ses images mentales était terminé, Oda Sukumi rétablit la lumière et se tourna vers elle.

« Voilà, dit-il, je n'en suis pas comme vous à vouloir capter la mémoire. Je n'ai aucune certitude d'aboutir un jour à une découverte fondamentale, mais je cherche et cela me suffit.

— Pourtant, tout à l'heure vous m'avez affirmé le contraire.

— Accordez-moi le droit d'être modeste. Chez nous c'est une tradition. »

A nouveau elle se sentit déçue et refit sa petite grimace. Elle avait envie d'en voir plus.

« Vous m'aviez promis de me montrer des images d'autres cerveaux célèbres, nous avons le temps j'espère. »

Oda Sukumi approuva d'un signe. Tirant une clef

de l'une de ses poches, il se dirigea vers le coffre encastré dans le mur et, faisant jouer le mécanisme, il l'ouvrit. Des dizaines de cassettes étaient alignées sur les rayonnages. Cette accumulation d'images mentales la troubla un instant et elle ne put s'empêcher d'être effrayée par tout ce potentiel neuronal accumulé et disponible.

La sonnerie du téléphone obligea tout à coup le jeune homme à se déplacer de l'autre côté du laboratoire. Tandis qu'il décrochait, Jessy Flanagan s'approcha du coffre pour en détailler le contenu. Chaque cassette était répertoriée selon un code hermétique. Un petit carnet retenu par une chaînette attira son attention — Oda Sukumi lui tournait le dos —, elle s'en saisit et le feuilleta rapidement, lisant les noms qui se suivaient dans l'ordre alphabétique : Ackerman, Arnheim, Avedon, Babel, Bachum, Backmann...

Un bruit sec la fit sursauter, elle se retourna, Oda Sukumi la regardait d'un œil froid.

« Excusez-moi, dit-elle, je n'ai pas pu m'en empêcher.

— La curiosité est une faiblesse qui a bouleversé bien des destinées, mademoiselle Flanagan. »

Il lui souriait à nouveau. S'approchant du coffre, il prit le temps de choisir deux cassettes avant de refermer la porte.

« Ce sont vos visiteurs ? demanda Jessy Flanagan.

— Oui, mademoiselle, quel assemblage de célébrités. Bien peu résistent à la tentation de faire filmer leur précieux cerveau. Vanité... vanité...

— J'ai vu que vous aviez un Backmann dans votre collection, s'agit-il de David Backmann, le neurochirurgien ? » demanda Jessy.

Oda Sukumi venait de placer la cassette dans le lecteur. Il se retourna, dévisageant Jessy comme s'il eût voulu lire ses pensées.

« David Backmann ? dit-il, oui, c'est bien lui. Vous le connaissiez ?

— Je l'ai rencontré une fois, vous savez ce qui lui est arrivé ? »

Le Japonais lui fit signe que oui. Il se retournait vers son pupitre. Il précisa :

« J'ai lu ça dans les journaux... Installez-vous, je vais vous montrer quelques orages cérébraux particulièrement intéressants. »

Lorsque, une heure et demie plus tard, elle fut de retour dans son appartement du Sheraton, Jessy Flanagan exigea de ne pas être dérangée. Elle s'enferma à double tour dans sa chambre. Elle s'allongea sur le lit pour réfléchir. Il y avait deux ou trois petits détails dont elle était certaine mais, au regard de ce qui lui avait échappé, c'était bien peu de choses. Il lui fallait spéculer sur la méthode employée par le Japonais pour déséquilibrer le cerveau de ses visiteurs. Qu'allait-il se passer maintenant ? Pendant combien de temps serait-elle encore à l'abri de la crise de folie qui la menaçait ? Oda Sukumi était-il ce mauvais génie qui ne pensait qu'à détruire ? Elle voulait en douter encore. Dans quelques heures, Victor Pevsner serait avec elle et il l'aiderait à démêler les fils de cette douloureuse énigme.

Elle ferma les yeux et finit par s'endormir. Lorsqu'elle se réveilla, la sonnerie du téléphone, irritante, n'arrêtait pas de résonner. Elle se redressa et, machinalement, tendit le bras pour décrocher le combiné. Au dernier moment, une force instinctive lui commanda de n'en rien faire, et elle resta immobile, figée, sans pouvoir détacher son regard de l'appareil. La sonnerie s'arrêta enfin. Qui essayait de la joindre ? Pevsner ? Sukumi ?

Jessy Flanagan tremblait. Elle mesura soudainement l'horreur de la situation où l'avait entraînée sa folle témérité. Elle s'étendit sur le dos et respira lentement, profondément, visitant par l'esprit chaque parcelle de son corps, comme le lui avait enseigné Curzio Malaparte.

La peur s'effaça et Jessy ferma les yeux. Sa dernière pensée avant de sombrer dans un sommeil paisible fut pour Victor Pevsner, dont l'image la rassura tout à fait. Quand la sonnerie reprit, elle ne l'entendit pas.

24

« Ils ont la manie de la propreté dans ce putain de bled ! Visez-moi ça, T.E., c'est pire qu'en Suisse, on croirait qu'ils ont passé l'aspirateur tellement c'est nickel ! »

Josty marqua une pause, avant d'ajouter :

« Qu'est-ce qu'on fait, chef ? Ça va être le moment. »

La pendulette de tableau de bord indiquait onze heures et douze minutes. T.E. Carlson réfléchissait, immobile, tandis que Jost Swade fouillait du regard l'obscurité à travers le pare-brise. L'avenue était d'un calme impressionnant.

« Qu'est-ce qui vous tracasse, chef ? C'est une chance que je sois venu avec vous. C'est pas à cause du fric que je vous dis ça, mais j'ai comme l'impression que ce boulot ne pas pas être de tout repos et qu'on sera pas trop de deux pour le mener à bien, pas vous, T.E. ? »

Carlson bougonna. Au départ, son idée était de venir seul, mais Josty avait insisté pour l'accompagner. Il avait accepté de l'emmener avec lui au dernier moment. Lorsque Arnold Wellman lui avait donné l'ordre d'éliminer Oda Sukumi, il s'était tout naturellement posé un certain nombre de questions. Tuer un homme ne soulevait pas un vrai problème, mais quelque chose lui déplaisait dans ce contrat, qu'il ne parvenait pas à définir. Depuis la mort d'Ashby, trois nuits auparavant, il cherchait à analyser ce qui le gênait. Il ne doutait pas de la culpabilité de Sukumi et trouvait tout à fait normal de mettre un terme à cette série de meurtres à distance. Mais il s'expliquait mal qu'Arnold Wellman n'ait à aucun moment exprimé le besoin de connaître les raisons qui avaient poussé le jeune savant à détruire tous ces gens. Cette omission le mettait mal à l'aise. Il se demandait s'il n'était pas l'instrument d'une obscure magouille dont il fallait effacer les traces. Josty n'avait pas tort. Le sentir près de lui l'empêchait de faire machine arrière.

Décidément, Josty avait envie de parler.

« Demain, on sera loin, chef. On va se payer un bon gueuleton. Je connais un resto à Clichy où ils servent des plateaux de fruits de mer comme nulle part, je sais que vous aimez ça, et j'ai sacrément l'intention de me soûler la gueule pour arroser la fin de cette galère ! »

Il marqua une nouvelle pause, réfléchissant avant de demander :

« Qu'est-ce qui a poussé le Jap à dessouder tous ces mecs ? Moi je voudrais bien savoir comment il s'y prend, c'est pas évident son truc. »

T.E. Carlson aimait bien Josty. Il appréciait sa façon de mettre le doigt sur le point important juste au bon moment. Josty n'arrêtait pas de regarder autour de lui, rien ne lui échappait. Il comprenait vite tout en sachant rester à sa place et faire ce pour quoi il était payé. De plus, il avait le talent d'agrémenter la vie de tous les jours par des petites attentions. Avec Josty, on était assuré d'avoir une bière fraîche quand on en avait envie, ou de trouver le dernier numéro du *New York Times* en moins de cinq minutes. Josty n'était jamais à court d'idées, il avait même réussi à installer un lecteur de cassette pour visionner les derniers films X *made in Hong Kong*, inédits en Europe.

« Ça ne vous démange pas d'en savoir plus, T.E. ? Merde, ce mec doit avoir de sacrées raisons pour foutre en l'air toutes ces grosses têtes ! »

T.E. Carlson ne jugea pas utile de répondre. Josty monologuait.

« Alors, chef, qu'est-ce qu'on fait ? On va pas se les rouiller toute la nuit ! Si j'allais faire une petite reconnaissance ? »

Carlson était d'accord. Il s'était donné jusqu'à une heure du matin pour passer à l'action et en terminer. Depuis deux jours qu'il surveillait le Japonais, il avait eu le temps d'évaluer les risques. Il estimait que, passé cette dernière limite, il n'aurait plus la possibilité d'exécuter le contrat dans de bonnes conditions, et moins de raisons encore de se compromettre dans cette affaire aussi tordue qu'un vieux clou rouillé. L'idée de tuer Sukumi et de fouiller la baraque pour mettre la main sur un hypothétique cahier d'écolier à couverture bleue lui était désagréable. Lui aussi avait envie d'en finir.

Ils se trouvaient à une centaine de mètres de leur proie. Le van Toyota bleu marine que Josty avait loué était garé dans le parking d'une résidence, d'où on dominait la courbe de la route qui s'enroulait autour de la villa. Une seule fenêtre était éclairée.

« O.K., Josty, dit enfin Carlson, tu vas aller jeter un œil pour voir comment ça se présente. Doucement, pas de blague, Josty, tu fais juste un aller et retour et on avise, d'accord ?

— C'est comme si c'était fait. »

Jost Swade descendit du Toyota et Carlson le regarda s'éloigner. Il le vit traverser la route, puis contourner l'habitation, avant de s'élancer comme un chat et de disparaître sous les arbres qui ceinturaient la colline.

Les minutes passèrent. L'approche de la villa de Sukumi était aisée, mais, au-delà, c'était l'inconnu. Il aviserait en fonction des renseignements que lui ramènerait Josty, mais il était décidé à ne pas faire de fioritures. Il lui faudrait moins d'une minute à partir du moment où il serait à découvert pour pénétrer dans la baraque, tuer Sukumi et ressortir. Josty l'attendrait. Il n'avait aucune raison de le mêler à ça.

T.E. Carlson jeta un regard vers la pendulette. Ça faisait presque un quart d'heure que Josty était parti. Les minutes semblaient de plus en plus longues. Il commençait à s'énerver : devait-il attendre encore ou bien bouger ? En cas de pépin il aurait du mal à courir. Il ne voulut pas s'inquiéter outre mesure et décida de patienter encore quelques minutes.

Brusquement, il fut en alerte. Il lui avait semblé entendre un bruit. Il scruta l'obscurité autour de la villa, et aperçut une silhouette qui courait en zigzaguant. Il reconnut Josty qui filait à toutes jambes en direction du Toyota.

Carlson ouvrit la portière, prit le volant et mit le moteur en route. Machinalement, il dégaina son arme et la posa sur le siège à côté de lui. Il discerna alors la seconde silhouette qui bondissait derrière celle de Josty, elle s'arrêtait tous les dix ou douze pas pour se fixer sur place. Carlson aperçut une petite flamme, puis une seconde et il comprit.

Nom de Dieu, se dit-il, Josty se fait tirer comme un vulgaire lapin. Fais pas le con, Josty, ne te fais pas descendre !

Jost Swade venait de traverser la route, il n'était plus qu'à quelques mètres.

« Chef, cria-t-il, en se jetant à l'intérieur du

Toyota, il y a un cinglé qui me cherche, faut se tailler en vitesse, il n'a pas l'air de plaisanter... »

Il ne dit pas un mot de plus. Au moment où il essayait de refermer la portière, un projectile lui perfora la gorge à la hauteur du larynx. Il s'écroula en avant et se mit à hoqueter en vomissant des jets de sang.

T.E. Carlson roulait déjà. L'homme n'était plus qu'à une trentaine de mètres, et il continuait à avancer au pas de charge. Il le vit nettement qui s'arrêtait et prenait la position du tireur à deux mains. Instinctivement il baissa la tête. Il pensa : « Un gros calibre avec un silencieux. »

L'homme se déplaçait pour éviter les phares, l'arme pointée dans sa direction.

Nom de Dieu !, se dit-il.

Il contrebraqua, fit pivoter le van sur les chapeaux de roues pour s'engager sur le bitume de la route. Le corps de Josty bascula sur le côté, inerte. La vitre latérale s'étoila soudain et il entendit l'impact derrière lui, à quelques centimètres de la tête. Il redressa le véhicule, dérapa, réussit à maîtriser la direction et à passer la seconde. Il pesta : cette tire était une vraie merde ! Il perçut un autre impact, puis un troisième, et au moment où il s'engageait dans le premier virage, il entendit le flop caractéristique du quatrième coup. Le choc lui déchira l'épaule et l'envoya buter contre le volant. Serrant les dents, il parvint à passer la vitesse suivante et à suivre la courbe de la route. Son côté droit éclatait de douleur de la nuque à la hanche. Il pensa qu'il allait s'évanouir ou tout bêtement mourir. Mais il continua à rouler, cherchant un endroit où s'arrêter. Il perdait son sang en abondance, il le sentait qui s'écoulait sous la chemise, mais il lui fallait continuer encore, trouver un endroit propice.

Un immense parking violemment éclairé surgit

devant lui. Il se glissa entre les voitures et parvint à se garer pas très loin d'une cabine téléphonique.

Il se laissa aller en arrière et ferma les yeux. Il souhaita en finir au plus vite plutôt que de supporter la douleur qui le mordait. Mais l'évanouissement ne vint pas. Il s'obligea à couper les lumières et à ramasser son revolver de la main gauche. Josty, lui, était bien mort, Il s'était vidé comme un poulet. Il y avait du sang partout, du sang encore tiède qui commençait à se coaguler sur le siège et sur la moquette. T.E. Carlson en eut la nausée, il avait du mal à accepter cette mort. Il aurait plus de mal encore à l'oublier.

Qu'est-ce qui l'attendait maintenant ? Oda Sukumi avait des gardes du corps. Ils continuaient à le chercher ils ne le lâcheraient pas jusqu'à ce qu'ils le retrouvent et il était incapable de se défendre. Carlson eut alors la conviction qu'il allait lui aussi se vider de son sang et emporter pour l'éternité le souvenir de cette souffrance intolérable, cette sensation de coups d'épée lui traversant le corps. Il se risqua à tâter son épaule, estima les dégâts, au jugé. La balle était entrée par-derrière, au-dessus de la clavicule. Elle n'était pas ressortie. Elle avait dû s'écraser sur l'omoplate ou bien la pulvériser.

Son heure n'était pas encore venue. Il était condamné à servir de cible et à se faire trouer la paillasse, c'était son destin. Une fois de plus la mort lui faisait un pied de nez. Il le regretta presque, c'eût été tellement plus simple ! Il se maudit d'en être arrivé là, dévoré par la douleur et ridicule. Il était trop con, trop têtu, ou trop consciencieux, ce qui revenait au même. Une fois encore, il se retrouvait complètement largué et en plein désastre. Mais il fallait ramasser les morceaux et continuer. Il se força à faire un premier bilan. Il ne connaissait pas Tokyo, ne savait pas très bien où il se trouvait. Il était incapable de conduire et il avait un cadavre à effacer. Un seul homme pouvait le tirer de là.

Au point où il en était, il n'avait aucune raison de se presser. L'hémorragie semblait arrêtée. Il s'accorda le temps nécessaire pour récupérer des forces. Il inspecta du regard le décor dans lequel il venait d'échouer ; le parking à moitié vide, faisait partie d'un ensemble commercial. L'enseigne d'une grande surface annonçait la couleur : Toshiro Kanagu. Il retint le nom, estima qu'il avait dû rouler pendant un ou deux kilomètres depuis la villa du Japonais. Il avait une chance de pouvoir donner sa position, s'il atteignait la cabine téléphonique située un peu plus loin sur le parking.

A minuit et vingt minutes, T.E. Carlson se décida à bouger. Il lui fallut un temps infini pour surmonter sa douleur et ouvrir la porte avant de parvenir à poser les pieds sur le sol. Il resta un long moment debout sans oser faire le premier pas. Il se sentait malhabile avec sa canne, il ne s'en était jamais servi de la main gauche. Il domina son vertige. Lorsqu'il parvint enfin à la cabine, qu'il décrocha et entendit la tonalité, il pensa que c'était sa première victoire.

Par chance, il avait de la petite monnaie et il connaissait le numéro par cœur. Quelqu'un décrocha à la cinquième sonnerie, c'était une voix de femme, une Américaine avec un accent d'une vulgarité rare.

« Allô ! qu'est-ce que c'est ? »

Carlson retint son souffle. Il était en train de jouer à pile ou face et il pouvait tout perdre sur ce coup. Burt avait peut-être changé d'appartement.

« Je voudrais parler à Burt.

— Burt ? s'étonna la voix insupportable, c'est que, je ne sais pas...

— Comment ça, cria-t-il, il n'est pas là ?

— Si, il est là, mais il est occupé, il a dit...

— Passez-le-moi, dites-lui que c'est de la part de T.E.

— T.E. ? C'est un nom, ça ?

— Ouais, T.E., avec un T et un E. Il comprendra.

— Attendez, je vais voir. »

La femme l'abandonna. Il compta les secondes. Le sang s'était remis à couler, il en avait jusque dans les chaussures.

« T.E. ! hurla une voix basse et rocailleuse, Jésus-Christ ! Quel vent te pousse jusqu'ici, T.E. ? D'où est-ce que tu me bigophones, de Los Angeles ou de ton bled pourri ?

— Burt, je suis en pleine panade, il faut que tu m'en sortes et tout de suite.

— Eh, T.E., t'affole pas, que se passe-t-il ?

— J'ai pas le temps d'entrer dans les détails. Je suis dans une cabine téléphonique du côté de Yamatone. Je me suis fait salement aligner, Burt. Je pense que je vais m'en tirer, mais je suis incapable de bouger, il faut que tu viennes me chercher le plus vite possible.

— Nom de Dieu, T.E. ! pas de problème, je viens tout de suite. Donne-moi ta position.

— Quartier de Yamatone, un centre commercial Toshiro Kanagu, sur le parking de surface, un van bleu nuit Toyota.

— Donne-moi le numéro d'appel de la cabine, il doit être sur la plaque, devant toi. »

Carlson lui lut les chiffres l'un après l'autre. La voix lui demanda de répéter, précisant :

« Comme ça c'est plus sûr, je serai là dans une demi-heure à tout casser. Ça ira, T.E., tu pourras tenir le coup ?

— Je crois. Je travaille en solo, Burt, et j'ai un sale paquet sur les bras, tu saisis ?

— C'est parfaitement clair, T.E., je fonce illico, c'est comme si j'étais déjà là. »

A une heure et quart, Burt Johnson, ancien Fédéral et vieux compagnon de route de T.E. Carlson, prit les choses en main. Il arriva tous feux éteints dans une vieille Pontiac et il aida Carlson à s'installer. Les deux hommes décidèrent d'abandonner sur place la Toyota et le cadavre de Josty. Un quart d'heure plus tard, ils fonçaient sur une bretelle en direction du centre. T.E. Carlson, allongé sur la banquette arrière, commençait à délirer, mais il voulut s'assurer que rien ne serait laissé au hasard.

« Où tu m'emmènes ? demanda-t-il. Il faut qu'on m'enlève ce pruneau.

— A l'hôpital Américain, service spécial. Ils vont te chouchouter comme une lady, et les infirmières sont super ! »

Carlson se sentit défaillir. Il repensa à Jessy Flanagan qui l'attendait dans son appartement du Sheraton, il repensa à Arnold Wellman qui devait attendre son rapport. Et pour finir, il repensa à Josty abandonné comme un vieux sac crevé sur le parking. Lui aussi attendait à sa façon qu'on s'occupe de lui.

« Va falloir que tu règles deux ou trois détails à ma place, dit-il encore.

— Te fais pas de mouron, T.E., pour le moment on va s'occuper de toi », lui répondit Burt Johnson.

Alors seulement T.E. Carlson accepta de se laisser aller. Les choses étaient en ordre autant qu'elles pouvaient l'être. L'évanouissement lui fut comme un repos trop longtemps attendu.

25

IEMURA CHIKAMATSU était venu le chercher à Chofu. Victor Pevsner l'aperçut de l'autre côté de la barrière tandis qu'il passait les contrôles. Les deux hommes se serrèrent la main avec chaleur.

« Je suis ravi, vraiment ravi de vous revoir, docteur Pevsner, dit le Japonais. Ça fait plus de deux ans que nous n'avons pas eu l'occasion de travailler ensemble. Je vous trouve de plus en plus jeune. »

Victor Pevsner protesta d'un geste.

« Mais non, mais non, renchérit Chikamatsu, vous êtes en pleine forme. Regardez-moi, j'ai beau me ménager, je ressemble déjà à un vieillard, et pourtant nous avons le même âge. Venez, ma voiture est là. »

Iemura Chikamatsu, inspecteur de première classe à la Brigade spéciale de la sécurité intérieure, était un petit bonhomme d'une cinquantaine d'années dont la physionomie ressemblait à s'y méprendre à celle du vieux bûcheron dans le *Rashomon* d'Akira Kurosawa. Tout comme lui, il avait le regard tranquille et débonnaire avec, au coin des yeux, des petites rides pincées qui donnaient l'impression que le monde qui l'entourait était un perpétuel sujet d'étonnement. La bouche était charnue et sensuelle, les cheveux, blancs et rares, étaient tirés en arrière, et une broussaille de poils en désordre dessinaient sous le nez une incroyable moustache de poisson-chat. La ressemblance s'arrêtait là. Par son allure, l'inspecteur Chikamatsu évoquait plutôt quelque obscur fonctionnaire à la retraite. Il était habillé à l'américaine d'un large pantalon flottant et d'un blouson à poche sous lequel se devinait la bosse d'un Spécial Magnum dans son baudrier. La démarche était vive, précise, mais le dos légèrement voûté accentuait sa fragile apparence. Personne ne pouvait se douter que derrière ce petit homme vieilli trop tôt se cachait un redoutable policier, troisième dan de karaté, maître de tir à l'arc traditionnel et champion de tir, arme au poing, sur cible en mouvement. Outre ces atouts, Iemura Chikamatsu disposait d'une intelligence supérieure à la moyenne, ce qui avait fait de lui l'un des plus fins limiers des services de la sécurité intérieure, spécialiste des affaires délicates. Il possédait en outre deux qualités rares pour un policier japonais : il était libéral et appartenait officiellement à l'honorable Fondation pour les sciences humaines au titre de correspondant.

Victor Pevsner l'avait recruté au début des années 1970. Les deux hommes s'étaient croisés sur une affaire d'espionnage économique et ils avaient sympathisé. Ils appartenaient tous les deux à la même génération, celle qui avait de justesse échappé à la guerre. Ils partageaient quelques idées essentielles sur la libre entreprise et le rôle du capitalisme éclairé dans les relations entre l'Orient et l'Occident. Ils se connaissaient bien et s'estimaient, mais, plutôt que par l'amitié, ils étaient liés par un contrat de confiance qui n'avait fait que se consolider au fil des années.

La Crown Toyota se trouvait garée à quelques mètres, d'un rouge vif, et rutilante de chromes.

« Mon seul luxe, expliqua Chikamatsu comme pour s'excuser. Venez, j'ai deux choses à vous montrer. »

Lorsqu'ils furent installés, le policier précisa :

« Depuis hier, je n'ai pas perdu mon temps, nous avons eu de la chance. Il s'est passé cette nuit un certain nombre d'événements qui confirment ce que vous m'avez dit. »

L'anglais était presque parfait, à peine souligné d'un accent légèrement chantant.

« Jessy Flanagan, interrogea Victor Pevsner, est-elle toujours au Sheraton ?

— Toujours, et en sécurité. J'ai placé deux hommes pour la protéger et son téléphone a été dérivé sur une bretelle. Mlle Flanagan se trouve parfaitement isolée comme vous me l'avez demandé. Voulez-vous que nous allions la voir maintenant ?

— Vous avez deux choses à me montrer d'abord, de quoi s'agit-il ?

— J'ai retrouvé la trace de Carlson, il a été blessé cette nuit et il est à l'hôpital Américain. Je pense qu'il pourra vous donner des renseignements utiles.

— Sukumi serait responsable ?

— Je le crains. Je vous emmène sur place. »

Ils quittèrent l'autoroute de Kosuku et prirent la Kannaha en direction du nord. Arrivés à la hauteur de Shinjuku, Iemura Chikamatsu bifurqua sur la droite, en direction du centre. Il débraya et commença à rétrograder. Il roulait lentement.

« Ouvrez bien vos yeux, docteur Pevsner, nous approchons. Je ne tiens pas à attirer les soupçons de Sukumi qui est chez lui. Sur la droite, dans la boucle de la route, c'est sa villa, et juste en face, c'est le parking.

— J'ai vu, répondit Victor Pevsner. Qu'est-il arrivé ?

— Roulons encore un peu, je vais vous expliquer. »

Iemura Chikamatsu engagea la Toyota sur le parking du centre commercial. Il manœuvra à travers les alignements de voitures avant de stopper près d'une place vide, protégée par quatre piquets et une corde.

« Venez. »

Victor Pevsner descendit et suivit le policier.

« Ce matin vers cinq heures, une patrouille mobile a découvert un homme tué net d'une balle de onze millimètres dans la gorge dans un van Toyota de location. On a relevé pas moins de huit impacts du même calibre. Il y avait un autre homme : quoique blessé, il a pu prendre la fuite.

— Vos policiers l'ont trouvé par hasard ?

— Pas tout à fait. Le quartier est résidentiel et assez calme. Vers une heure du matin, un inconnu a téléphoné au commissariat pour signaler une fusillade juste en face de chez lui, près de chez Sukumi. Une patrouille a vérifié, simple travail de routine. Ses hommes ont repéré des traces de sang sur la route. Ils ont commencé à chercher un peu au hasard dans les environs, jusqu'à ce qu'ils tombent sur ce van.

— L'homme qui a été tué, c'est qui ?

— On a trouvé sur lui un passeport au nom de Jost Swade. Un Américain. Détail important, il était déjà venu à Tokyo, il y a deux semaines. L'antenne de la C.I.A. est intervenue pour qu'on lui refile le dossier. C'est un truc qui me passe largement au-dessus de la tête, mais j'ai tout de suite fait le rapprochement : Carlson était le deuxième homme.

— Vous en êtes sûr ?

— Tout à fait. Tout concorde, lui aussi est déjà venu à Tokyo, j'ai vérifié. Lui et Jost Swade ne se sont pas quittés d'une semelle.

— Vous avez les dates de ce premier séjour ? »

Iemura cita de mémoire :

« Arrivé à Chofu le vendredi 29 juin, départ le dimanche suivant. »

Les dates étaient celles qui correspondaient au voyage de William Ashby, mais Pevsner s'abstint de tout commentaire. Iemura Chikamatsu reprit :

« Le scénario n'est pas difficile à reconstituer. Sukumi n'a pas supporté de se sentir surveillé par Carlson. Est-ce que ça colle avec vos suppositions, docteur Pevsner ? »

Ça ne collait que trop bien. Carlson s'était fait recevoir par le Japonais. Il avait échoué dans la réalisation du contrat que lui avait commandé Arnold Wellman. Mais ce qui le préoccupait le plus, c'était de retrouver Jessy Flanagan. Il dit :

« Je crains que oui, mais je comprends mal qu'un homme comme Oda Sukumi puisse faire tirer à vue avec du onze millimètres sur des gens qui, après tout... »

Il s'arrêta, conscient de l'absurdité de son raisonnement. Sukumi était capable de n'importe quoi. Iemura Chikamatsu se méprit sur son hésitation.

« Sukumi appartient à une élite qui, sous prétexte de préserver les anciennes valeurs du Grand Japon, s'octroie bien des privilèges. Sukumi est très proche de ce que nous appelons ici la Nouvelle Droite, mais plutôt que de frayer avec les groupuscules qui la représentent, il s'est enfermé avec quelques fidèles dans un superbe isolement. Par purisme, et surtout parce qu'il dispose d'une fortune personnelle et de relations au plus haut niveau, ce qui l'autorise à faire à peu près ce qu'il veut.

— Vous le connaissez ?

— Non. Il se plaît à entretenir un certain mystère autour de lui.

— Mais, que fait-il concrètement ?

— Il organise des rencontres au cours desquelles les participants exaltent la force séculaire du Grand Japon, jurent fidélité à la cause et s'engagent à lutter jusqu'à la mort pour libérer la patrie. Cela ne va jamais plus loin, hormis quelques séances d'entraînement paramilitaires. L'homme de la rue les appelle non sans ironie les nouveaux kamikazes. De temps à autre, on en arrête un, mais Sukumi est intouchable, et, de surcroît, il est remarquablement intelligent. Difficile de l'impliquer dans cette affaire. »

Après un bref silence, Iemura Chikamatsu ajouta :

« Je connais un homme qui pourra peut-être vous en dire plus. Allons le voir, à moins que vous ne préfériez voir Mlle Flanagan tout de suite ?

— Non, plus tard. »

Ils reprirent la route en direction du sud. A onze heures, Iemura Chikamatsu gara sa Crown Toyota au sommet d'une des collines du district de Shinagawa. L'endroit dominait la baie et, sous les rayons du soleil couchant, le Pacifique scintillait de myriades d'épingles phosphorescentes.

« C'est ici », dit le policier en serrant son frein à main.

Victor Pevsner regarda à travers la vitre teintée. Il aperçut le bâtiment de brique et de ciment à une cinquantaine de mètres.

« C'est ça ? demanda-t-il.

— Oui. Ne vous fiez pas à l'apparence, ce vieil entrepôt est magistralement agencé à l'intérieur. On y trouve des salles d'entraînement, des cellules de méditation, un restaurant, une bibliothèque, un centre de documentation, un stand de tir et une armurerie. Il y en a d'autres dans les environs de Tokyo, mais celui-là est le plus célèbre. Un club très fermé, réservé à des initiés. »

Ils descendirent de voiture. Le policier ajouta :

« C'est une faveur exceptionnelle, docteur Pevsner, en principe aucun Occidental n'est admis dans cette enceinte.

— L'homme dont vous parlez est un activiste ?
— Non. Il n'est pas de notre époque. Sa philosophie appartient à un passé aujourd'hui révolu et ses idées survolent celles des cerveaux échauffés qui ne pensent qu'à se battre. C'est un sage et un très grand maître de *kendo*. Il s'appelle Itsumaru Kangaï. »

Ils traversèrent la rue et Iemura Chikamatsu sonna à la porte du *dojo* Eto Shimpei. Il dut parlementer en japonais par l'interphone avant de pénétrer jusqu'à une vaste salle d'armes où deux hommes en costumes s'affrontaient au bâton sous l'œil du maître et de quelques élèves.

Victor Pevsner apprécia la solennité du duel, son rituel, la sobriété de geste des deux hommes en présence, et la pureté des figures. Il n'ignorait pas qu'un seul coup porté pouvait être fatal, mais les combattants frappaient sans aucune retenue comme si l'un des deux devait finir par être abattu.

Cela n'était pas nouveau pour Pevsner, un imperceptible geste d'impatience lui échappa.

Iemura Chikamatsu le remarqua et lui dit à voix basse :

« Je vous prie de patienter jusqu'à ce que le maître juge bon de se tourner vers nous. Je vous servirai d'interprète.

— Vous croyez qu'il nous a vus ?

— Rien n'échappe à Itsumaru Kangaï, mon cher Pevsner.

— Avez-vous été initié vous aussi ? »

Le policier eut un léger sourire.

« Non, je n'ai jamais eu cet honneur. A l'âge où j'aurais pu l'être, il était impossible d'imaginer que nous pourrions un jour simplement prononcer le mot Japon. J'avais seize ans en 1945. »

L'affrontement se termina enfin. Les deux combattants, à genoux, écoutèrent le maître parler et, sur un simple geste, ils se levèrent et quittèrent la salle suivis par les élèves d'Itsumaru Kangaï.

« Venez, lança Iemura Chikamatsu, c'est à nous. »

Ils s'approchèrent du vieillard. Victor Pevsner se plia au rituel des présentations puis entra dans le vif du sujet.

« Maître, dit-il, pourriez-vous me dire jusqu'où peut aller un Japonais convaincu d'être le détenteur d'une vérité supérieure ? »

Iemura Chikamatsu traduisit la question. Itsumaru Kangaï s'accorda quelques secondes de réflexion avant de répondre :

« S'il se comporte comme un véritable guerrier, il peut aller jusqu'au sacrifice suprême pour atteindre son but.

— Peut-il sacrifier d'autres personnes ?

— Si telle est sa voie, il s'y engagera. Son sens de l'honneur et sa conscience seront ses seuls guides.

— Et... »

Victor Pevsner s'abstint de poser la question. Elle lui parut idiote et dénuée d'intérêt. Le vieux maître le regarda et dit :

« Vous visez une cible. Mon esprit serait plus serein si vous la désigniez ouvertement. La vérité est la voie de l'homme de cœur. »

Victor se décida à lâcher le nom

« Oda Sukumi », dit-il.

Un long silence suivit, durant lequel les trois hommes se tinrent parfaitement immobiles. Itsumaru Kangaï releva enfin la tête.

« Oda Sukumi est fils de seigneur et seigneur lui-même. Ses origines lui confèrent le droit de porter le costume et le sabre du samouraï. Il est un guerrier qui a choisi sa voie, et nul n'est autorisé à le juger.

— Il appartient, dit-on, aux nouveaux kamikazes.

— Oda Sukumi n'est pas un de ces nouveaux kamikazes. Il est un samouraï. La maison qu'il sert est celle des Mitsubishi. Cela est conforme à la tradition.

— Savez-vous, maître, s'il fréquente un *dojo* semblable à celui-ci ?

— Oda Sukumi a son propre *dojo*. Il est lui-même maître du sabre japonais. Il marche sur le chemin de la perfection, je ne saurais vous en dire davantage. »

Le visage du vieillard s'était brusquement refermé, signe que l'entretien était terminé. Victor Pevsner se leva et, calquant ses gestes sur ceux de son ami, salua le maître et quitta la salle d'armes.

Les deux hommes se retrouvèrent dehors. Le policier ouvrit les portières et s'installa au volant.

« O.K., dit-il, cette visite ne nous avance guère, j'aurais dû m'en douter. Comment comptez-vous procéder maintenant ? »

Ils roulaient en direction du centre. Iemura Chikamatsu conduisait sa Toyota avec la maîtrise d'un pilote professionnel. Victor devait avant tout protéger Jessy Flanagan, ensuite il n'était sûr de rien.

« Je vais d'abord m'occuper de Mlle Flanagan, ensuite je verrai Carlson. J'ai rendez-vous avec Sukumi lundi matin. C'est là que tout va se décider. Il se peut que j'aie besoin de vous.

— Où le voyez-vous ?

— Chez Mitsubishi, dans son laboratoire je suppose. »

Iemura Chikamatsu médita pendant quelques instants avant de préciser :

« C'est extrêmement délicat. Tout ce qui touche au groupe Mitsubishi est tabou, et Sukumi n'est pas n'importe qui. Quels que soient vos soupçons, il me paraît difficile de l'attaquer de front.

— C'est pourtant la seule solution, il me faudra prendre un maximum de risques quand je serai

avec lui, et c'est là que vous devrez intervenir.
— Comment ?
— En force, mon cher Chikamatsu. Lundi, il vous faudra vous tenir prêt à me sortir du guêpier dans lequel je pourrais me trouver, avec une équipe musclée si possible. Nous conviendrons d'un signal, il suffit que je dispose d'un émetteur... »

Iemura Chikamatsu exprima son scepticisme par une grimace. Ses yeux souriaient toujours.

« Ça vous paraît trop risqué ? demanda Victor Pevsner.
— Risqué ! s'exclama le policier, on verra ça le moment venu, je pense aux retombées, j'espère que vous ne vous êtes pas trompé. »

A une heure de l'après-midi, Victor Pevsner se fit déposer au Sheraton où il trouva Jessy Flanagan qui travaillait déjà à son rapport.

« Vic, s'écria-t-elle, je suis heureuse de vous voir enfin. Depuis hier, je vis comme une recluse. Mon téléphone est coupé. Je ne peux recevoir personne et deux cerbères m'empêchent de sortir. J'ai l'impression d'être en quarantaine.
— Mais vous l'êtes, Jessy. Il n'est pas question que vous sortiez ni que vous communiquiez avec qui que ce soit tant que cette affaire n'est pas élucidée. Est-ce que vous vous êtes laissé filmer le cerveau par Sukumi ?
— Il le fallait, Victor, je n'avais pas le choix. »

Victor Pevsner eut un geste de contrariété.

« Jessy, je vous avais pourtant demandé d'être prudente.
— Comment avoir la moindre chance de comprendre si je ne prenais pas ce risque ? J'ai tout de même une petite idée de la manière dont il s'y prend, maintenant.
— O.K., reconnut Pevsner, mais à quel prix ! Buschmeyer, Backmann et Guinzberg, ça ne vous a

pas paru suffisant, il a fallu que vous jouiez les Don Quichotte, vous aussi. Même Ashby est tombé dans le panneau ! Nous aurons le temps d'en discuter ce soir et de voir ce qu'il nous reste à faire. En attendant, je dois voir Carlson. Wellman l'avait envoyé ici pour éliminer Sukumi, mais c'est lui qui s'est fait avoir.

— Victor, dit Jessy, moi qui croyais n'avoir peur de rien, je ne sais plus où j'en suis.

— Pas de panique, Jessy. Nous allons tout mettre en œuvre pour vous sortir de là. Je n'ai pas du tout l'intention de vous perdre. »

26

T.E. Carlson ne put retenir une grimace de douleur. Les effets de la dernière piqûre s'estompaient et son dos recommençait à le faire souffrir. Il abandonna le numéro du *Los Angeles Chronicle* dont il avait parcouru chaque page, ligne après ligne, et il se prépara à tenir le coup jusqu'à la prochaine tournée de l'infirmière.

Il prit tout son temps pour attraper un cigare et l'alluma, tirant avec volupté de longues bouffées en souhaitant que la nicotine l'aide à supporter la douleur. Le dos calé contre une triple épaisseur de coussins, il ferma les yeux et essaya une fois encore de récapituler. O.K., il avait pris du plomb dans l'aile, mais il avait eu de la chance, la balle était passée à deux centimètres de la colonne vertébrale et l'opération avait parfaitement réussi. Dans une semaine, il serait sur pied. Il pourrait retourner au pays...

Le toubib lui avait dit qu'il n'y aurait pas de séquelle, mais ça ne suffisait pas à lui faire oublier le corps de Josty qui attendait à la morgue. T.E. Carlson n'arrivait pas à croire qu'il était vraiment mort et, surtout, il ne se voyait pas annoncer la nouvelle à sa femme.

Une quinte de toux le plia en deux. Il écrasa

rageusement son cigare dans le cendrier. Au moment où il s'allongeait pour essayer de dormir, la sonnerie du téléphone se mit à grésiller. Il hésita un instant avant de décrocher.

« Ouais ! lança-t-il dans l'appareil.

— Monsieur Carlson, roucoula la voix suave de l'opératrice, quelqu'un demande à vous voir. Je lui ai dit que vous deviez vous reposer, mais il insiste tellement que je ne sais plus quoi faire.

— Qui est-ce ?

— M. Pevsner. »

T.E. Carlson prit le temps de réfléchir.

« Pevsner, répéta-t-il, passez-le-moi. »

La voix de Pevsner retentit.

« Carlson, il faut que j'aie une conversation avec vous, dites au cerbère qui monte la garde devant votre porte que je suis un ami.

— Qu'est-ce que vous voulez ? aboya Carlson.

— Pas comme ça, Carlson, pas au téléphone.

— O.K., juste le temps de voir à quoi vous ressemblez, j'en profiterai pour vous refiler un message pour Wellman, puisque vous faites les commissions. »

Il raccrocha et se redressa contre les coussins. On frappa à la porte. Il cria :

« Entrez ! »

Un homme passa la tête par l'entrebâillement :

« Ça ira ? demanda-t-il.

— Ouais, laissez-le passer », répondit Carlson.

Victor Pevsner pénétra dans la chambre, l'inspectant d'un regard circulaire. Lorsque la porte se fut refermée et qu'ils se retrouvèrent seuls, il s'assit sur l'unique chaise, près du lit.

« Je suis désolé pour vous, Carlson. Comment va votre épaule ?

— Laissez tomber, vous n'êtes pas venu ici pour balancer des salades. C'est Wellman qui vous envoie ? »

Victor Pevsner eut une moue dubitative.

« Wellman ! dit-il. Je ne veux pas me mêler de vos histoires avec lui, je suis ici pour mon propre compte et pour mettre un point final à cette affaire de cerveaux. Tout ce que je veux, c'est un maximum de tuyaux avant de passer à l'action. »

Carlson respira un grand coup. Le visage buté, un peu pâle, il semblait tout à fait déterminé.

« Je ne sais pas quel jeu vous jouez dans cette magouille, Pevsner. Pour moi, vous ou Wellman, c'est le même tabac. Je me suis fait suffisamment balader. Vous pouvez dire au vieux que je passe la main. C'est un miracle que je n'y sois pas resté pour le compte, mais le gosse qui bossait avec moi est bel et bien mort, et c'est pas demain que je vais oublier ça !

— Je sais, Carlson, mais vous avez tort de me confondre avec Wellman, j'ai pris le train en marche il y a à peine trois jours. Je n'ai rien à voir avec ses manigances. Vous me croyez, j'espère ?

— J'en ai rien à foutre, Wellman m'a suffisamment balancé de salades pour que je m'en souvienne jusqu'à la fin de ma vie. En plus, il a fini par dérailler, et je sais que vous travaillez pour la même maison. »

Pevsner se déplaça légèrement sur sa chaise. Il se pencha vers Carlson.

« Carlson, dit-il posément, ce Japonais a suffisamment fait de ravages. Je suis venu à Tokyo pour le coincer, lui faire cracher le morceau. Tout ce que je vous demande, c'est de me dire ce que vous savez.

— Mais je ne sais rien ! s'écria Carlson dans une grimace. Wellman m'a proprement expédié comme une balle dans un jeu de quille, soi-disant pour surveiller Ashby ! Mais j'ai toujours eu un train de retard. Il ne m'a jamais donné la moindre chance de piger de quoi il retournait. Lorsque j'ai enfin réussi à lui arracher quelques éclaircissements, c'était trop tard. Résultat, Ashby est mort et Josty aussi. J'en ai ras le bol de vos petits secrets.

— Allons, protesta Victor Pevsner, vous devez bien avoir quelques idées ? Vous êtes sur cette affaire depuis le tout début.

— Une idée de quoi, Pevsner ?

— Cette histoire de cerveaux. Vous avez visité le laboratoire de Sukumi. Vous n'avez rien découvert de particulier ?

— *Nada !* Je ne suis pas un spécialiste de la question, je n'ai fait que les commissions sans savoir ce que je ramenais dans mon panier. Voyez le vieux, c'est à lui qu'il faut demander des éclaircissements. Il y a trois nuits de ça, il a réussi à me persuader que Sukumi était le maître d'œuvre de cette hécatombe de cervelles. Je l'ai cru, mais à franchement parler je n'en suis plus aussi sûr maintenant. J'aurais plutôt tendance à penser que Wellman s'est servi de moi pour régler un compte personnel. Tout ce que je peux faire pour vous, c'est vous donner un bon conseil : laissez tomber, Pevsner. »

Victor Pevsner se redressa. Il réfléchit un moment avant de demander :

« Qu'est-ce que vous entendez par « régler un compte personnel » ?

T.E. Carlson reprit un cigare et l'alluma avec une certaine nervosité.

« C'était à Wellman de venir ici et de prendre les choses en main, dit-il dans un nuage de fumée, pas à moi, et pas de cette façon-là.

— D'après vous, Sukumi ne serait pas dans le coup ?

— Je n'ai pas dit ça, mais à mon avis il y a quelque chose entre Wellman et ce Japonais. Quoi ? Je n'en sais rien, mais Wellman le sait, lui, et c'est la raison pour laquelle il m'a expédié pour flinguer ce mec sans chercher à savoir pourquoi il dessoudait tous ces cerveaux. Il a fallu que je ramasse une bastos dans le coffre pour que je commence à me poser les vraies questions. Pour moi, Wellman a intérêt à faire le silence sur cette affaire.

— Là, je suis d'accord avec vous, Carlson, et c'est pour ça que je suis ici. Mettons de côté la relation Wellman-Sukumi et essayez de vous rappeler un détail qui vous aurait mis la puce à l'oreille. Vous avez assisté en direct au suicide d'Ashby. Vous lui filiez le train depuis plus d'une semaine, vous n'avez rien remarqué ? »

T.E. Carlson souffla lentement la fumée de son cigare, prenant tout son temps avant de répondre.

« D'abord, dit-il, il y a eu cette différence entre les deux copies, mais je ne sais pas ce que Wellman en a tiré comme conclusion.

— Quelle différence ?

— Tout ce que j'ai ramené du labo de Sukumi, c'était une copie des images mentales d'Ashby. A deux minutes et quarante et quelques secondes, il y avait sur la bande une sorte de voile, comme un coup de flash, sur trois images à peu près, alors que, sur la copie que Sukumi avait donnée à Ashby, l'image était impeccable, pas de voile. Et c'était vraiment le même film ! Mais il y a un truc qui m'a frappé un peu plus tard. Ashby a reçu un coup de fil insolite : quand il a décroché — c'était une communication longue distance — il n'y a pas eu de conversation, juste une voix indéfinissable demandant s'il s'agissait bien d'Ashby et, tout de suite après, une sorte de long sifflement, une modulation extrêmement désagréable pour l'oreille, et puis plus rien, on a raccroché. Sur le moment, je n'y ai pas fait gaffe, mais ce truc-là m'a obsédé. J'avais ce son dans la tête. Je ne pouvais pas m'en débarrasser, et j'avais le sentiment de l'avoir déjà entendu quelque part sans arriver à me souvenir où et quand, et puis, dans l'avion en venant ici, ça m'est revenu. Le soir où Wellman m'a emmené voir Backmann à l'hôpital central de New York, il a essayé de le faire parler, mais Backmann était dans les vapes, il n'a rien dit, sauf qu'à un moment, il s'est réveillé, il a regardé Wellman droit dans les yeux et il s'est mis à siffler. C'était la même modulation, très longue. Josty a prétendu qu'il y avait des sons qui pouvaient agir sur le système nerveux au point de le rendre dingue, mais j'ai pas poussé plus loin, les choses sont allées trop vite. »

T.E. Carlson se tut. Il roulait entre ses doigts son cigare éteint, estimant la portée de ce qu'il venait d'évoquer. Il ajouta, comme pour lui-même :

« C'est peut-être important, mais je n'ai pas pu vérifier. »

Victor Pevsner essaya d'en savoir plus. Cette histoire l'intéressait au plus haut point.

« Quel genre de son, demanda-t-il, vous vous en souvenez ?

— Je ne sais pas si c'est valable, répondit Carlson, si ça se trouve, ça n'a rien à voir, mais à Londres, j'avais la ligne d'Ashby en bretelle et j'ai enregistré tous les appels. J'aurais dû refiler la bande à Wellman, mais après la mort d'Ashby tout a été tellement vite que j'ai oublié de la lui envoyer.

— Vous l'avez avec vous ?

— Ouais, elle est ici, mais je ne sais pas si je dois vous la donner.

— Écoutez, Carlson, Jessy Flanagan s'est volontairement laissé filmer le cerveau en sachant le risque qu'elle prenait. Lundi, je vais me coltiner avec Sukumi pour essayer de le piéger, vous n'allez pas jouer les puristes, j'ai besoin de cette bande. »

Comme Carlson se taisait, hésitant encore, Victor Pevsner insista :

« Votre relation avec Wellman ne regarde que

vous, Carlson. Par contre, si vous gardez cette bande, vous prenez une sacrée responsabilité. N'oubliez pas que c'est Sukumi qui a tué Josty, vous lui devez bien ça !

— O.K., Pevsner. Passez-moi mon sac. »

27

Victor Pevsner et Jessy Flanagan étaient assis dans le lit. Jessy fumait une cigarette. Les derniers rayons du soleil pénétraient à travers les rideaux tirés, éclairant la chambre d'une lueur orangée.

Le lit à demi défait, les vêtements épars témoignaient de l'ardeur de leurs retrouvailles. Ils en étaient arrivés à cette première immobilité des amants repus qui lentement dans la pénombre ocrée reviennent à la réalité du monde qui les entourent. Victor Pevsner, rassurant, lui avait dit qu'ils avaient la nuit devant eux et encore un jour et une autre nuit pour établir un plan d'attaque. Une insidieuse torpeur les envahissait. Les heures à venir leur apparaissaient comme un interminable tunnel. Seul un miracle pouvait les sauver.

Au paroxysme du plaisir, Jessy s'était tout à coup arrachée à lui. Elle avait crié :

« Je ne veux pas mourir ! »

Il l'avait prise dans ses bras et, la tenant serrée, avait lutté contre son émotion. Mais Jessy s'était aussitôt ressaisie. Elle avait pris une cigarette, en aspirant nerveusement la fumée, le visage fermé.

« Il ne faut pas que je craque, avait-elle dit, mais je peux devenir folle à n'importe quel moment. Qui sait, je vais peut-être vous sauter dessus et vous faire éclater la tête ? »

Elle avait ri, tout aussi nerveusement, avant de se coller contre lui, silencieuse, et lourde de tout son poids. Il l'avait enlacée, et ils étaient restés ainsi, muets, immobiles, envoûtés par la nuit qui les enveloppait.

Victor Pevsner alluma la lampe de chevet.

« On ne va pas attendre que la foudre nous tombe dessus. Il n'y a pas de fatalité. Il y a forcément une explication. »

Jessy Flanagan avait presque crié.

« Qu'est-ce que vous racontez, Vic, si vos spéculations sont justes, je suis une morte en sursis ! Il ne vous reste qu'une chose à faire, me passer une camisole de force et m'enfermer dans un hôpital psychiatrique.

— Non, Jessy ! A nous deux nous détenons suffisamment d'éléments pour comprendre comment Sukumi s'y prend pour déstabiliser les cerveaux. Nous n'allons pas baisser les bras ! »

Elle eut un geste de révolte impuissante.

« Victor, nous sommes les deux derniers Titulaires vivants. Comment allons-nous nous en sortir ?

— Un savant fou s'est mis en travers de notre chemin. Pire, un génie scientifique à l'esprit dévoyé. Nous devons maintenant trouver le moyen de défaire ce qu'il a si diaboliquement élaboré. Il y a forcément une parade.

— Mais pourquoi ? Plus je pense à cette affaire de cerveaux, plus je suis persuadée que c'est Wellman qui détient la clef de cette abomination.

— Carlson m'a dit à peu près la même chose. Il pense, lui aussi, que Wellman connaît le secret du Japonais. Mais oublions Wellman ! On s'en occupera plus tard. Mettons-nous au travail. »

Victor Pevsner sauta du lit et se dirigea vers la salle de bain.

« Tirez le verrou, Vic, lança Jessy Flanagan en se moquant de lui, je suis capable de vous surprendre dans votre bain ; les fous sont doués d'une imagination démoniaque lorsqu'ils se mettent à tuer !

— Je reste sur mes gardes. Vous n'avez aucune chance, ma chère Jessy, venez plutôt profiter de ma protection. »

Jessy Flanagan se leva à son tour pour le rejoindre. Ils s'enlacèrent sous le jet d'eau, et Jessy s'accrocha à lui avec une rage inattendue, comme si elle voulait l'étouffer ou le faire tomber. Victor Pevsner s'en amusa pendant quelques secondes, mais l'étreinte se resserrait. Il sentit les ongles qui s'enfonçaient dans ses muscles. Il la regarda, découvrant son visage crispé, ses dents serrées et son regard étrangement fixe.

« Jessy ! » cria-t-il.

Il voulut dénouer ce corps tétanisé qui s'était enroulé autour du sien mais il ne sut comment s'y prendre.

« Jessy, cria-t-il encore, arrêtez cette comédie ! »

La jeune femme se détacha soudain. Bondissant, elle se précipita hors de la douche. Victor Pevsner s'élança à son tour, saisissant un peignoir au passage.

« Venez ici, venez vous essuyer », lança-t-il.

Il s'arrêta net sur le seuil de la porte. Jessy Flanagan se tenait debout au milieu de la chambre, un pistolet automatique pointé dans sa direction. Elle avait le même regard exorbité, et ses lèvres entrouvertes dessinaient un sourire inquiétant.

« Je vais vous tuer, Pevsner. »

Il fit un pas en avant.

« Non, cria-t-elle, n'avancez pas, je suis folle, vous n'y pouvez plus rien.

— Arrêtez ce jeu, Jessy, vous n'êtes pas folle ! »

Il se remit à marcher vers elle, un bras tendu en

avant, la main ouverte, comme pour conjurer le mauvais sort. Il chercha ses mots :

« Vous n'êtes pas folle, Jessy, vous n'avez pas reçu le signal. »

Il vit son doigt qui se crispait sur la détente, mais il continua d'avancer sans la quitter des yeux, l'exhortant de la voix :

« Réveillez-vous, Jessy, reposez cette arme, tout ça n'est qu'un mauvais rêve. Jessy ! »

Il n'était plus qu'à trois pas d'elle maintenant, prêt à bondir, mais il redoutait ce dernier mouvement. Il dit encore, presque à voix basse :

« Jessy, détendez-vous, je vous promets que nous allons nous en sortir, doucement, Jessy... »

Il fit un saut en avant et, levant le bras, la gifla à toute volée. Jessy Flanagan bascula sous le coup en poussant un cri de douleur. L'arme tomba sur la moquette. Il la repoussa du pied et se précipita sur sa compagne pour la maîtriser. Jessy Flanagan ne bougeait pas, elle hoquetait et gémissait. Il la prit dans ses bras et la porta jusqu'au lit.

« Qu'est-ce qu'il m'arrive, Victor ? Je ne sais plus ce que je fais, balbutia-t-elle.

— Calmez-vous Jessy, c'est fini maintenant.

— Donnez-moi quelque chose à boire. »

Victor Pevsner s'éloigna. Ouvrant son sac, il prit des gélules et revint avec un verre d'eau.

« Avalez ça, ça ira beaucoup mieux. »

Elle obéit, demanda un peignoir. Lorsqu'elle s'en fut revêtue, elle resta un long moment sans bouger, allongée sur le lit, tandis qu'il s'habillait. Il décrocha le téléphone, demanda le room service et commanda un dîner copieux et du champagne. Quand il raccrocha, Jessy Flanagan était assise sur le lit, tout à fait calme.

« Vic, dit-elle, j'ai failli vous tuer pour de bon. »

Il sourit.

« Promettez-moi de ne plus fouiller dans mes poches... »

Il l'embrassa tendrement et reprit :

« Dans moins de trente-six heures, je vais me retrouver face à Sukumi, et j'ai l'intention de mettre fin à ses expériences par n'importe quel moyen, mais je préférerais le contrer sur son propre terrain.

— O.K., fit-elle, je peux vous aider en vous donnant tous les éléments dont je dispose.

— Attendez, Jessy, je vais prendre des notes. Le moindre détail a son importance. »

Victor Pevsner s'installa en face d'elle, un bloc-notes sur les genoux. Puis il entreprit de résumer la situation.

« Nous ne disposons que de présomptions ou d'hypothèses à partir desquelles il nous faut spéculer. En principe, Sukumi procède en deux étapes ; un, il fixe sur son sujet ce que nous pouvons définir comme un récepteur ; deux, il envoie un signal qui déclenche une crise de folie criminelle. Par chance, je possède un enregistrement de ce signal. A Londres, Carlson a pu enregistrer l'appel qui a poussé Ashby à tuer et à se suicider. Toujours des probabilités, mais nous n'avons pas le choix. Si c'est bien ainsi que les choses se passent, vous ne risquez absolument rien tant que le signal ne vous parvient pas. »

Jessy Flanagan alluma une cigarette.

« Vic, dit-elle, j'ai beaucoup réfléchi avant que vous n'arriviez, j'ai essayé de comprendre ce qui pouvait bien se passer dans la tête de Sukumi.

— Je vous écoute, Jessy.

— Sukumi est d'une intelligence hors du commun, mais il y a quelque chose qui cloche. Je l'ai observé au cours de cette séance, il porte la mort en lui. Il n'a pas du tout la même conception de la vie et de la mort que nous, soit parce qu'il est japonais, soit parce qu'il a une case fêlée, les deux peut-être. Il a été très loin dans sa recherche. D'ailleurs, il me l'a confessé, il a été son propre cobaye. Cet instinct de mort qu'il porte en lui, plus sa manie de la perfection font que... »

Elle s'interrompit, hésitante, avant de reprendre :

« Écoutez, Vic, si Sukumi devait se sacrifier comme les kamikazes dont il entretient le culte, comment s'y prendrait-il d'après vous ? »

Victor Pevsner la regardait, soudain très intéressé.

« Ce que vous suggérez là est complètement fou, Jessy, mais ça colle tout à fait avec le personnage. C'est un Japonais, et qui plus est, un toqué des traditions samouraï...

— J'ai aperçu dans son bureau un portrait d'Hiro-Hito, et quel est le nom divin de l'empereur ? *La Voix du Crâne !*

— Dieu ! Jessy, ça voudrait dire qu'il s'est lui-même programmé et que s'il se trouvait acculé à la dernière extrémité, il s'enverrait en l'air comme Backmann et Buschmeyer ?

— C'est une hypothèse qu'il faut tenir pour probable, Sukumi a poussé l'expérience jusque sur son propre cerveau. De plus, il m'a avoué qu'il était sur le point de déchiffrer les concepts qui traversent l'esprit de ses sujets... »

Victor Pevsner sursauta :

« Expliquez-moi ça plus clairement, Jessy.

— Je suis convaincue qu'il lit sur son écran les impulsions qui agitent le cerveau. Jusqu'à quel point ? Je n'en sais rien ! Lorsqu'il m'a filmée, je me suis efforcée de rester le plus neutre possible, et bien qu'il m'ait affirmé qu'avec moi il n'avait pas procédé à ce genre d'expérience, il a dû percevoir l'état de repos auquel je me suis astreinte. Mais si j'avais, à ce moment-là, pensé fortement à le tuer ou à l'aimer, je suis sûre qu'il l'aurait perçu.

— Ce que vous me racontez est à peine croyable !

— Ne dites pas ça, Vic, j'ai moi-même poussé très loin mes recherches sur le phénomène de la mémoire. Nous pourrons un jour établir un code de lecture. Avec ses images, Sukumi a dû consacrer des heures et des heures à expérimenter des signaux pour établir un alphabet des impulsions conceptuelles au niveau de l'encéphale. »

On apporta leur dîner. Ils s'installèrent. Victor déboucha le Dom Pérignon, et Jessy alluma deux bougies.

« On se croirait à la maison, plaisanta Pevsner, *home sweet home*.

— Vic, répliqua Jessy, sérieuse, ne plaisantez pas. Nous avons vécu en célibataires endurcis, mais nous ne sommes pas différents du commun des mortels. Si jamais je m'en sors... »

Il voulut l'embrasser, mais elle s'y refusa, reprenant le fil de son discours :

« Est-ce qu'il vous arrive de penser à l'avenir, Victor ?

— A vrai dire non, Jessy. Dites-moi plutôt : si tout ce que vous venez de me raconter est exact, cela signifie que je peux lui envoyer un sacré message, à Sukumi, mentalement.

— Vous n'avez tout de même pas l'intention de vous asseoir sous la caméra à positrons ?

— Je ne vois pas d'autres moyens pour vous sauver... Jessy — il lui prit la main et la garda prisonnière — je dispose d'un certain nombre d'éléments qui m'autorisent à risquer le coup. Je doute qu'il aille jusqu'au bout.

— J'ai peur pour vous, Victor. Pour moi, il est sans doute déjà trop tard... »

Jessy sourit du ton mélodramatique de sa phrase mais son expression resta soucieuse.

« Buvez, dit-il en remplissant son verre, j'ai l'intention de vous enivrer et d'abuser de vous ! C'est simple, je vais là-bas, je joue les innocents, j'accepte de me laisser filmer la cervelle et je lui envoie mes pensées les plus menaçantes. Combien de temps dure l'expérience ?

— Trois minutes, mais il y a ce coup de flash qui survient aux alentours de deux minutes et demie...

— C'est plus qu'il n'en faut pour perturber son expérience.

— Victor, nous n'en savons pas assez, ce serait de la folie, protesta-t-elle.

— Et ce n'est que le premier étage de la fusée. Le second, c'est cette petite boîte miracle. Je lui envoie la fréquence que m'a refilée Carlson, et si ça ne marche pas, il me reste la manière forte. Chikamatsu n'aura plus qu'à intervenir.

— Vous êtes fou, Vic.

— Je ne risque rien, et sachez que je suis d'accord pour une maison sur la mer, du côté de Big Sur, avec dîner aux chandelles tous les soirs ; on pourra même adopter des petits Cambodgiens pour donner un peu plus de piquant à notre retraite !

— Ne plaisantez pas, Victor.

— Mais je ne plaisante pas, Jessy Flanagan, je suis très sérieux. »

Il se leva, l'entraîna vers le lit. Il l'enlaça et ils s'embrassèrent longuement.

Jessy Flanagan se dégagea soudain et, se tenant à distance, affirma d'un ton décidé :

« N'en profitez pas, Victor Pevsner, je n'ai pas dit mon dernier mot. J'ai toute la nuit pour vous convaincre de ne pas aller vous faire massacrer la cervelle. »

Victor Pevsner se mit à rire.

« Ah ! dit-il, vous n'avez pas confiance en moi ! Je veux que nous gardions de cette nuit un souvenir impérissable, oublions tout le reste. Je commence à avoir une idée assez précise de la manière dont je vais procéder avec Sukumi. »

Cette nuit fut une longue veillée pour Victor Pevsner. Lorsque Jessy Flanagan se fut endormie, il absorba dans la salle de bain quelques comprimés d'amphétamines pour être sûr de tenir le coup.

Il commença alors à réfléchir sérieusement sur les événements qui se préparaient.

28

Iemura Chikamatsu attendait Victor Pevsner en face de l'hôtel. Il était convenu que l'inspecteur le suivrait à distance dans une voiture banalisée, et qu'il stationnerait, avec son équipe d'intervention, à portée de l'émetteur que Pevsner aurait sur lui.

Depuis le moment où il avait été contacté, quarante-huit heures auparavant, Iemura Chikamatsu se trouvait engagé dans une opération parvenue à son point de rupture. Mûre comme le fruit prêt à tomber de l'arbre. Cette constatation n'avait à ses yeux rien de particulièrement réjouissant. A trois ans et demi de la retraite l'inspecteur Chikamatsu était peu disposé à perdre sur un coup de dés le bénéfice de trente ans de bons et loyaux services. Mais il avait bien trop d'estime pour Victor Pevsner pour le laisser tomber, quelles que soient ses réticences à l'idée de s'attaquer à l'empire Mitsubishi. Il avait décidé de ne rien laisser au hasard, pour le cas où il lui faudrait intervenir. Iemura Chikamatsu était un homme d'ordre et de décision.

A neuf heures et vingt minutes ce lundi matin 16 juillet, une Studebaker de louage, conduite par un Coréen en livrée, se gara devant l'entrée du Sheraton. Dix minutes plus tard, Victor Pevsner sortit de l'hôtel pour s'engouffrer dans la voiture. La Studebaker démarra aussitôt. La journée s'annonçait magnifique, le ciel était d'un bleu intense, sans l'ombre d'un nuage.

Iemura Chikamatsu embraya et se glissa dans le flot de la circulation. Ils descendirent Showa Dori, tournèrent dans Edo avant de s'engager dans Chuo-Ku. A l'angle de Yeasu Dori, Victor Pevsner fit arrêter la Studebaker devant la *Maison de France*. Il descendit, traversa le trottoir en s'assurant que Chikamatsu l'avait bien suivi, et pénétra à l'intérieur de la boutique.

Il se dirigea directement vers le comptoir des produits régionaux où il ne lui fallut que quelques minutes pour choisir une bouteille de vieil armagnac — un Francis Darroze 1934 —, la faire emballer et l'emporter. La Studebaker reprit sa descente vers Chyioda avant de s'arrêter devant l'entrée principale de la tour Mitsubishi. Il descendit avec son attaché-case et, tandis que la voiture disparaissait dans le tunnel du parking, il s'engagea à travers la double porte vitrée de l'entrée.

L'hôtesse de la réception l'accueillit avec un large sourire, s'enquérant du but de sa visite.

« Monsieur Oda Sukumi, de la part de Victor Pevsner. »

La jeune femme décrocha le téléphone intérieur, elle échangea quelques phrases en japonais et se tourna vers lui avec le même sourire.

« Veuillez patienter quelques instants, monsieur Pevsner, on vient vous chercher. »

Une seconde hôtesse survint presque aussitôt, tout aussi menue et souriante que la première.

« Monsieur Pevsner ?
— Oui.
— Si vous voulez bien me suivre, je vais vous conduire. »

Avec sa petite valise en cuir fauve, son costume de toile et ses mocassins, Victor Pevsner ressemblait à un quelconque homme d'affaires européen.

L'hôtesse le précéda vers l'un des ascenseurs et ils s'élevèrent en échangeant un regard poli.

« Quel étage ? demanda-t-il sur le ton de quelqu'un qui cherche à rompre le silence.

— Septième, monsieur. »

Ils arrivèrent sur un palier qui se divisait en deux couloirs opposés. Brusquement, Victor Pevsner s'arrêta.

« Mademoiselle, dit-il, embarrassé, pourriez-vous m'indiquer les toilettes ?

— Je vous en prie, répondit-elle, et elle fit demi-tour pour lui montrer la porte.

— Juste quelques instants », lui dit-il avant de disparaître.

Victor Pevsner s'isola aussitôt, poussa le verrou derrière lui. Posant son attaché-case sur la cuvette, il l'ouvrit et en sortit la bouteille d'armagnac. Il défit l'emballage, fit sauter la capsule et, prenant sa respiration, il commença à boire au goulot. Il dut s'y reprendre à trois reprises avant de vider la bouteille aux trois quarts. Il se tint un moment très droit, accusant les premiers effets de l'alcool, puis, rapidement, replaça la bouteille dans sa valise. Il s'arrêta devant le lavabo, se lava les mains, s'aspergea le visage, se sécha et s'accorda encore quelques secondes de répit. S'apercevant dans la glace, il essaya de déceler sur son visage et dans ses yeux la trace du demi-litre d'alcool à 50° qu'il venait d'absorber d'un coup. Il avait chaud, son cœur battait à tout rompre, mais il gardait l'apparence d'un homme dans son état normal. Il espéra tenir le coup et se souvint de ce que lui avait dit Jessy quelques heures auparavant.

« Puisque vous vous entêtez, Victor, il y a un moyen de perturber l'expérience de Sukumi sans qu'il s'en aperçoive, vous aurez peut-être la chance d'échapper au marquage.

— Comment ? avait-il demandé.

— Avant de filmer, il va vous injecter dans le bras un traceur, un isotope radioactif à base de benzodiazerpine. Si vous pouvez neutraliser cette solution, son marquage restera sans effet.

— Cela ne va pas l'empêcher de lire correctement mes images mentales ?

— Je ne crois pas. Si vous vous concentrez, vos impulsions passeront, d'autant que votre cerveau sera en pleine ébullition.

— Je ne comprends pas.

— Pour neutraliser l'effet de la benzodiazerpine, il vous faut absorber un antidote, et c'est lui qui agira sur vos circuits neuronaux.

— Quel genre d'antidote ?

— L'alcool, Victor, il n'y a rien de tel pour déséquilibrer une expérience de ce genre. Avant de vous asseoir sous la caméra à positrons, avalez un bon demi-litre de whisky ou de vodka. Évidemment, vous risquez d'avoir des chaleurs, mais vous n'êtes pas d'un tempérament à vous laisser abattre par quelques gouttes d'alcool ! »

Il s'était étonné, disant :

« Vous auriez dû y penser avant et profiter de la recette.

— C'est exact, mais c'est comme ça. Faites-le, vous avez tout à y gagner. »

Lorsqu'il ressortit des lavabos, l'hôtesse l'attendait, auréolée de son perpétuel sourire. Il s'excusa et s'efforça de faire bonne figure. La tête lui tournait comme s'il avait eu une toupie à l'intérieur et, lorsqu'il commença à marcher derrière la jeune femme, il sentit ses jambes aussi molles que du caoutchouc. Sa vision du monde environnant était des plus floues, il vit l'hôtesse sonner à une porte, il entendit sa petite voix aiguë les annoncer suivie par le bruit d'une minuterie et le claquement sec d'une serrure qui s'ouvrait.

La jeune fille s'effaça pour le laisser passer et il

se retrouva face à Oda Sukumi qui s'avançait vers lui la main tendue.

« Monsieur Pevsner, je suis ravi de vous voir ! Je vous en prie, entrez donc. »

Victor dut faire un effort pour donner un semblant de consistance à sa poignée de main. Son crâne, sous pression, cognait à grands coups. Lorsqu'il se mit à parler, il ne sut s'il parviendrait au bout de sa phrase, tant elle lui parut interminable.

« Tout le plaisir est pour moi, dit-il, persuadé qu'il s'exprimait comme un pochard. Vous êtes très occupé. Je ne vous importunerai pas longtemps, votre dossier est convaincant, monsieur Sukumi, et je vous prie de considérer cette visite comme une simple formalité... »

Il avait décidé de jouer les nullités, d'essayer tout au moins, en se disant que l'honorable Fondation pour les sciences humaines pouvait bien compter quelques vieux croulants de son espèce. Il voulait que Sukumi le perçoive comme un homme sans grand intérêt, dénué de toute curiosité. Mais, dans l'état où il se trouvait, il craignait de ne pas pouvoir mesurer ses effets. Curieusement, une force le poussait à parler inconsidérément sans qu'il puisse se maîtriser.

Oda Sukumi l'ayant déjà introduit dans le laboratoire, il jeta un regard autour de lui :

« Ainsi, c'est là que vous travaillez ! Ashby a beaucoup plaidé en votre faveur. »

Puis il changea brusquement de ton.

« Vous avez certainement appris ce qui lui est arrivé, une très regrettable affaire, c'est le tribut payé à une excessive activité. Ashby ne se ménageait pas. Mais je n'avais pas beaucoup de rapports avec lui. Je dois avouer qu'en dehors de ses qualités de chercheur il est toujours resté pour moi un homme insaisissable.

— Un homme remarquable, sembla rectifier Oda Sukumi, et je considère sa disparition comme une énorme perte pour le monde scientifique.

— Quoi qu'il en soit, enchaîna Victor Pevsner, vous étiez à ses yeux un candidat exemplaire, et Mlle Flanagan a confirmé son jugement. Je l'ai rencontrée hier, nous avons parlé de vous. Vous l'avez plus que convaincue, séduite, et Mlle Flanagan n'est pas n'importe qui ! Ma visite n'est donc que de pure forme. La bourse de la Fondation vous est acquise. »

Oda Sukumi s'inclina, et Victor Pevsner crut percevoir dans son sourire quelque chose qui ressemblait à une ironique supériorité. Tandis qu'il parlait, il ressentait de manière de plus en plus pressante la nécessité de s'asseoir ou de se reposer sur n'importe quoi. Il s'appuya sur la console du pupitre, face à la glace qui les séparait de la caméra à positrons. Il fit un effort pour continuer.

« C'est là, que vous filmez les cerveaux ? demanda-t-il.

— C'est là, monsieur Pevsner, répondit le Japonais en désignant le fauteuil de la caméra et le pupitre. Vous voulez voir quelques images ? »

Victor Pevsner se voulut modeste.

« Oh ! dit-il, je n'y connais rien, je suis d'une autre génération. Ces technologies sont de l'hébreu pour moi, mais je serais assez fier de voir à quoi peut ressembler ma petite cervelle de mathématicien. »

Il s'interrompit brusquement, conscient qu'il se tenait complètement avachi sur la console, incapable de savoir s'il délirait ou non, et inquiet à l'idée de devoir continuer à bavarder le plus naturellement du monde.

Il serra les dents et se redressa. Oda Sukumi se mit à rire. Victor Pevsner se demanda s'il avait décelé son état d'ivresse.

« Pourquoi riez-vous ? dit-il.

— Je vous trouve très drôle, monsieur Pevsner, vous êtes de très loin le plus sympathique des visiteurs que j'ai reçus.

— Ah ! fit-il, il y a longtemps que j'ai abandonné la recherche, je suis tout le contraire d'Ashby ou de Flanagan. La Fondation a fait de moi un fonctionnaire et le plus cocasse est que je ne regrette rien. Je passe mon temps à voyager et à rencontrer de jeunes savants comme vous. Je m'intéresse plus aux hommes qu'à ce qu'ils font.

— Resterez-vous quelques jours à Tokyo, monsieur Pevsner ?

— Malheureusement non, je repars ce soir pour San Francisco. Pourquoi me demandez-vous ça ?

— J'aurais pu vous montrer quelques endroits que vous auriez appréciés. Des endroits un peu particuliers. »

Victor Pevsner esquissa un mouvement des épaules qui lui coûta un surplus d'énergie. Il devait s'asseoir, très vite, sinon il allait s'écrouler. Ce fut à cet instant que Sukumi vint à son secours :

« Allons, monsieur Pevsner, je vais vous expliquer comment je procède. »

Victor se redressa et suivit le Japonais. Ils pénétrèrent dans la pièce où se trouvaient le fauteuil et le casque de la caméra à positrons.

« On dirait un fauteuil de dentiste !

— En effet ! répondit Sukumi.

— Je dois m'asseoir là-dessus ?

— Mais oui, si vous voulez que je vous filme. »

Il se laissa tomber sur le siège et, instinctivement, il ferma les yeux. Oda Sukumi se méprit sur sa physionomie.

« Ne craignez rien, c'est absolument sans danger, lui dit-il.

— Que dois-je faire ? » s'enquit Pevsner.

Maintenant l'armagnac commençait à lui travailler l'estomac.

« Placez ces écouteurs, détendez-vous, je vais vous faire une injection et si vous le voulez bien vous suivrez mes instructions. »

La lumière de la pièce s'adoucit. Victor Pevsner sentit une aiguille pénétrer dans son bras. Allait-il s'assoupir ou s'évanouir ? A demi allongé sur le fauteuil, il n'était plus qu'une masse inerte et passive, animée seulement d'une infime lueur de lucidité qu'il s'efforçait de maintenir en activité. Brusquement, une onde de chaleur l'envahit et il ne put contrôler son vertige ; sous l'effet de la drogue, il fut incapable de résister à ce qui lui parut une chute ou un envol. L'alcool et la benzodiazerpine venaient de se heurter comme deux forces contraires dont il subissait le choc.

Un sentiment insurmontable de haine l'envahit. Une haine aveugle, démesurée, et lorsque la voix de Sukumi lui parvint à travers les écouteurs, disant « Nous commençons, monsieur Pevsner, vous avez un chrono en face de vous », elle se transforma en une rage meurtrière contre cet homme qui était en train de le manipuler pour détruire son cerveau. Victor Pevsner sut alors qu'il se trouvait sur le bon chemin. La voix résonna dans les écouteurs :

« Détendez-vous, monsieur Pevsner, il y a quelque chose qui ne va pas ? »

Victor crut discerner une pointe de nervosité dans la phrase et voulut se persuader qu'il avait marqué un point. Son corps s'était détendu ; la nausée avait disparu et sa tête s'était vidée du chaos qui l'agitait. Il se concentra : « Je vais te tuer, je vais te détruire, comme toi-même tu as détruit. Te détruire, te détruire... »

Oda Sukumi regardait l'écran placé en face de lui. Il n'avait jamais assisté à un pareil spectacle. Il essayait d'évaluer l'ampleur des impulsions émises par le cerveau de Victor Pevsner. Leur signification ne faisait aucun doute, l'alternance des rouges et des orangés qui se bousculaient en de violents tourbillons dénonçait une évidente pulsion de meurtre.

La première minute de l'expérience s'était écoulée et l'orage cérébral persistait dans sa virulence. Le désir de meurtre se précisait un peu plus à chaque seconde. Immobile devant l'écran, Oda Sukumi commençait à en saisir le sens caché. L'homme allongé sous le casque de la caméra à positrons concentrait toute son énergie mentale pour lui faire parvenir ce message. L'homme savait qu'il pouvait en comprendre la signification, et, il n'y avait aucun doute maintenant, ce torrent de haine lui était personnellement adressé. Pour la première fois, Oda Sukumi prit conscience de la menace que représentait la machine qu'il avait lui-même mise en marche. Il avait sous-estimé le Titulaire Victor Pevsner, ou plus précisément, Victor Pevsner avait tout fait pour qu'il le sous-estimât.

Deux minutes et dix secondes. Oda Sukumi disposait encore de trente secondes pour prendre sa décision. Devait-il marquer le cerveau de cet homme ou bien interrompre l'expérience ? L'aspect inhabituel des images mentales qui défilaient devant lui l'inquiétait. Cette intense pulsion de destruction restait une inconnue, et il craignait de la voir se retourner contre lui.

Deux minutes et trente secondes. Ordonner ou menacer n'aurait servi à rien, la volonté de Victor Pevsner était bien plus forte. Cet homme semait le doute dans son esprit. D'où lui venait son pouvoir ? Oda Sukumi appuya sur le bouton rouge, l'image s'illumina pendant une fraction de seconde. Le geste irrémédiable était accompli. Le troisième et dernier Titulaire de la Fondation pour les sciences humaines était marqué dans son cerveau. L'expérience était terminée.

La lumière revint. Victor Pevsner ouvrit les yeux et attendit que Sukumi vienne le libérer du casque qui le retenait prisonnier. Instinctivement, il vérifia la présence du pistolet qu'il avait au dernier moment glissé dans la poche de sa veste ; celui-là même avec lequel Jessy Flanagan l'avait menacé.

Le visage hermétique d'Oda Sukumi était penché maintenant au-dessus de lui. Il ne souriait plus mais fixait Pevsner avec une intensité inquiétante. Allait-il lui envoyer sa fréquence mortelle, ou bien lui injecter une dose massive de poison ? Victor Pevsner était tout à fait décidé à l'abattre au moindre geste inconsidéré.

Mais rien ne se passa. Oda Sukumi releva le casque de la caméra à positrons. Pevsner put enfin se redresser en prenant soin de ne rien laisser paraître de sa torpeur. Il rejoignit le Japonais qui l'attendait dans l'autre pièce, assis sur l'un des sièges du laboratoire. Sukumi le fixa droit dans les yeux, avec une froide détermination. La transformation était flagrante : le jeune savant affable et prévenant avait fait place au savant fou. Sukumi se mit brusquement à parler :

« Vous avez tout fait pour m'induire en erreur et perturber cette expérience. Dans quel but ? »

L'heure de vérité était enfin venue. Victor Pevsner ne pouvait plus éviter l'affrontement.

« Il est temps d'abattre nos cartes, Sukumi. Vous n'êtes qu'un vulgaire criminel. Vous avez détruit dans leur raison ou dans leur vie une vingtaine de personnes : Hans Buschmeyer et sa famille, cela fait sept ; David Backmann et sa patiente, cela fait neuf ; Léonard Guinzberg, dix ; le professeur Gramsky, treize ; Kolontaï, quinze, William Ashby et le professeur Goldwin, dix-sept ; il faut ajouter

Mlle Flanagan et moi-même, ainsi que Josty Swade, soit, au total, vingt personnes ! »

Oda Sukumi l'avait écouté sans broncher. Il eut un sourire désabusé puis se leva et se dirigea vers l'armoire blindée. Il en ouvrit la porte et, se retournant, il désigna les cassettes alignées sur les rayonnages.

« Ce sont les films des cerveaux les plus performants de l'Occident. Il y en a trente-huit en tout. Vous faites maintenant partie du lot, professeur, Jessy Flanagan également. Vous ne pouvez rien y faire. Quand William Ashby me révéla l'existence des Titulaires et leurs secrets, j'ai intégré la possibilité que l'un d'entre vous intervienne comme vous le faites à présent. J'ai trop d'avance sur vous pour que vous puissiez m'atteindre.

— Ashby vous a parlé des Titulaires ?

— Nous avons un proverbe, ici. Il dit : « C'est « dans le plus beau fruit que le ver se sent le plus à « l'aise. » Ashby était le ver de votre honorable Fondation ; il m'a initié au-delà de tout ce que vous pouvez supposer. Je n'ignore rien de votre collège. C'est un atout inespéré qui m'est tombé du ciel, professeur, mais je n'ai même pas besoin de le jouer. Les cassettes qui sont dans cette armoire me sont une garantie suffisante.

— Croyez-vous ? lança Pevsner, je peux vous tuer.

— Non, professeur Pevsner, ce n'est pas pour me tuer que vous êtes ici mais pour savoir. Vous avez pris trop de risques.

— Vous êtes trop sûr de vous, Sukumi. Vous avez sous-estimé nos capacités. Je suis désolé de vous l'apprendre mais je ne suis pas marqué par votre quincaillerie électronique.

— Allons donc, vous essayez de me bluffer.

— Non, et je vais vous le prouver tout de suite. »

Victor Pevsner ouvrit son attaché-case et sortit un lecteur de cassette miniature. Il enclencha l'appareil. La voix nasillarde du Japonais jaillit dans le silence du laboratoire :

« Allô ! monsieur Ashby ?

— Allô ! j'écoute, répondit la voix de William Ashby.

— Monsieur Ashby ?

— Oui, c'est moi... »

Victor Pevsner arrêta la bande. Oda Sukumi restait de marbre, l'œil fixé sur le magnétophone.

« Vous vous souvenez de cet appel que vous avez passé à Ashby la nuit de sa mort ? Après vient ce sifflement strident, vous voulez que je vous le fasse écouter ?... »

Il se leva brusquement et, approchant l'appareil du visage du Japonais, il fit mine d'appuyer sur le *start*. Oda Sukumi eut un mouvement de recul.

« C'est vous qui allez basculer dans la démence, professeur Pevsner, cria-t-il.

— Je suis prêt à prendre le risque. Il y a une chose que je voulais savoir, et maintenant j'en suis sûr : tordu comme vous l'êtes, vous vous êtes trafiqué la cervelle. Si j'envoie votre saloperie de sifflement, vous êtes foutu, Sukumi.

— Vous délirez, pourquoi aurais-je fait une chose pareille !

— Une façon comme une autre de se suicider avec son propre poison, comme un scorpion ! Vous n'avez pas résisté à la tentation. Mais c'est moi qui vais vous détruire. »

Un silence s'installa durant lequel les deux hommes s'affrontèrent du regard. Oda Sukumi n'avait rien perdu de son apparente assurance. Il demanda tout à coup :

« Que voulez-vous ?

— Vous allez me raconter pourquoi vous avez monté cette machination, pourquoi et comment. Et vous allez me donner la clef de votre bidouillage. Ou bien vous me crachez le morceau, ou bien Wellman s'occupera de vous.

— Wellman », dit Oda Sukumi dans un souffle. Une ombre passa dans ses prunelles.

« Professeur Pevsner, reprit-il, ce n'est pas le moment de faire des digressions. C'est Wellman qui m'intéresse, mais vous êtes incapable de comprendre ça ! »

Il le regarda avec un sourire méprisant :

« Ces cerveaux que j'ai filmés, Voronov, Gaspieri, Holmquist, Stenmann, Baraduc, Kapelmeister, tous d'éminents savants... regardez — il venait de déposer sur la table cinq cassettes —, Backmann, Buschmeyer, Guinzberg, Ashby... je peux tous les détruire comme ceux-là... c'est avec Mlle Flanagan que j'aurais dû traiter, elle m'aurait compris. Pour intervenir sur ces gens il suffit que je décroche ce téléphone, une simple fréquence expédiée à des milliers de kilomètres me permet de déstabiliser le cerveau le plus équilibré... simple modification des impulsions électriques, professeur... Vous n'y connaissez rien, mais la conscience n'est rien d'autre qu'un système de régulation qui agit sur nos images mentales et leurs associations... les connaissances actuelles de la chimie des synapses permettent de maîtriser le mécanisme régulateur des neurones et... la stimulation électrique de certaines parties du cerveau déclenche des hallucinations... Vous ne le saviez pas, professeur, mais si l'on stimule l'aire visuelle 19, le sujet croit voir un papillon et il veut l'attraper, ou bien il voit courir son chien et il le siffle... ces images échappent complètement à la volonté du sujet, il déraille... et, sous la pression de stimulations particulièrement fortes, le niveau de la motivation monte et déclenche le passage à l'acte... Mon coup de génie, c'est d'avoir pensé au téléphone, j'ouvre ou je ferme un relais neuronal à distance. Je ne contrôle pas les effets, mais ce n'est pas grave... Que m'importe la forme que prend la crise, l'important c'est qu'elle ait lieu. Comment savoir ce qui explose dès que cèdent les barrières de la raison ! Je n'ai jamais su comment Buschmeyer et Guinzberg allaient réagir, Buschmeyer aurait pu se suicider sans exterminer sa famille, ou bien la massacrer sans se suicider... Backmann... mais peu importe... et vous allez basculer vous aussi, professeur !

— Vous n'avez jamais imaginé que votre machination pouvait se retourner contre vous !

— Pevsner, vous êtes le seul qui puissiez persuader Wellman de venir ici !

— Impossible, Wellman est beaucoup plus coriace que vous ne pensez. Même si vous déconnectez la moitié de la planète, Wellman ne bougera pas. C'est lui qui vous aura, il vous enverra une armée de tueurs, s'il le faut. Si vous avez monté toute cette combine pour avoir Wellman, c'est raté. »

Il s'arrêta. Oda Sukumi semblait ne pas avoir écouté. Il répondit cependant :

« ... Wellman est un gros ventre mou, il viendra... Rien de plus facile pour un Japonais que de prévoir le comportement d'un Occidental... enfermé dans le schématisme de la morale judéo-chrétienne, mais... je me moque de vos subtilités de plomb, je suis un guerrier qui doit abattre son ennemi... Wellman est un symbole. Il doit être détruit. »

Il s'interrompit, se fit presque suppliant :

« Professeur Pevsner, je vous propose un marché : Wellman contre tous vos cerveaux. Un seul contre tous. »

Il désignait nerveusement les cassettes.

« Pourquoi sacrifier toutes ces intelligences, Mlle Flanagan et vous-même, pour sauver un seul homme ? »

Victor Pevsner jugea inutile de répondre, il exigea :

« Donnez-moi la parade !
— La parade ! s'exclama Sukumi. Mais il n'y a pas de parade ! »

Pevsner allait répliquer quand Oda Sukumi bondit sur lui et lui porta un *osaekomi*. Pevsner réussit à éviter la prise, mais le magnétophone lui échappa et le Japonais s'en saisit aussitôt.

« Non, Sukumi, non ! » hurla Pevsner.

C'était trop tard, le jeune savant avait déjà appuyé sur le *start*, et le sifflement s'éleva, strident, insupportable. Oda Sukumi le regardait, exultant :

« Vous êtes piégé, professeur Pevsner, comme Buschmeyer et Backmann ! Vous allez exploser ! Quand ? je n'en sais rien, dans une heure, dans une minute. Il demeure quelques imperfections dans le procédé. »

Victor Pevsner s'était rassis. Il éprouvait le besoin de fumer une cigarette pour calmer son anxiété. Désormais, les dés étaient jetés. Il saurait bientôt si Jessy s'était trompée dans ses prévisions. De toutes ses forces, il souhaita que le vieil armagnac ait bien joué son rôle d'antidote.

Le Japonais s'était mis à marcher de long en large comme une bête en cage. Pevsner n'osait pas se réjouir encore. Il restait à l'écoute d'un autre changement, le sien. Allait-il se transformer à son tour ?

Mais rien n'arriva, sinon que Sukumi s'assit en face de lui, les bras croisés, le provoquant du regard. Victor Pevsner soutint le défi, et les deux hommes restèrent ainsi sans bouger pendant un long moment, chacun attendant que l'autre bascule dans la démence.

Combien de temps dura cet orgueilleux bras de fer qui ne pouvait déboucher que sur la folie et la mort ? Deux, trois minutes, plus peut-être, dont chaque seconde durait une éternité. L'affrontement entre les deux hommes, décidés à pousser l'expérience dans ses ultimes conséquences, parvint à son paroxysme : deux cerveaux se heurtaient et mesuraient en même temps leur détermination et leur courage. Ce fut Oda Sukumi qui céda. Victor Pevsner en fut le premier étonné, tant il doutait jusque-là de son stratagème. Le Japonais s'inclina cérémonieusement :

« Vous me surprenez, professeur Pevsner, je ne sais comment vous y êtes parvenu mais vous avez échappé à mon marquage. Vous avez bluffé et vous avez gagné. Dans quelques heures, il en sera fini de moi. Je me suis marqué, je ne peux échapper à mon sort. »

Oda Sukumi se leva. Victor Pevsner crut un instant à une manœuvre. Il plongea la main dans la poche où se trouvait son revolver, mais déjà le Japonais se tournait vers l'armoire d'où il sortit une pile de cassettes. Il les posa devant lui, sur la table :

« Prenez les films de ces cerveaux, lui dit-il. Grâce à eux, je comptais atteindre Wellman, mais j'ai échoué. Ils sont à vous. »

Il hésita, puis continua :

« Quand le marquage est réussi, il n'y a aucun moyen de revenir en arrière. Je dois vous en avertir, ces hommes se trouvent sous la menace d'une fréquence qui peut les surprendre à n'importe quel moment.

— Il n'y a que vous qui soyez en mesure d'envoyer cette fréquence ?

— En principe oui, mais sait-on jamais, elle peut se produire par accident, un grincement de frein, un cri, un parasite de radio... »

Il ajouta après un court silence :

« Désolé, professeur, mais je n'en étais qu'au stade des premières expérimentations. »

Victor Pevsner ne put s'empêcher de répondre :

« Les choses auraient été différentes si vous aviez été des nôtres! »

Oda Sukumi se détourna un instant pour prendre une enveloppe dans son armoire. Il l'ouvrit et en sortit un cahier.

« Prenez-le, professeur. »

Oda Sukumi ne regardait pas son interlocuteur, ses yeux fixaient un point imaginaire dans le vide.

« Prenez, insista-t-il, c'est la dernière farce de Buschmeyer, un canular de vieux savant ! »

C'était un cahier d'écolier à la couverture fanée. Victor Pevsner s'en saisit et le glissa dans son attaché-case. Il avait gagné la partie. Tel un samouraï vaincu, Oda Sukumi se remettait entre les mains de son adversaire.

« Professeur Pevsner, je sais que des hommes, des scientifiques, vont essayer de comprendre le fonctionnement de ce laboratoire. Cela m'est égal. Je ne vous demande qu'une chose...

— Je vous écoute, Sukumi.

— Laissez-moi choisir ma mort. »

Pour Victor Pevsner, seule comptait dorénavant Jessy. Le destin d'Oda Sukumi était scellé. Pourquoi lui refuser l'honneur de mourir selon les rites réservés à un seigneur de sa race ?

« Vous êtes libre », dit Pevsner.

Il le laissa aller. A la suite de Iemura Chikamatsu, les policiers envahirent alors le laboratoire pour procéder à la saisie du matériel.

Il ne restait à Victor Pevsner qu'une ultime démarche à accomplir avant de se retirer de la scène à son tour.

29

Un brouillard léger, en nappes frangées, finit de se diluer dans l'air matinal. Au pied de la colline, trois silhouettes se précisent, qui avancent d'un pas mesuré. Trois silhouettes drapées dans leur costume de samouraï. L'une se détache, plus décidée, les deux autres suivent.

Parvenu sur le terre-plein d'herbe et de fleurs, Oda Sukumi se tient un moment debout, tourné vers le soleil levant. Il regarde droit devant lui, les traits empreints d'une solennelle gravité, flanqué de ses deux servants. Dans la lumière naissante, le visage du Japonais est méconnaissable. Il semble magnifié. Les secondes s'écoulent tandis que le soleil s'élève au-dessus de l'horizon.

Les trois hommes ont revêtu leur tenue de cérémonie. Près d'un mur de pierre, vestige d'un ancien temple shinto envahi de ronciers et de glycine sauvage, ils semblent hors du temps et hors du monde. Le chant des oiseaux et le bruissement des ramures caressées par la brise accentuent l'intensité de leur recueillement. Oda Sukumi s'est assis dans la position du lotus. Immobile comme une statue de pierre, son sabre sur le côté, le *katana* posé devant lui sur un coussin, il médite.

Il a soudain lancé un ordre bref, presque un cri. Dans un même mouvement les deux servants ont dégainé la lame de leur sabre. Leurs jambes légèrement écartées, ils se préparent au cérémonial qui précède le sacrifice. Leur maître s'agenouille devant eux, le torse droit, le regard fixe ; il sent sous ses genoux la tiédeur de la terre et, d'un mouvement souple et harmonieux il défait le surplus de sa robe de samouraï. De ses mains, il retient le fourreau du *katana* qui laisse auguer de la terrible beauté du rituel qui se prépare.

Les yeux fermés, les deux mains serrées contre son ventre, Oda Sukumi est déjà loin du monde qui l'entoure. Les secondes s'écoulent, interminables, comme arrêtées par l'immobilité des trois hommes unis dans la même extase. Nul ne connaîtra jamais les pensées qui, en cet instant, traversent l'esprit d'Oda Sukumi. L'imminence de la souffrance qui va le mordre paraît dérisoire. Il est ailleurs. Suprême orgueil et suprême contestation, l'acte qu'il a décidé le désigne déjà au fronton des héros qui se sont sacrifiés pour que vive le Grand Japon. L'ombre de Mishima et son mythe incertain enveloppent les trois hommes condamnés à mourir.

Indifférent, Oda Sukumi a dégagé la lame du fourreau. Il sourit, tient à deux mains le *katana* la pointe posée sur la blancheur du ventre.

Oda Sukumi a crié un ordre d'une voix vibrante. Mais est-ce un ordre ou une prière ? L'un des servants, les jambes écartées, le sabre tenu à bout de bras domine son maître à genoux devant lui. D'un geste définitif, Oda Sukumi a enfoncé la lame du *katana*, prolongeant son effort dans une grimace douloureuse. Il s'affaisse. Le sabre du servant brille un instant dans le soleil avant de s'abattre. La tête de Sukumi roule dans l'herbe rase.

Le jeune savant n'est plus que cette forme gisant dans son sang, mutilée, absurde.

30

Arnold Wellman attendait sur la plage, face à l'océan. Son profil d'oiseau de proie se découpait sur le ciel tourmenté où roulaient de lourds nuages chahutés par le vent. La tempête s'annonçait.

Devant lui, en rouleaux conquérants, les vagues déferlaient, grises, chargées d'écume et de goémons, semblables à des géants fatigués qui s'en venaient mourir au terme d'un long voyage. Le jeu perpétuel de cette force essentielle qui s'anéantissait pour disparaître, absorbée par le sable, fascinait le vieux renard de Vineyard. Il y voyait l'image de son propre destin, suivait de son œil bleu la mutation irréversible qui transformait cette puissance conquérante en une course liquide. Ainsi, la terre, sans effort, passive, avait le dernier mot.

Lui aussi s'écroulait. Il était désormais une chose impuissante qui attendait d'être absorbée par la terre. Dur apprentissage. Depuis cinq jours, son corps l'avait lâché.

Le vendredi, le lendemain de son affrontement avec Victor Pevsner, il s'était réveillé privé de mouvement. Les hanches et les genoux étaient soudés par un implacable alliage. Dan Morris s'était occupé de tout. Dès le premier jour, il s'était retrouvé tributaire d'un infirmier, un étranger à l'haleine forte qui s'occupait de lui comme s'il s'agissait d'un enfant handicapé. Seul son cerveau continuait sa course inaltérable.

La plage et l'océan l'attiraient maintenant. Sorti du lit, porté, lavé, nourri et installé, il s'éloignait sur son fauteuil, s'amusant presque de la découverte de ce nouvel espace. Lui qui n'avait jamais conduit, s'appliquait à contrôler sa route. Des boutons sous ses doigts le faisaient avancer, tourner ou reculer comme une mécanique. Des ouvriers étaient venus. Ils avaient transformé son environnement, dessiné un long cheminement de pierres et de ciment, qui prévoyait son parcours, et bornait sa liberté. Depuis trois jours, il s'en allait seul en direction de l'océan, semblable à ces tortues à peine écloses qu'attire malgré elles la proximité de cette force originelle.

Il restait ainsi pendant des heures, prisonnier de son fauteuil orthopédique, parcourant du regard l'immensité mouvante de l'océan, tandis que sa mémoire s'efforçait de reconstituer le puzzle dispersé de ce qui avait été sa vie.

Là, entre ciel, sable et océan, aurait lieu l'ultime explication. Une ombre bougea dans son dos, et il sentit la présence de Victor Pevsner. Il se refusa au moindre mouvement. Qu'il vienne et qu'on en finisse, se dit-il avec hargne, je ne veux pas de sa pitié.

Pevsner descendit les quelques marches qui le séparaient de la plage, franchissant le sable sec à grandes enjambées. Debout face au vieillard, il tenait, roulé dans la main, le cahier à couverture bleue.

« Vous n'aviez pas besoin de venir jusqu'ici pour me l'apporter, dit Wellman, vous pouviez me l'envoyer. »

Victor Pevsner le regardait avec intensité.

L'image de cet homme assis sur son fauteuil d'infirme ne le surprenait pas vraiment. Il ne ressentait envers lui ni pitié ni compassion, mais cherchait à comprendre pourquoi le destin avait préservé la raison de celui qui avait été au centre de la plus impitoyable destruction de cerveaux pour le réduire à cet état de dépendance physique. Juste retour des choses ? Il déplia le cahier bleu, en fit tourner les pages avant de l'enrouler à nouveau et de le garder dans la main comme un objet sans importance.

« William Ashby a été enterré mardi au cimetière de Highgate, à deux pas de Dickens et de Karl Marx. Triste journée et triste cortège, il pleuvait sur Londres mardi, et la cérémonie n'a pas duré plus de vingt minutes. Il y a eu un discours, prononcé par un vieux professeur de je ne sais quel institut ; j'ai assisté à la descente du corps de celui qui a été votre successeur au sein du collège. Que Dieu ait son âme ! Jessy Flanagan se trouve en ce moment sous surveillance dans une chambre de l'hôpital presbytérien de Los Angeles. Elle est finie, professeur, jamais plus elle ne retrouvera son laboratoire, car elle risque à chaque instant de basculer dans la démence. Quant à moi, il se peut que je sois aussi marqué, seul l'avenir nous le dira. Le bilan est sans appel, professeur Wellman. Les Titulaires n'existent plus, et vous êtes le seul à rester intact dans votre intelligence. Curieuse parabole qui fait de vous le premier et le dernier Titulaire, vous ne trouvez pas ? »

Arnold Wellman esquissa un geste de protestation.

« Je ne suis plus un Titulaire depuis longtemps, dit-il, laissez tomber tout ça, Pevsner, qu'est-ce que vous êtes venu chercher ici ? »

Victor Pevsner continua sans tenir compte de l'interruption.

« Quant à Carlson, il en a pris pour son grade lui aussi, sans parler de son technicien qui s'est fait descendre par un garde de Sukumi. Au total, cela fait une vingtaine de cadavres ou de cerveaux détruits dont vous êtes, que vous le vouliez ou non, le débiteur. Le comble, c'est d'avoir échappé à cette hécatombe alors que vous étiez dès le premier instant la seule victime désignée. Je souhaite que cela vous poursuive comme un cauchemar jusqu'à votre dernier souffle, professeur. »

Arnold Wellman s'était raidi. Les lèvres serrées, le regard fixe, il accusa :

« Arrêtez de me mettre en cause, Pevsner. N'essayez pas de me culpabiliser, je ne suis pas responsable du délire de ce Japonais.

— Après le suicide de Sukumi, répliqua Victor Pevsner, nous avons passé son laboratoire au peigne fin. Il avait la manie de tenir un journal codé qu'il gardait en mémoire sur son ordinateur. Tout colle, professeur, finalement, il ne s'agit que d'un pitoyable fait divers, un fait divers à l'échelle des Prix Nobel. Oda Sukumi ne voulait qu'une chose, vous abattre, et vous savez très bien pourquoi. Vous étiez à ses yeux le dernier symbole vivant de ce qu'il considérait comme le danger suprême, l'intelligence scientifique au service de l'impérialisme occidental. Vision de fou peut-être, mais vision logique. Il était décidé à détruire tous ceux qui vous entouraient jusqu'à ce que vous acceptiez de vous offrir à lui comme une victime consentante. Il n'a commis qu'une seule erreur, il vous a doté d'une certaine humanité et n'a pu un seul instant imaginer que vous pourriez laisser mourir vos amis sans réagir.

— Laissez tomber, Pevsner, lança Wellman irrité, tout ça est terminé, je ne veux plus en entendre parler.

— Non, professeur, ça n'est pas terminé. Nous

avons retrouvé dans son coffre plus de trente cassettes sur lesquelles sont enregistrées les images mentales de savants et de chercheurs venus de tous les horizons. Sa méthode était très simple. En le filmant, il marquait le cerveau de ses visiteurs, et les mettait à la merci d'une banale fréquence qui pouvait les faire basculer dans la folie n'importe quand. J'ai apporté la liste avec moi, je vais vous la lire...

— Arrêtez ! » cria Arnold Wellman.

Victor Pevsner tira une feuille de papier d'une de ses poches, la déplia et commença la lecture.

« Joris Ackermann, neurophysicien, Paul Arnheim, biologiste, Nicolas Avedon, anthropologue, Ivan Babel, atomiste, Robert Bachum, neurobiologiste, Charles Calmette, physicien, Laura Jewinson...

— Arrêtez, je vous dis ! » hurla Wellman.

Victor Pevsner leva les bras, tenant le papier entre ses doigts. Il le lâcha. Le papier s'envola en tourbillonnant, emporté par le vent.

« La cervelle de tous ces savants ne pèse pas plus lourd que cette feuille de papier », dit-il en conclusion.

Les deux hommes restèrent silencieux, enveloppés par le fracas des vagues et le sifflement de la tempête. Pevsner tenait toujours dans sa main le petit cahier bleu roulé. D'une pression, Arnold Wellman fit pivoter son fauteuil.

« Passez-moi ce cahier, Pevsner, ordonna-t-il.

— Non, professeur. »

Le physicien actionna à nouveau la manette de son fauteuil pour s'avancer vers lui.

« Attention, Wellman, vous allez vous enliser. Le génie scientifique de votre ami Hans Buschmeyer n'est pas en cause, mais ce cahier a beaucoup trop voyagé, et il est arrivé au bout de sa course. »

D'un geste sec, il le déchira.

« Non, cria Arnold Wellman, vous n'avez pas le droit.
— Ce n'est pas un droit, Wellman, c'est un devoir, répondit Victor Pevsner en dispersant les morceaux du cahier. Vous assistez au dernier acte du Titulaire que j'ai été, un acte salutaire. »

Le vent emportait au loin les bouts de papier, certains s'élevaient au-dessus d'eux, d'autres se plaquaient sur le sable humide, aussitôt engloutis par l'écume des vagues. Arnold Wellman assistait en silence à cette scène. Il ne saurait jamais ce que contenait le petit cahier bleu de Hans Buschmeyer.

Victor Pevsner se détourna lentement. Il remonta les quelques marches et s'éloigna, abandonnant l'homme de Palo Alto dans son fauteuil d'infirme, silhouette solitaire face à l'océan qui s'entêtait dans son tumulte.

31

Les deux silhouettes se détachaient en contre-jour dans le soleil couchant.

Victor Pevsner balançait nonchalamment un long drink dont les glaçons piquetaient de petites notes délicates la rumeur continue du ressac. Pensive, Jessy Flanagan fumait son éternelle Camel. Victor porta son verre à ses lèvres. Jessy se tourna vers lui et demanda :

« Ainsi vous l'avez détruit ! Que contenait-il ?

— C'était un simple cahier d'écolier, qui appartenait à Buschmeyer du temps où il était au Gymnasium à Berlin. Il datait de 1911. Buschmeyer devait avoir onze ans à l'époque, et il n'y avait rien d'autre que les devoirs d'un élève appliqué et bien noté, sauf une page, une interrogation d'anatomie sur le cerveau. L'élève Buschmeyer y avait dessiné et colorié la coupe d'un cerveau, un croquis très net, très précis quoique simplifié, et, en dessous, avec cette impeccable écriture qu'ont souvent les enfants, il avait écrit, certainement en le recopiant du tableau noir : « Le cerveau est le siège de l'in-
« telligence. Il se compose de deux parties ou hémi-

« sphères, reliées par un corps central appelé corps
« caleux. Le cerveau est un organe fragile protégé
« par l'os du crâne, et en relation avec le reste du
« corps par le système nerveux. C'est le cerveau qui
« commande nos actes et dicte notre comporte-
« ment. »

Il s'arrêta de citer et Jessy Flanagan attendit quelques secondes avant de s'étonner :

« C'est tout ?

— Attendez, Jessy. Tout ça datait de 1911 comme je vous l'ai dit, mais le vieux Hans Buschmeyer, Prix Nobel, y avait rajouté quelque chose avant de l'expédier à William Ashby. Il avait transpercé son dessin d'une flèche qui pénétrait dans le cerveau pour en ressortir aussitôt sous un autre angle, un peu comme la trace d'un rayon lumineux et sa réfraction. Le long de ces deux traits courait une formule d'à peu près cinquante signes, une formule physico-chimique autant que j'aie pu en juger.

— Et vous avez fait disparaître cette formule avec le cahier ? Mais vous êtes fou ! Peut-être Buschmeyer était-il aussi avancé que Sukumi, peut-être l'était-il plus ? Qui vous dit que ces quelques signes n'auraient pas permis de trouver la parade aux interventions du Japonais ? Victor, vous n'avez pas pu faire ça !

— Calmez-vous, Jessy... laissez-moi finir. »

De sa poche, Victor sortit un écrin de soie sombre qu'il tendit à Jessy. Décontenancée, elle arracha le ruban et ouvrit l'écrin délicat. A la place du solitaire attendu, elle découvrit un cylindre de papier du volume d'une cigarette. Elle déroula ce parchemin. Ses yeux brillaient.

« Il était tard, Van Cleef était fermé. J'ai donc glissé dans cet écrin une page du cahier de Buschmeyer. Oh ! presque rien... La somme de toute une vie. La formule de marquage.

— Et de démarquage ? s'écria Jessy.

— Il était sur le point d'aboutir. Nous trouverons. »

Jessy se jeta à son cou et l'embrassa avec fougue. Puis, elle le repoussa et ajouta d'une voix sévère :

« Quoiqu'un diamant !... »

DU MÊME AUTEUR

Aux Éditions Olivier Orban :

La Gagne, 1980.
Voyante, 1982.

Aux Éditions Olivier Orban/Édition n° 1 :

La nuit des enfants rois, 1981.

Thrillers

Parmi les titres parus

ALEXANDER (Karl)
C'était demain...,
7461/4*****
BAR-ZOHAR (Michel)
Enigma, 7474/7***
BORCHGRAVE (Arnaud de) et MOSS (Robert)
L'Iceberg, 7493/7******
CONNERS (Bernard F.)
La Dernière Danse,
7491/1****
COOK (Robin)
Vertiges, 7468/9***
Fièvre, 7479/6*****
CRUZ SMITH (Martin)
Gorky Park, 7470/5******
DALEY (Robert)
L'Année du dragon,
7480/4******
FOLLETT (Ken)
L'Arme à l'œil, 7445/7****
Triangle, 7465/5******
Le Code Rebecca,
7473/9*****
GOLDMAN (William)
Marathon Man, 7419/2***
GRISOLIA (Michel)
Barbarie Coast, 7463/0****
Haute mer, 7471/3******
Les Guetteurs, 7482/0*****
HIGGINS (Jack)
L'aigle s'est envolé...,
5030/9****
Solo, 7464/8***
Le Jour du jugement,
7472/1***
Luciano, 7477/0***
HIGGINS CLARK (Mary)
La Nuit du renard,
7441/6***
La Clinique du docteur H.,
7456/4****
HIGHSMITH (Patricia)
L'Amateur d'escargots,
7400/2***
Mr. Ripley (Plein soleil),
7420/0***
Le Meurtrier, 7421/8***
La Cellule de verre,
7424/2***
Le Rat de Venise,
7426/7***
L'Inconnu du Nord-Express,
7432/5****
Eaux profondes, 7439/0****
Le Cri du hibou,
7443/2****
Ripley s'amuse (L'Ami américain), 7446/5*****
La Rançon du chien,
7447/3****
L'homme qui racontait des histoires, 7448/1**
Sur les pas de Ripley,
7467/1*****
La Proie du chat, 7476/2***
Le Jardin des disparus,
7483/8***

Ces gens qui frappent à la porte, 7492/9
IRISH (William)
Du crépuscule à l'aube, 7475/4**
La Toile de l'araignée, 7487/9***
KING (Stephen)
Dead Zone, 7488/7*****
KŒNIG (Laird)
La Petite Fille au bout du chemin, 7405/1***
KŒNIG (Laird) et **DIXON (Peter L.)**
Attention, les enfants regardent, 7417/6***
LENTERIC (Bernard)
La Gagne, 7478/8****
LUDLUM (Robert)
La Mémoire dans la peau, 7469/7******

Le Cercle bleu des Matarèse, t. 1, 7484/6****; t. 2, 7485/3****
Osterman week-end, 7486/1****
MARKHAM (Nancy)
L'Argent des autres, 7436/6***
ORIOL (Laurence)
Le tueur est parmi nous, 7489/1***
RYCK (Francis)
Le Piège, 7466/3***
Le Nuage et la Foudre, 7481/2***
STANWOOD (Brooks)
Jogging, 7452/3***
TOPOL (Edward) et **NEZNANSKY (Fridrich)**
Une disparition de haute importance, 7490/3****

30/7509/0

Composition réalisée par C.M.L., Montrouge

IMPRIMÉ EN FRANCE PAR BRODARD ET TAUPIN
Usine de La Flèche (Sarthe).
LIBRAIRIE GÉNÉRALE FRANÇAISE - 6, rue Pierre-Sarrazin - 75006 Paris.
ISBN : 2 - 253 - 03969 - 1